영웅시대 3

영웅시대 3

초판1쇄 인쇄 | 2017년 8월 19일
초판1쇄 발행 | 2017년 8월 25일

지은이 | 이원호
펴낸이 | 박연
펴낸곳 | 한결미디어

등록일자 | 2006년 7월 24일
등록번호 | 제25100-2006-152호
주소 | 서울시 마포구 모래내로 83 한올빌딩 6층
전화번호 | 02 · 704 · 3331
팩스번호 | 02 · 704 · 3330

ISBN 979-11-5916-061-5 979-11-5916-058-5 (04810)

영웅시대 3

과장대리

이원호 지음

한결미디어
HANGYEOL MEDIA

목 차

1장 포용하다

“잠깐 이야기 좀 해요.”

백영주가 불렀으므로 이광이 걸음을 멈췄다. 황학수의 저택을 나와 10미터쯤 걸어 내려가던 중이다. 밤 10시 반, 이곳은 고급 주택가여서 차만 드문드문 다닐 뿐 통행인이 드물다. 가로등은 정확하게 세워졌고 꺼진 등도 없어서 어둡지만 안정된 느낌이 든다. 다가온 백영주가 턱을 조금 앞쪽으로 내밀면서 말했다.

“저기 가게에서.”

완만한 경사길 아래쪽으로 불을 밝힌 가게를 말한다. 가게 밖에 플라스틱 탁자와 의자를 내놓아서 앉을 수 있게 만들었다. 12월 초순이지만 포근한 날씨다. 가게로 다가간 백영주가 오렌지주스 캔 2개를 사오더니 이광에게 1개를 내밀었다.

“괜찮죠?”

“예.”

오렌지주스를 물은 것인지 이야기할 시간을 물은 것인지 알 수 없었지만 이광이 건성으로 대답했다. 탁자에 마주보고 앉았을 때 백영주가 코트 깃을 세우면서 이광을 보았다. 머리에 검정색 털모자를 썼고 검정색 모직 코트를 입었다. 흰 얼굴이 어둠 속에서 선명했다.

"아무래도 이광 씨하고 나하고 서로에 대해서 좀 알고 있는 것이 나을 것 같아서요."

이광이 잠자코 백영주를 보았다. 처음 백영주를 만났을 때부터 벽 같은 것을 느끼기는 했다. 근접하기 껄끄러운 상대, 쉽게 말하면 그렇다. 사춘기 이후부터 이광도 수없이 여자를 겪은 터라 그런 상대를 대하는 방식도 굳어졌다. 이쪽도 무시하는 것이다. 쓸데없는 에너지를 소비할 필요가 없다. 여자는 천지에 널렸다. 그런 상대에게 아등바등 욕을 볼 이유가 없는 것이다. 백영주에 대한 자세가 바로 그렇다. 그때 이광의 시선을 받은 백영주가 말했다.

"아버지가 말씀하셨다시피 전 호적에 올리지 못한 자식이죠. 그래서 엄마 성을 땄지만 아버지 덕분에 어려움 없이 자랐어요."

백영주가 똑바로 이광을 보았다.

"사법 고시도 합격할 수 있었는데 그만둔 이유가 뭔지 아세요? 아버지가 드러날까 봐서죠. 1, 2차 시험에서 다 합격했는데도 면접을 포기해서 불합격 처리된 수험생은 나 하나뿐일걸요?"

이광이 이번에는 진짜로 기가 질렸다. 오성대 출신이니 당연했다. 머리를 맷돌에다 갈아도 흰 뇌수만 쏟아질 뿐이지 사법 고시는 꿈도 못 꾸었을 이광이다. 백영주는 시선을 떼지 않는다. 이것이 일성대 출신으로 사법 고시 패스도 우습게 아는 여자의 버릇인 것 같다.

"난 이제 유성상사에 올인하기로 마음을 굳혔어요. 유성상사를 처음에는 둘째 아들이 되는 황영만 씨한테 상속시키려고 했는데 큰아들 황근만에게 넘겼다가 이 꼴이 되었거든요."

"……."

"그런데 이제 저한테 상속시켜 주신다고 약속하시는군요."

백영주의 얼굴에 희미하게 웃음이 떠올랐다.

"당분간은 아버지하고 이광 씨만 제 존재를 알 테니까 이광 씨가 절 많이 도와주셔야겠어요. 그 대가는 드릴 테니까요."

"……."

"그리고 참."

심호흡을 하는 것처럼 어깨를 부풀렸다가 내린 백영주가 말을 이었다.

"전 내년에 스물아홉이 돼요. 이광 씨는 스물여덟이 되시죠?"

"예, 그렇습니다."

"그리고 전 남자가 있습니다, 결혼을 약속한 남자가요."

"아, 예."

"남친한테도 제 내력 말 안 해줬어요. 유성상사로 옮긴다고 했더니 깜짝 놀라더군요. 그래서 작은 회사에서 성장하겠다고만 말해놓았죠."

"……."

"제 남친은 대기업 부장입니다."

"아, 예."

"제가 다음 주에 기조실 과장으로 들어갈 거예요, 그러니까 그때 다시 뵙죠."

"알겠습니다."

캔의 마개도 따지 않았으므로 그냥 코트 주머니에 넣은 이광이 백영주를 따라 자리에서 일어섰다.

"저, 먼저 갈게요."

눈인사를 한 백영주가 몸을 돌리더니 발을 떼었다. 큰길로 나가려면

1백 미터는 더 걸어가야 한다. 같이 이야기하면서 걸을 수도 있을 텐데 먼저 간다면서 따로 가는 것이다. 이광은 백영주의 5미터쯤 뒤에 서서 걸었다.

다음 주 화요일 아침, 8시 20분에 출근한 이광이 내수2과장 안태수 앞으로 다가가 섰다.

"과장님, 저 이제 올라가겠습니다."

"어, 회식도 못 하고 돌아가나?"

자리에서 벌떡 일어선 안태수가 이광에게 손을 내밀었다.

"다시 한 번 축하하네, 이광 씨. 아니 이 대리는 그럴 자격 있어."

"감사합니다."

아직 출근 시간 전이어서 과 사무실에는 미스 공 하나뿐이다. 뒤쪽에서 다가온 미스 공이 말했다.

"축하드려요, 이 대리님."

"고마워."

인사 공고는 어제 퇴근 무렵에 게시판에 붙여졌다. 공식 통보를 받은 것은 오후 5시, 떠나는 인사를 마쳤으니 발령을 받은 2층 수출부로 올라가야 한다. 이광이 수출부로 들어서자 사무실이 갑자기 조용해졌다. 수출부 직원이 10여 명쯤 출근해 있었지만 일제히 이광을 주시했기 때문이다. 다가간 이광이 그들을 향해 머리를 숙였다. 과장들도 있고 여사원도 있다. 그 중간에 대고 머리를 숙인 것이다.

"안녕하십니까?"

이광의 목소리가 사무실을 울렸다.

"어, 잘 왔어."

2과장 이태진이다. 이제 수출부 과장 중 가장 서열이 높아진 데다 수출부장 직무 대행으로 승진되었다. 1과장 고명수가 오늘 자로 대기 발령을 받았기 때문이다.

“여, 이 대리.”

손을 내민 것은 6과장 직무 대리 김병삼이다. 다가온 김병삼이 이광의 손을 잡고 흔들었다. 그때 뒤쪽에 서 있던 윤병도가 이광에게 다가왔다.

“이광 씨, 업무 인계를 해야 될 테니까 나하고 회의실로 가지.”

“예, 과장님.”

이광은 윤병도가 시선을 마주치지 않는 것을 깨달았다. 이번 인사발령으로 이광이 3과장 직무 대리가 되었기 때문이다. 윤병도는 고명수와 함께 대기 발령을 받았다. 몸을 돌리던 이광이 자리에 앉아 있는 4과장 직무 대리 김성규와 시선이 마주쳤다. 김성규는 그대로 4과장 직대다. 외삼촌인 남영호가 구속되었지만 김성규하고는 상관없는 일인 것이다. 그때 김성규가 먼저 시선을 돌렸고 이광이 발을 떼었다. 이광은 자신의 옆에서 쏟아지는 안창문과 정현애의 시선을 느꼈지만 머리를 돌리지 않았다. 안창문은 어제 인사 발표가 나자마자 아래층으로 뛰어 내려왔다. 흥분한 안창문은 눈물까지 글썽였는데 그것을 본 이광의 가슴도 뭉클했다. 정현애는 전화를 걸어 축하해주었다. 목이 메어서 더듬거리는 통에 이광은 끊지도 못하고 심호흡을 세 번이나 해야만 했다. 회의실로 들어가 마주보고 앉았을 때 윤병도가 어깨를 부풀리며 말했다.

“난 남영호 밑에서도 잘릴 몸이었지만 지금은 억울하다. 왜 그런지 알아?”

이광은 시선만 주었고 윤병도의 목소리가 높아졌다.

"김성규 같은 놈이 그대로 앉아 있는데 왜 나만 잘린단 말이냐? 그래서 비서실에다 회장님 면담 신청을 했다."

"……."

"김성규 저놈을 물귀신처럼 끌고 갈 거다. 저놈이 트리톤 오더에서 수수료를 만들어 먹은 것까지 다 보고할 거다."

"……."

"솔직히 너하고 김성규하고 말썽이 났고 네가 억울하게 쫓겨났다가 원상회복에 진급이 된 것까지도 당연해. 그럼 잘못을 한 김성규 저놈이 처벌을 받아야 되는 것이 아니냐고?"

이광이 천천히 머리만 끄덕였다. 그리고 인간은 역경에 처해 있을 때 진면목이 드러난다는 사실을 머릿속에 저장해 놓았다. 윤병도의 하소연과 분노, 불평까지 듣는 바람에 업무 인계인수는 시간이 걸렸다. 이광이 사무실로 나왔을 때는 한 시간 반쯤이나 지난 10시경이다.

"이 대리, 나 좀 보자."

이번에는 수출부장 직대가 된 이태진이 이광을 끌고 회의실로 들어갔다. 다시 마주보고 앉았을 때 이태진이 말했다.

"분위기가 뒤숭숭해. 6개 과에서 과장이 둘 잘렸고 기조실, 업무부, 총무부에 심어 놓았던 남영호의 끄나풀들이 지금 색출되고 있는 상황이야."

알고 있는 일이었으므로 이광이 시선만 주었다. 아는 체 할 수는 없다. 회장은 노련하다. 옛 충신들을 불러 내막을 캐고 있는 것이다. 그때 이태진이 말했다.

"오늘 김성규하고 같이 부서장 회식을 하지."

이제는 부서원 회의, 이광이 두 명의 부서원과 함께 회의실에 앉아 있다. 안창문과 정현애다. 1년 동안 같이 온갖 곡절을 함께 겪은 터라 셋은 시선을 마주치면서 온갖 회한이 다 일어났다. 특히 정현애가 격정이 끓어오르는 것 같다. 몇 달 전까지 이광을 철저히 무시했던 정현애다. 그러다가 김성규한테 실컷 이용당한 후에 버림받고 나서 이광을 의지했지 않았던가? 그 이광까지 국내영업본부로 좌천되고 나서 김성규에 대한 한(恨)과 의지할 곳 없는 절망감으로 넋이 나갔던 정현애다. 정현애의 얼굴은 상기되었고 두 눈이 번들거리고 있다. 안창문은 동갑으로 이광보다 근무 연수가 1년 많은 선배였지만 그동안 이광의 복심이 되어 있는 상황이다. 그리고 그것을 전혀 부끄럽게 여기지 않는 것이 안창문의 장점이기도 하다. 그때 이광이 입을 열었다.

"우리 셋이서 시작하는 거야."

이광의 얼굴에도 어느덧 열기가 띠어졌다.

"그리고 우리 셋이 같이 크는 거다."

안창문이 숨을 들이켰고 정현애는 눈도 깜박이지 않았다.

"난 자신 있으니까 날 믿어줘. 너희들의 기대에 어긋나지 않을 테니까."

"난 믿어."

안창문이 어깨를 부풀리며 말했다.

"넌 보스야, 넌 잡을 수 있다고."

"야, 현애 있는 데서는 괜찮지만 남 앞에서는 반말하지 마."

"알았다."

심호흡을 한 안창문이 말을 이었다.

"에이, 지금부터 존칭 쓰지 뭐, 둘이 있을 때만 반말하고."

"해봐."

"예, 대리님."

"고맙다, 너한테 처음 대리님 소리 들었다."

"열심히 할게요, 대리님."

정현애가 말했으므로 이광이 머리를 끄덕였다.

"정현애 씨한테서 두 번째 듣는다."

"나도 내년 말에는 진급해봅시다."

"내가 적극적으로 밀어줄게."

이광이 정색하고 말했다.

"한번 해보자."

"오늘 회식해요?"

정현애가 물었으므로 둘이 얼굴을 펴고 웃었다. 안창문이 감동한 얼굴로 말했다.

"야, 얼마 만에 듣는 소리야? 우리 회식 안 한 지 오래되었네."

"내일 하지. 오늘은 부서장 회식이래."

이광이 말하자 안창문이 혀를 찼다.

"젠장, 정현애 씨하고 둘이 해야겠군."

회의실을 나온 이광이 자리로 돌아왔을 때 김성규의 자리는 비어 있었다. 김성규는 아침에 잠깐 얼굴만 비치고는 바이어 사무실에 간다면서 외출했다는 것이다. 김성규의 자리가 바로 옆이다. 이광은 지금 어제까지만 해도 윤병도가 앉아 있던 자리로 내려왔다. 물론 새 책상이다. 윤병도의 책상은 어제 퇴근 후에 총무부에서 치운 것이다. 그리고 오늘 아침에 윤병도는 총무부 옆에 만들어진 대기실로 옮겨갔다. 대기실에는 헌 책상이 10여 개 놓였는데 그것이 대기 발령을 받은 직원들의 자리다. 머리를 든 이광이 사무실을 둘러보았다. 오전 11시 반이다. 수출부는 아직도 술렁거리는 분위기였지만 6개 과장 중 3개가 빈 채 안정이 되어가는 중이다. 지금 자리에 앉아 있는 과장 셋은 2과장 겸 수출부장 직대인 이태진, 그리고 3과장 직대 이광, 6과장 직대 김병삼 셋이다. 빈자리는 1과장, 4과장, 5과장 자리지만 4과장 김성규는 외출, 5과장 직대 박금철이 이번 인사에서 대기 발령을 받았다. 어제 대기 발령 통보를 받은 박금철은 오늘 출근하지 않았다. 사표를 낸다고 했다는 것이다. 그리고 그동안에 대리 둘이 퇴사했다. 조만규와 정만수다. 중간 간부급인 대리급이 연달아서 사표를 쓰고 나가는 것이다. 조만규, 정만수는 경쟁사의 과장으로 옮겨갔고 박금철은 이번 인사에서 강근제 부장, 고명수 1과장 라인으로 분류되었기 때문이다. 물론 그들은 남영호, 김성규 라인이다. 남영호는 수출부를 완전히 장악하는 중이었다. 그때 6과장, 김병삼이 이광에게 다가와 섰다. 30세, 온건한 성품에 패거리에 끼지 않는 실력파다. 이성대 출신, 6과 과원들의 신임도 받고 실적도 우수했다. 약점이 있다면 술을 좋아해서 지각이 잦다는 것, 결혼해서 4살짜리, 2살짜리 아이가 있다고 했다. 김병삼이 이광에게 말했다.

"오늘 회식 참석 인원이 넷이야, 김 과장, 나, 이 대리, 그리고 김 대리까지."

김병삼이 손가락을 꼽더니 목소리를 낮췄다.

"최 과장이 나한테 회식 장소를 잡으라고 하는데 영등포의 방석집으로 할까?"

"마음대로 하시죠."

"술값이 싸. 인사동, 삼청동 방석집보다 훨씬 싸지만 애들이 화끈해."

"단골입니까?"

그러자 김병삼이 빙그레 웃었다.

“형, 마침내 전화위복이네.”

오세영의 목소리가 흥분으로 떨렸다.

“역시 형이야. 형, 존경해.”

“얘 좀 봐, 벌써 아부하네.”

쓴웃음을 지은 이광이 전화기를 귀에 붙였다. 방금 오세영에게 진급되었다는 말을 한 것이다. 오후 5시 반, 이광은 쇼우 룸에 혼자 앉아 오세영에게 전화를 하는 중이다.

“다 나가고 잘리는 바람에 내가 걸린 셈이야, 내가 뛰어난 게 아냐.”

“겸손이 과하면 조롱하는 것처럼 들려. 형이 트리톤 오더를 살렸고 남영호 김성규 패거리에 대항한 유일한 사원이었다고, 회장이 그것을 몰랐을까?”

“야, 그만. 어쨌든 바이어인 너한테 신고한 거다.”

“강 부장한테는 말했어?”

“조금 전에.”

“뭐래?”

“축하한다더군.”

“형, 사랑해.”

“뭐?”

“축하한다고.”

못 들은 척했지만 이광은 사랑한다는 말을 들었다. 전화기를 내려놓은 이광이 심호흡을 하고 나서 손목시계를 보았다. 회식이다. 영등포역 주변은 본래부터 카스파의 영역이었다. 뜨내기가 많지만 서울에서 가장 활발한 상업 지구를 보유한 곳이 영등포역 지역이다. 김병삼이 안내한 방석집은 말 그대로 방바닥에 방석만 깔린 술집이다. 요정이 아니다. 그러나 차려온 식탁은 푸짐했고 술값도 쌌으므로 이태진은 만족했다. 오후 7시 반, 유성상사의 수출부 과장 넷은 교자상을 중심으로 둘러앉았다. 아랫목에 이태진과 김병삼이 앉고 위쪽을 이광과 김성규가 차지한 것이다. 여자들은 둘만 주문했는데 그것도 대기시켰다. 이야기부터 끝내고 놀겠다는 것이다. 소주잔을 들어 건배를 하고 난 이태진이 셋을 둘러보고 말했다.

"곧 수출부장이 외부에서 올 거야, 그때까지 내가 직대를 하는 거지."

과장급 둘도 충원되어야 할 것이다. 대리급 대부분이 빠져나가거나 이번에 사표를 낸 때문이다. 그때 김병삼이 이광과 김성규를 번갈아 보았다.

"어때? 이제 둘이 화해하지 그래?"

이태진이 웃음 띤 얼굴로 거들었다.

"나이도 동갑이지? 오늘 술 한 잔 마시고 풀어."

"그러죠 뭐."

이광이 먼저 대답했다. 그러고는 김성규를 향해 소주잔을 들어 보였다. 건배를 하자는 시늉이다.

"자, 김 대리, 한잔합시다."

김성규의 얼굴에 희미하게 웃음이 떠올랐다.

"그러지 뭐."

술잔을 들어 올린 김성규가 한 모금에 소주를 삼키더니 말을 이었다.

"이 대리, 우리 지금부터 말 놓지."

"어, 과연, 김 대리가 시원시원해."

이태진이 떠들썩한 목소리로 말했을 때 이광이 김성규에게 잔을 내밀었다.

"그래, 내 잔 받아."

잔을 받은 김성규에게 이광이 웃음 띤 얼굴로 말했다.

"난 김 대리한테 일 배웠어, 내 사부인 셈이지. 내가 어쩌다가 같은 직급이 되었지만 사부로서 존중할 작정이야."

김성규가 시선만 주었고 김병삼은 커다랗게 머리를 끄덕였다. 이태진이 이광의 잔에 술을 따르면서 말했다.

"그래, 우리가 서로 이렇게 존중하고 존중받고 지내면 얼마나 좋겠냐?"

"부사장이 내 외삼촌인 거 알고 있었지?"

불쑥 김성규가 이광에게 물었으므로 방안이 조용해졌다. 이광이 머리만 끄덕이자 김성규가 이제는 이태진과 김병삼을 돌아보았다.

"왜 이번에 내가 잘리지 않았는지 불가사의예요, 내가 악(惡)의 근원인데 말이에요."

"김 대리가 갑자기 겸손해졌군."

쓴웃음을 지은 이태진이 술잔을 들었다.

"능력이 있으니까 살아남은 거 아냐? 유성에서 김 대리 능력은 독보적이지."

"그렇죠."

김병삼이 동의했다.

"제일 낫죠, 그것을 회장이 모를 리가 없죠."

그때 김성규가 잠자코 술잔에 술을 채우는 이광에게 물었다.

"이 대리는 어떻게 생각해?"

김성규의 시선을 받은 이광이 빙그레 웃었다.

"회장님 주변에서 김 대리의 능력을 평가한 사람이 있었겠지."

"맞아."

이태진이 맞장구를 쳤을 때 이광이 말을 이었다.

"나라면 그들에게 내 진면목을 보여줄 거야, 경영진뿐만 아니라 회사 직원들에게도."

"그렇지."

이번에는 김병삼이 동의했다. 이광은 술잔을 들었다. 그렇다. 김성규한테서 일을 배웠다. 그리고 더 배울 것도 있을 것이다. 겸손해지자.

연말에 작성해서 보고한 3과의 신년 계획은 120만 불, 작년 대비 30퍼센트 증가한 금액이다. 아직 수출부장은 영입되지 않았지만 부사장 겸 영업본부장으로 오동진이 부임했다. 오동진은 대기업인 한동실업 전무 출신이었으니 그 10분의 1도 안 되는 유성상사 운영은 별것도 아니라는 듯이 자신만만했다. 살찐 체격에 목소리도 컸고 영어도 유창해서 수출부 직원들은 처음부터 기가 죽었다. 3과는 주(主) 바이어인 트리톤에서 60만 불, 기타 바이어가 15만 불 정도였으므로 나머지 45만 불은 새 오더를 받아야 한다. 새 시장, 새 바이어를 개척해야만 하는 것이다. 말이 시장 개척이고 새 오더지 이건 사법 고시를 패스하는 것보다 어려우면 어렵지 쉽지 않다. 고시는 참고서가 있고 정답이 있으니까 외우면 되지만 바이어는 다르다. 누구는 오더를 낚시질로 비유하는데 뭘 몰라도 한참 모르는 표현이다. 소설 쓰는 자들이 남 이야기나 듣고 오더 수주 이야기를 쓰지만 그 고생을 이해할 리가 없다. 이광은 1년 동안 씨를 뿌렸지만 아직 수확한 오더는 없다. 현재 에이스무역의 유민우에게 연결시킨 레이놀드 오더가 성사 단계에 있어도 7만 불에서 최대 10만 불이 될 뿐이다. 35만 불을 찾아야 한다. 차라리 산에서 금을 캐내라고 하는 것이 더 나을 것이다, 산이 있으니까. 그러나 오더라는 것은 바이어가 산처럼 쌓였다고 해서 오는 것이 아니다. 오더는 제가 제 발로 찾아오는 경우가 대부분이다. 찾아가는 곳은 믿을 만한 대기업, 전에 거래했던 기존 업체, 그리고 특별한 상대다. 그 특별한 상대란 제품, 기술, 그리고 마지막으로 정성과 믿음이 가는 상대다. 레이놀드가 이광을 낙점한 것도 그 마지막 기회일 것이다. 그러나 그것도 L/C라고 부르는 신용장이 올 때까지는 마음을 놓을 수가 없는 것이다.

"무리인데요."

안창문이 머리를 두 손으로 움켜 안고 말했다. 이것이 안창문의 고민하는 자세다. 오후 3시 반, 회의실 안이다. 이광은 안창문과 '오더 회의'를 하고 있다. 어떻게 오더를 만들까? 그 주제다.

"일괄적으로 올해 실적에다 35%를 증가시키다니, 이게 말이 됩니까?"

안창문이 몇 번째인지도 모르게 불평을 했다. 그러나 이것은 새 부사장 오동진이 각 과에 똑같이 부담시킨 목표다. 김성규의 4과도 작년에 105만 불을 수출했는데 올해는 35% 증액한 142만 불이 목표가 된 것이다. 그때 회의실로 정현애가 들어섰다.

"대리님, 한산산업 오 사장이 회의 끝나시면 전화 해달라고 합니다."

"어, 그래?"

자리에서 일어선 이광이 서둘러 사무실로 나와 전화기를 들었다. 버튼을 누르자 곧 오민호가 응답했다.

"오 사장님, 납니다."

이광이 말하자 오민호가 대뜸 물었다.

"회사세요?"

"예, 무슨 일입니까?"

지금 오민호는 트리톤 오더를 생산하는 중이다. 올해 첫 선적분이 일주일 후에 출하될 예정인 것이다. 7만 불 물량이었고 내일 오세영과 검사원 잉거슨이 함께 검사를 하러 갈 작정이었다. 그때 오민호가 말했다.

"기조실에서 오늘 현장 조사를 나왔는데요, 조정과장이 직원 하나를 데리고 왔더군요."

"아, 예."

"작년에 유성상사와 계약, 납품한 결산서를 체크했습니다."

이광이 심호흡을 했다. 백영주다. 백영주는 거래선 전체를 현장 조사하고 결산을 체크하고 있다. 지금까지 유성상사에서는 한 번도 해오지 않았던 방법이다. 그때 오민호가 말했다.

"저, 대리님, 조정과장이 연말에 우리가 비자금으로 드린 1백만 원을 체크했습니다. 회계 장부에는 접대비라고 써 놓았는데 경리가 말을 잘못하는 바람에……."

이광이 어깨를 늘어뜨렸다. 경리하고 일일이 말을 맞출 수는 없는 것이다. 장부에 적어놓았을 때는 문제가 된다. 이광이 부드럽게 말했다.

"아, 알겠습니다, 신경 쓰지 마시고 내일 검사 준비나 잘하세요."

"미안합니다, 앞으로는 장부에다 기재 안 하겠습니다."

"그건 내 잘못도 있습니다."

전화기를 내려놓은 이광이 백영주의 얼굴을 떠올렸다. 유성상사의 사주가 될 백영주였으니 언젠가는 본색을 드러내게 될 것이다. 백영주는 경력 사원으로 입사하여 기조실 조사과장이 되었지만 그동안 한 번도 만나지 못했다. 기조실은 3층이어서 회사에서 얼굴을 볼 시간도 없다. 그러나 소문을 들었다. 대기업인 대성물산 기조실 대리 출신으로 기조실장과 회장의 신임을 받고 있다는 것이다. 그때 구내전화가 울렸으므로 이광이 송수화기를 들었다.

"예, 이광입니다."

"비서실 정지현인데요, 회장님이 부르세요."

"날 말입니까?"

"그럼요."

정지현의 목소리에 웃음이 섞여 있다. 하긴 황학수가 공식적으로 찾는 것은 이번이 처음이다.

황학수는 부사장 오동진과 둘이 이야기 중이었으므로 이광은 비서실의 대기석에 앉아 기다렸다. 이곳은 회장실 바로 앞, 회장실 담당 정지현 대리는 미인이다. 비서실 여직원은 미인인 것이 당연하다. 총무부에서 성적, 성품, 용모까지 탁월한 몇 명을 추려내어 가장 먼저 비서실에 제공하기 때문이다. 사주(社主)나 대표 이사가 외부 인사를 만나는 경우가 많은 터라 가능하면 용모가 출중한 여직원을 내세우는 것이 회사 이미지를 고양시키는 것이다. 그것에 토를 달고 항의하는 여직원은 기네스북감이 되고도 남는다.

"곧 끝나실 겁니다."

정지현이 사근사근한 목소리로 말했다. 이광을 바라보면서 정지현이 눈웃음을 쳤다.

"제가 진급 축하 인사도 못 드렸네요, 축하드려요."

"아이구, 영광입니다, 정 대리님."

정지현은 일성대 출신, 이광이 쳐다보지도 못 할 신분이다. 이광이 편의공작대 고구마3 벙커에 처박혀 있을 때 유성상사에 입사해서 이제 4년 차가 되었다. 26세, 이광보다 2년 어리지만 입사 3년 선배다. 아, 고구마3에서의 3년과 같다.

"마실 것 드릴까요?"

정지현이 물었으므로 이광이 머리를 저으며 말했다.

"나중에 술이나 한잔하십시다, 물론 정 대리님이 내키실 때 말이죠."

"술 사드려요?"

"제가 사지요."

"시간 봐서요."

"독촉 않고 기다리지요."

그때 정지현이 이를 드러내고 웃었다.

"이 대리님이 여직원들 사이에서 인기가 좋아요, 알고 계시지요?"

"모릅니다."

"정현애한테서 그렇게 수모를 당하시고도 나중에 감싸 안고 받아들여 주셨죠, 현애가 다 말해 주었어요."

"어이구."

이광이 어깨를 움츠렸다.

"정 대리님, 우리 만나지 맙시다, 소문이 무섭군요."

"연락드릴게요."

정지현이 사근사근한 목소리로 말했을 때 문이 열리더니 오동진이 나왔다. 오동진이 자리에서 일어서는 이광을 보더니 눈을 크게 떴다.

"자네가 여기 웬일인가?"

그때 정지현이 대답했다.

"회장님이 부르셨습니다."

"회장님이?"

그러더니 더 물으려는 듯이 입을 반쯤 벌렸다가 닫고는 몸을 돌렸다. 오동진이 비서실을 나갔을 때 정지현이 웃음 띤 얼굴로 이광을 보았다.

"어떤 표정인지 보셨죠?"

"예, 부사장을 통하지 않고 회장님 만나는 것이 좀 그러신 것 같군요."

"그걸 회장님께서 일부러 이 장면을 연출하신 것 같지 않으세요?"

정지현이 다시 눈웃음을 쳤다.

"부사장님께 보여 드리려고요."

"왜 그러셨을까요?"

"그건 자세히 모르죠."

"어쨌든 고맙습니다, 정 대리님."

"이제 들어가셔야겠네요."

일어선 정지현이 회장실 문에 가볍게 노크를 한 다음 먼저 들어가더니 금방 나왔다.

"들어가세요."

이광이 회장실로 들어서자 소파에 앉아 있던 황학수가 눈으로 앞쪽 자리를 가리켰다.

"거기 앉아라."

이광이 자리에 앉자 황학수가 머리를 들었다.

"방금 부사장 만났지?"

"예, 회장님."

"부사장이 좀 찜찜한 기분일걸? 네가 나하고 직접 독대를 하는 걸 목격했으니까."

황학수의 얼굴에 쓴웃음이 떠올랐다.

"네가 나가면 부사장이 널 부를 거다. 그리고 무슨 일로 회장실에 들어갔느냐고 묻겠지."

"……."

"그럼 이렇게 말해, 회장님이 회사 분위기에 대해서 물으셨다고 말이야, 알았냐?"

"예, 회장님."

"부사장은 내가 널 대리 진급을 시킨 것에 대해서 형평성이 어쩌구, 학벌이 어쩌구 했다. 그 친구는 명문 출신이라 선입견이 강해."

"……."

"가만두면 그런 선입견으로 널 누를 것이고 배겨나기 힘들다. 그래서 너한테 힘을 실어 주려는 건데."

황학수의 얼굴에 쓴웃음이 번졌다. 피로한 기색이다.

"자주 이러지는 못 한다. 이젠 네 앞가림은 네가 알아서 해라. 넌 그럴 능력이 있는 놈이다."

이광은 숨을 들이켰다. 직장 생활도 운이 작용한다. 이런 사주를 만난 것도 운이다.

"감개무량해, 형."

오세영이 손을 뻗어 이광의 허벅지 위에 올려놓았다. 오전 9시 40분,

이광이 운전하는 업무용 승합차는 수원의 한산산업으로 달려가는 중이다. 바이어 검사다. 승합차 뒷좌석에는 검사원 잉거슨이 길게 누워 잠이 들었다. 차 안에 금방 술 냄새가 가득 찼기 때문에 이광이 창문을 조금 내렸다. 잉거슨의 숨결에서 술 냄새가 가스처럼 뿜어 나오는 것이다. 오세영이 이광의 허벅지를 손바닥으로 문질렀다.

"형이 입사 동기 중에서 선두 주자가 되었네. 그 누구도 예상하지 못한 일이지."

"그러게."

옆자리에 앉은 오세영의 손이 이광의 다리 사이를 쓸었다.

"형, 사랑해."

"그걸 사랑한다는 말이구나."

"뭘?"

되물었던 오세영이 얼른 손을 떼고는 눈을 흘겼다.

"그렇다, 어쩔래?"

"떼어줄까? 네가 넣고 다니게 말이야."

"장난 마."

이제 팔짱을 낀 오세영이 의자에 등을 붙였다.

"1년 만에 대리 진급, 더구나……."

"오성대 출신이 일, 이성대를 제치고."

"그 말 하려는 게 아냐. 좌천당했다가 치고 올라와 진급까지 했다는 이야기를 하려고 했어."

"원상회복이 된 것이지."

"또 운이 좋았다고 할 참이야?"

"요즘 어떻게 지내냐?"

이광이 말머리를 바꾸자 오세영이 잠깐 입을 다물었다. 이제 뒷자리의 잉거슨은 코까지 골고 있다. 차는 국도를 거침없이 달려가는 중이다. 이윽고 오세영이 입을 열었다.

"정혜가 대학원에 다녀."

이광은 앞쪽만 보았고 오세영이 말을 이었다.

"나한테 연락도 안 해. 소문을 들었더니 돌아다니지도 않고 학교하고 집만 오간대."

오세영이 이광의 옆모습을 보았다.

"형한테 연락 왔어?"

"아니, 전화 받은 적 없어."

차량 통행량이 많아졌으므로 속력을 줄이면서 이광이 말을 이었다.

"잘된 거다, 실컷 놀았으니까 제정신이 박힌 인간이라면 정상으로 돌아가야지."

"……."

"대학원 끝내고 재벌 가문하고 맺어지는 것이 자연스러워. 귀족과 평민 계급은 어울리기 힘들다."

"내가 경솔했어."

"이제 그 이야기는 그만."

"내가 곰곰이 생각해봐도 내가 그랬다고 형에 대한 감정이 변한 건 아니었어. 믿었기 때문에 그랬던 거야."

"글쎄, 덜렁 받아먹은 나도 미친놈이라니까. 그만두자."

"알았어."

오세영이 다시 손을 뻗어 이광의 허벅지 위에 얹었다. 수원 한산산업에 도착했을 때는 오전 11시 반이다. 술이 깬 잉거슨이 검사를 하겠다고 했으므로 공장에서는 분주해졌다. 잉거슨은 랜덤으로 완성된 박스 3개를 골라내더니 검사를 시작했다. 그때 사장 오민호가 이광에게 다가오더니 낮게 말했다.

"대리님, 잠깐 이야기 좀 하십시다."

오민호는 45세, 고졸로 20세부터 봉제공장 포장반, 아이롱반, 미싱반을 거쳐 공장장까지 올랐다가 5년 전에 한산산업을 차린 입지전적인 인물이다. 경력 25년, 군에 안 가려고 오른손 둘째손가락 한 마디를 원단 작두로 자른 인간이기도 하다. 요령이 좋고, 납기는 착실하게 지키는 터라 유성상사와 2년간 거래했지만 사고 난 적이 없다. 지금까지 1과 오더를 하다가 2개월 전부터 3과 오더가 들어간 상태, 지난번 1백만 원 비자금도 오민호가 먼저 제의해서 받은 것이다. 어쨌든 이광의 실수다. 김성규와 싸우기 전에 일어난 일이었다. 공장 밖으로 나왔을 때 오민호가 이광에게 담배를 권하면서 말했다.

"오전 9시경에 기조실 백 과장님한테서 전화가 왔었습니다."

이광이 머리를 저어 사양했더니 오민호가 담배 한 개비를 꺼내 입에 물고 불을 붙였다. 연기를 길게 빨아들인 오민호가 구름같이 입으로 뿜어내고 나서 말을 이었다. 뜸을 들인 것이다.

"이번 1백만 원 문제는 기조실에서 당분간 보류시킨다고 하는군요. 지금 막 구조 조정이 끝난 상황이라 보류시키겠답니다."

"……."

"대리님께도 그렇게 전하라고 했습니다."

이광이 심호흡을 했다. 백영주가 직접 자신에게 이야기하는 것이 정상인 것이다. 하청 공장 사장을 시켜 말을 전하는 의도는 무엇인가? 길을 들이겠다는 의도인가? 이광의 얼굴에 쓴웃음이 떠올랐다.

오세영은 적극적이다. 신음을 뱉으면서 이광한테서 떨어지지 않는다. 알몸이 땀에 젖어 미끈거렸고 거친 숨결에 쇳소리까지 섞였다. 이광이 정상위로 체위를 바꾸자마자 오세영이 다시 폭발했다. 밤, 뜨거운 폭풍이 또 한 번 휘몰아치며 지나갔다. 이광이 몸을 굴려 떨어졌을 때 오세영이 헐떡이며 말했다.

"형, 트리톤에서 섬유류 오더를 한국실업으로 집중시키고 있어."

이광이 천정을 본 채 입을 열지 않았고 오세영이 말을 이었다.

"지금까지 6개 업체가 우리 오더를 가져갔는데 마가렛이 메이커를 일원화하겠대. 그래야 관리하기도 쉽다는 거야."

오세영이 이광의 가슴에 얼굴을 붙이고는 바짝 몸을 붙였다. 가쁘고 더운 숨결이 이광의 가슴을 스치고 지나갔다.

"다음 달부터 3개 업체가 정리되고 한국, 국제, 그리고 유성상사가 남게 돼."

"올해 물량이 얼마나 되는 거냐?"

이광이 오세영의 어깨를 당겨 안으면서 물었다. 밤 11시 반, 신촌의 모텔 방 안이다. 둘은 검사를 끝내고 잉거슨과 함께 시내에서 저녁을 먹고 나서 모텔로 들어온 것이다. 오세영이 다리를 들어 이광의 다리에 걸쳤다.

"올해 섬유류 수입 계획은 750만 불, 기타가 3천만 불쯤 돼."

"우린 60만 불이야."

"강 부장이 다음 달에 상무로 진급하지만 회사 정책이라 유성도 어떻게 될지 모르겠어. 오더 디테일 간 건 30만 불쯤 되었지?"

이광이 오세영의 젖가슴을 부드럽게 움켜쥐었다.

"상반기 35만 불 디테일은 받았어."

"그럼 하반기가 불안하니까 강 부장을 만나서 이야기해 봐."

"그래야겠다, 정보 줘서 고맙다."

"당연한 일이지."

그때 오세영이 손을 뻗어 이광의 남성을 만지더니 숨을 들이켰다.

"또?"

이광이 잠자코 오세영을 끌어안았다. 다시 방안에 열풍이 몰아치기 시작했다. 한 쌍의 사지가 어지럽게 꿈틀거렸고 방안은 탄성과 가쁜 숨소리로 가득 찼다. 트리톤에서 60만 불은 예상했지만 3과의 올해 목표에는 아직도 45만 불이나 부족하다. 그런데 트리톤이 메이커를 일원화시킨다면서 오더 물량을 줄인다면 그야말로 설상가상, 엎친 데 덮친 꼴이 된다. 어느새 오세영이 다시 절정에 오르고 있었지만 이광은 느끼지 못하고 있다. 트리톤에서 상반기 오더 35만 불가량의 디테일은 받았으니까 그것까지는 보장될 것이다. 오세영의 신음 소리가 그때서야 귀에 들어왔으므로 이광이 현실로 돌아왔다.

다음 날 아침, 회사로 출근한 이광에게 6과장 김병삼이 다가와 말했다.

"윤 과장이 어제 회장 면담을 하고 나와서 사직서를 냈어."

이광 책상에 두 손을 짚은 김병삼이 길게 숨을 뱉었다.

"나한테 말하고 갔는데."

김병삼이 힐끗 옆자리를 보았다. 오전 8시 10분, 출근 시간 20분 전이어서 김성규는 아직 출근하지 않았다.

"김성규를 그대로 둔 것이 부당하다고 말했다는군, 불공평 하다고 말이야. 트리톤 지사장이 항의 편지를 보낸 것까지 회장님한테 다 말했다는 거야."

"……."

"만악의 근원이라고 문자까지 썼다고 했어."

이제는 김병삼이 힐끗 앞쪽도 보았다.

"정현애 이야기도 했다는군, 여직원을 희롱하고 상처를 주었다고 말이야."

마침내 이광이 어깨를 부풀렸다가 길게 숨을 뱉었지만 입을 열지는 않았다. 김병삼이 그것을 제 위주로 받아들인 것 같다. 같이 한숨을 쉬더니 말을 이었다.

"그랬더니 회장이 뭐라고 한 줄 아나?"

"……."

"나는 능력 위주로 판단했네, 이렇게 딱 네 마디 말만 뱉었다는군."

"……."

"회장 만나고 나와서 윤 과장이 나한테 그 이야기하더니 사표 써서 나한테 주고 나갔어."

"……."

"참 허무하지만 지금 생각해 보니까 회장 말씀이 맞는 것 같아. 김성규가 윤 과장보다는 능력이 있거든. 온갖 지랄을 다 하고 다니지만 일처리는 깔끔하지. 바이어 다루는 것도 그렇고……."

그때 김성규가 사무실로 들어섰으므로 김병삼이 허리를 폈다. 다가온 김성규가 웃음 띤 얼굴로 둘을 향해 물었다.

"내 이야기하는 거요?"

그때 이광이 대답했다.

"아냐, 어제 사표 낸 윤 과장 이야기야."

공개석상에서 이광이 김성규에게 처음 반말을 했다.

"그래, 무슨 일이냐?"

황학수가 가라앉은 표정으로 물었지만 눈빛은 부드럽다. 오후 12시 반, 대림동 사거리 안쪽 골목에 위치한 일식당 '교토'의 방안이다. 지금 황학수는 백영주와 마주앉아 있다. 방금 둘 앞에는 초밥이 놓였는데 아직 아무도 젓가락을 대지 않았다. 오늘 만남은 백영주가 보고할 것이 있다고 했기 때문이다. 회사에서는 기조실 과장이 회장과 독대하면 금방 토픽 뉴스가 된다. 그래서 많은 사람의 주목을 받게 되면 정체가 밝혀질 위험이 있다. 백영주가 정색하고 황학수를 보았다.

"아버지, 이광도 썩었어요."

"썩었어?"

눈을 크게 떴지만 황학수가 놀란 것 같지는 않다. 황학수의 시선을 받은 백영주가 말을 이었다.

"공장 체크를 했더니 수원의 한산산업이란 하청 공장에서 작년 11월에 1백만 원을 접대비 명목으로 현금 수령한 것이 드러났습니다."

"……."

"장부에 적혀 있었고 경리가 이광 씨한테 준 것이라고 분명히 말했어요."

"……."

"그리고 이광 씨는 집안이 여유가 없는데도 신촌의 신축 오피스텔을 구입해서 살고 있더군요. 시가가 2천만 원대인 오피스텔인데 이광 씨 명의로 되어 있습니다."

"허, 네가 그것까지 조사했어?"

쓴웃음을 지은 황학수가 묻자 백영주가 머리를 끄덕였다.

"네, 제가 전(前) 회사에서 용역을 주던 회사에 의뢰를 했거든요."

"그렇군."

"구입한 지 3개월쯤 되었습니다. 유성상사에 다니면서 돈을 모아 오피스텔을 구입했겠지요."

"입사 1년도 안 되는 놈이 대단하구나."

"거래하는 공장이 7개나 됩니다. 한산산업에서 뜯어낸 것처럼 하면 한 달에도 5, 6백 뜯어낼 수 있지 않겠어요?"

"설마 그럴 리가……."

"아버지한테 회사 비리를 직보하는 성품 아닙니까? 가능한 일이에요."

"넌 이광이를 위험인물로 보는구나."

황학수가 젓가락으로 초밥을 집으면서 머리를 끄덕였다.

"그래, 맞아. 위험한 놈이지."

"아버지가 그 사람을 너무 믿고 계신 것 같아서요."

정색한 백영주가 말을 이었다.

"저도 충격이 컸어요, 그래서 일단 한산산업 문제는 보류시켰습니다. 공장에다 그렇게 이야기를 해 놓았고요."

"……."

"앞으로 수출부와 공장과의 계약도 기조실 컨펌을 받고 진행시키도록 건의를 올리겠습니다."

"그렇게 해라."

"제 생각은요."

젓가락으로 초밥을 깔짝거리면서 백영주가 말을 이었다.

"오성대 출신으로 이렇게 두각을 나타낼 정도면 분명히 다른 재주가 있을 것이라고 생각합니다. 이건 제가 전에 다니던 회사에서는 있을 수 없는 일이었죠."

"뭐가 말이냐?"

"오성대 출신이, 일성, 이성대 출신을 제치고 진급하는 경우 말씀입니다."

"그런가?"

"우리 회사가 허점이 많아서 그렇다고 생각합니다. 오성대 출신이 잔머리를 굴릴 여유가 많은 것이죠."

"허어."

길게 숨을 뱉은 황학수가 앞에 놓인 초밥을 가리켰다.

"어서 먹어라, 다 식겠다."

"네, 아버지."

방안에 잠깐 씹는 소리만 들렸다가 이번에는 황학수가 먼저 입을 열었다.

"너, 만나는 남자 없니?"

"예, 아버지."

씹던 것을 삼킨 백영주가 외면한 채 말을 이었다.

"저, 이제 다 먹었어요, 아버지."

"그러냐?"

"제 걱정 안 해주셔도 돼요, 아버지."

"네가 예민해진 것 같아서 그런다."

"아녜요."

"네 엄마가 간 지 올해로 7년 되었지?"

백영주가 입을 다물었고 황학수가 물 잔을 들었다. 방안에 다시 정적이 덮였다. 7년 전에 백영주는 어머니를 잃고 혼자되었다. 그 후로 황학수가 신경을 썼지만 설상가상으로 사귀던 남자가 떠나는 바람에 백영주는 상처가 더 커졌다. 그것도 황학수가 알고 있는 것이다. 이윽고 황학수가 다시 입을 열었다.

"오늘처럼 무슨 일이건 먼저 나한테 이야기해라."

"리, 신용장은 에이스무역으로 오픈하란 말인가?"

레이놀드가 물었으므로 이광이 전화기를 고쳐 쥐었다.

"예, 레이놀드 씨, 에이스무역에서 유성상사로 신용장을 트랜스퍼하겠습니다."

오후 6시, 이광은 지금 에이스무역 사무실에서 런던의 레이놀드에게 전화를 하는 중이다. 런던 시간은 오전 9시다. 그때 레이놀드가 물었다.

"리, 에이스무역은 어떤 회사인가?"

그 순간 이광이 심호흡을 했다. 오늘 이 문제로 에이스무역에 와서 레이놀드에게 전화를 한 것이다. 유성상사 사원으로 레이놀드와 상담을 했지만 그동안 에이스무역을 통해 연락을 하고 샘플을 보냈다. 그러고 나서 오더가 된 것이다. 그때까지는 레이놀드는 상관하지 않았다. 에이스무역이 샘플 대행업체 정도로 생각했을 것이다. 그러나 막상 오더가 되고 나서 신용장을 에이스무역으로 오픈하라고 하자 레이놀드가 묻는 것이 당연했다. 이광은 마음을 정했다. 레이놀드는 60대 후반으로 산전, 수전, 공중전까지 겪은 무역상이다. 어설픈 거짓말은 말자.

"레이놀드 씨, 에이스무역은 제 학교 선배가 운영하는 오퍼상입니다. 직원이 선배하고 여직원 하나밖에 없습니다."

앞쪽에 앉은 유민우가 힐끗 시선을 주었다. 여직원 미스 성은 외출나가서 사무실에는 둘뿐이다. 레이놀드는 듣기만 했고 이광이 말을 이었다.

"유성상사 앞으로 신용장을 받으면 제가 애를 써서 오더를 성사시켰는데도 회사에서 무시하면 억울하게 당할 수밖에 없습니다, 레이놀드 씨."

"……."

"또는 제 상관이 자기가 오더를 받았다고 상부에 보고하는 경우도 있습니다, 레이놀드 씨."

"……."

"그래서 저는 레이놀드 앤 선의 오더가 제 오더라고 유성상사에 자랑하고 싶은 것입니다, 레이놀드 씨. 누구도 빼앗지 못하도록 말입니다."

"……."

"제가 자랑스럽게 회사에 내놓도록 해 주십시오, 레이놀드 씨."

그때 레이놀드가 가라앉은 목소리로 물었다.

"그럼 에이스무역에 신용장을 오픈하면 유성상사로 트랜스퍼 하고 나서 오퍼상 수수료를 떼어야겠군, 그렇지?"

"예, 레이놀드 씨, 3퍼센트를 뗄 생각입니다만 어떻게 생각하십니까?"

"3퍼센트를 떼어도 생산 단가가 맞겠나?"

"유성 측 마진이 그만큼이 줄어들 뿐입니다."

"정직하게 말해줘서 고맙네, 미스터 리."

"뻔한 이야기를 거짓말할 수는 없었습니다, 레이놀드 씨."

"좋아, 에이스무역으로 신용장을 열지."

"감사합니다."

"자네는 용기가 있어, 미스터 리."

레이놀드의 목소리에 웃음기가 띠어졌다.

"이런 경우에 갖가지 이유를 대는 사람들이 많아. 만일 자네가 그랬다면 오더를 취소했을 것이네."

"저는 제 미래를 당신 앞에 펼쳐놓은 것입니다, 레이놀드 씨."

정색한 이광이 말을 이었다.

"당신이 저와 에이스무역과의 관계를 유성상사에 알려 주시기만 해도 저는 회사를 그만둬야 할 테니까요."

"그래서 내가 자네를 용기 있는 남자라고 한 거야."

"열심히 하겠습니다."

"그렇다면 자네는 내 에이전시가 된 셈이니까 제품 검사도 철저하게 하도록. 3퍼센트 떼어가는 대가를 하란 말이네."

"예, 레이놀드 씨."

"그럼 신용장은 다음 주에 오픈하겠네."

"감사합니다."

전화가 끊겼을 때 이광이 손등으로 이마의 땀을 닦았다.

"됐구나."

앞쪽에 앉아 있던 유민우가 어깨를 늘어뜨리며 말했다. 흰 얼굴이 상기되어 있다.

"나는 심장이 뛰어서 심장마비가 올 뻔했다."

유민우도 다 들은 것이다. 심호흡을 하고 난 유민우가 말을 이었다.

"난 네가 그렇게 탁 털어놓고 덤빌 줄은 몰랐어, 그런데 받아들이다니."

"서로 좋은 거야."

이광이 정색하고 유민우를 보았다.

"레이놀드는 제품 하자가 있을 때 대놓고 생산자에게 따질 에이전시가 필요했을 거야. 그리고 같은 가격에 심부름하는 에이전시가 있다면 일석이조지."

그리고 덧붙였다.

"더구나 메이커에서 일하는 에이전시야. 내 약점을 쥐고 있으니까."

이렇게 14만 불 오더가 성사되었다.

회의실에 모인 수출부 부서장은 모두 6명, 1과장으로 옮겨가면서 수출부장 직무 대리가 된 이태진, 2과장은 이번에 간부 사원으로 특채된 임종기, 3과장 직무 대리 이광, 4과장 직무 대리 김성규, 5과장 서한섭도 이번에 특채로 들어왔고 6과장 직무 대리 김병삼이다. 상석에는 부사장 오동진이 앉았다. 수출부 전략회의, 이 명칭은 오동진이 붙였는데 매주 월요일 오전 9시에 시작된다. 각 과(課)의 오더 점검과 문제점 파악이 회의 주제였지만 회의 시간의 절반 이상이 항상 오동진의 '연설'로 소비되었다. 오동진의 연설이 끝나고 나면 시간이 모자라서 대충 넘어가는 경우가 많은 것이다. 오늘도 9시에 시작된 회의가 10시경에 끝나면서 이광은 듣기만 하고 말았다. 회의 시간이 10시까지로 정해졌기 때문에 오동진이 말을 늘어놓으면 듣기만 하고 나오는 경우가 많다. 이광이 자리에서 일어섰을 때 오동진이 생각난 것 같은 얼굴로 말했다.

"이 대리, 잠깐만 남아."

"예, 부사장님."

이광이 다시 자리에 앉았을 때 과장들이 힐끗거리며 회의실을 빠져나갔다. 이광이 심호흡을 하고 나서 오동진을 보았다. 오동진이 이렇게 혼자 부른 것은 처음이다. 부사장으로 부임한 지 한 달이 되었지만 부사장 면담을 한 간부 사원은 부장 직대인 이태진, 그리고 과장급으로 특채된 임종기와 서한섭이다. 대리급 직대는 이렇게 일주일에 한 번씩 간부회의 때 같이 얼굴을 볼 뿐이다. 서열에 엄격하고 기율을 따지는 오동진의 습성에 수출부는 길이 들여지는 중이다. 회의실에 둘이 남았을 때 오동진이 이광에게 물었다.

"이 대리, 회장님하고 자주 만나나?"

그 순간 이광의 심장 박동이 빨라졌다. 회장이 오동진이 그렇게 물었을 때는 어떻게 대답하라는 말까지 해주었던 것이다. 그러나 이게 무슨 꼴인가? 대리가 아니라 말단 사원이라도 회장하고 독대하면 안 된단 말인가? 지금 오동진은 큰 사건이라도 목격한 것처럼 굳은 표정이 되어서 묻고 있다. 이 회사가 어떤 회사인데? 회장 아들 사장이 원정 도박에 빠졌고 그것을 약점으로 잡은 부사장이 회사를 말아먹기 직전에 내가 구해내었다. 그리고 넌 낙하산으로 떨어진 부사장일 뿐이다. 회장의 고향 선배 아들이라고 했나? 전(前) 회사에서 자금 유용을 한 것이 감사에 걸려 해임된 후에 회사를 차렸다가 부도가 났다고 했던가? 다 회장한테서 들었다. 회사 내에서 오동진의 본색을 아는 사람은 셋, 회장과 백영주, 그리고 나뿐일 것이다. 몇 초밖에 안 되었지만 이광의 머릿속을 스쳐 간 상념이다. 그때 이광이 대답했다.

"아닙니다, 부사장님. 딱 한 번 뵈었습니다."

"한 번? 그럼 그때 회장실 앞에서 날 만났던 때였나?"

"예, 부사장님."

"그때 무슨 일로 회장님이 이 대리를 부르신 거지?"

"예, 너는 오성대 출신으로도 대리 진급을 할 수 있다는 시범 케이스로 진급을 시켜준 것이니만치 분발해야 된다고 말씀하셨습니다."

오동진이 시선만 주고 있는 것은 제 마음속에 있는 말을 꼭 집어서 말해주었기 때문일 것이다. 이광이 말을 이었다.

"그리고 네가 진급해서 다시 수출부로 올라온 것은 전(前)의 인사가 불공정했다는 것에 대한 보상 차원이라고 말씀하셨습니다."

마음에 맞는 회장님의 말씀이다. 오동진이 머리가 저절로 끄덕여졌고 이광의 목소리가 방을 울렸다.

"그러니 저는 분발해서 실적을 올려야 제 명예도 살고 회장님 체면도 선다고 하셨습니다."

"으음."

탄성을 뱉은 오동진이 심호흡을 두 번이나 하더니 의장에 등을 붙였다.

"좋은 말씀을 하셨군, 그러니까 열심히 해, 이 대리."

그러고는 오동진이 만족한 얼굴로 자리에서 일어섰다. 오동진이 회의실을 나갔을 때 이광의 얼굴에 쓴웃음이 번졌다. 회장이 시킨 대로 '회장님이 회사 분위기를 물으셨습니다.' 하고 대답했다면 오동진은 계속 견제를 하면서도 함부로 대하지 못할 것이다. 그러나 싫다. 당당히, 편견 없이, 승부를 내겠다. 이광이 사무실로 돌아왔을 때 정현애가 서두르듯 말했다.

"회장님 비서실 정 대리님한테서 전화가 왔어요, 회의 끝나면 연락하시래요."

자리에 앉은 이광이 전화기를 들고 버튼을 누르자 곧 정지현이 받았다.

"전화하셨습니까?"

이광이 묻자 정지현이 바로 대답했다.

"오늘 저녁에 술 한잔하실래요?"

마포의 삼겹살 식당 안, 싸고 맛있다는 소문이 난 식당이어서 손님이 가득 차 있다. 오후 7시 반, 정지현이 웃음 띤 얼굴로 들어서자 식당 안이 환해지는 것 같다. 그리고 식당 안 소음이 갑자기 절반 정도로 줄어든 느낌도 들었다. 정지현을 본 사내들은 일제히 말을 그쳤기 때문이다. 그러다가 정지현이 이광에게 가는 걸 보고 소음이 원상태로 돌아왔다.

"왜 그렇게 봐요?"

앞쪽에 앉은 정지현이 웃으며 물었으므로 이광은 입을 다물었다.

"그냥, 환해져서."

그렇게 얼버무린 이광이 심호흡을 했다. 이광이 장소를 이곳으로 정한 것이다. 허세를 부린다면 신촌의 특급호텔 라운지로 정할 수도 있었지만 왠지 정지현한테는 그러기 싫었다. 먼저 온 이광이 고기를 굽고 있었으므로 정지현은 젓가락만 들면 되었다.

"여기 자주 와요?"

주위를 둘러보며 정지현이 물었다. 짧은 머리, 웃을 때는 얼굴이 환해지지만 입을 꾹 다물면 차가운 모습이 되어서인지 별명이 백설공주다. 공주 이미지가 풍기는 여자, 맑은 눈, 갸름한 얼굴에 날씬한 키, 정지현은 신입 사원들에게 '꿈속의 여인'이었다.

"아니, 오랜만에 오는 겁니다."

정지현의 잔에 소주를 따르면서 이광이 말을 이었다.

"갑자기 이곳이 떠올라서, 이 분위기에 공주를 데려오면 내 주가가

덩달아 뛰겠다는 생각도 들었지요."

"어유, 생각도 깊으시네."

"예상보다 반응이 더 좋군요. 아까 식당 안이 잠깐 조용해진 것 보셨죠?"

"그만요."

술잔을 든 정지현이 다시 환하게 웃었다.

"이 대리님은 선수 같아요."

"우리 계급은 빼고 부릅시다."

"좋아요, 이광 씨."

한 모금에 소주를 삼킨 정지현이 삼겹살을 집더니 맛있게 씹었다. 이광이 빈 잔에 술을 채우면서 말했다.

"내가 진급했다는 실감을 느끼게 해준 건 지현 씨였어요. 그것도 오늘 오후, 전화를 해주었을 때란 말입니다."

정지현의 시선을 받은 이광이 말을 이었다.

"꿈도 꾸지 못 했던 일이었으니까."

"아유, 그만."

눈을 흘긴 정지현이 이광을 똑바로 보았다.

"요즘 김성규 대리하고 괜찮으세요?"

"별일 없습니다."

술을 삼킨 이광이 웃음 띤 얼굴로 정지현을 보았다.

"친해지려고 노력 중이지요."

"친해질 것 같아요?"

"배울 점이 많아서."

"어떤 것?"

"업무 기술, 결단력, 그리고 인내심."

"인내심?"

"대단해요."

술잔을 든 이광이 말을 이었다.

"반면교사란 말이 있죠?"

정지현의 시선을 받은 이광이 숨을 들이켰다. 검은 눈동자 속으로 빨려 들어가는 느낌을 받았기 때문이다. 그때 정지현이 말했다.

"계속 해봐요, 이광 씨."

"내가 무슨 말을 하려다가 말았지?"

"잊었어요?"

"지현 씨 눈 속으로 빨려 들어가는 바람에 다 잊었어요."

"참, 내."

정지현이 이광의 잔에 술을 따르면서 말했다.

"반면교사."

"그렇지."

이광이 머리를 끄덕였다.

"난 그 친구 장점은 따르고 단점은 버릴 겁니다. 그 친구를 보면서 나를 돌아보게 됩니다."

"김 대리가 나한테 접근한 거 알고 있어요?"

불쑥 정지현이 물었으므로 이광이 술잔을 내려놓았다. 모른다. 그러나 가능성이 있는 말이다. 정현애부터 기조실 조양숙까지 반반한 여직원은 다 치근대었던 김성규 아닌가? 그때 정지현의 얼굴에 웃음이 떠올랐다.

"부사장이 김 대리를 소개시켜 주더군요. 그것도 부사장실에서."

"……"

"김 대리가 조카라고 말해 주었어요, 외삼촌으로 소개시켜주는 것이라고."

술잔을 든 정지현이 긴 숨을 뱉었다.

"난 김 대리가 회사 그만두지 않는 이유가 뭔지 아직도 궁금해요."

인간의 속물근성은 대개 비슷하다. 그래서 이광은 상대방의 입장이 궁금할 때 자신을 그 자리에 보내놓고 생각하는 버릇이 있다. 아마 편의공작대 고구마3 매복 초소에서부터 생긴 버릇인 것 같다.

"내가 공비라면 저 앞의 통로를 어떻게 건너올까?"

M-1 소총을 겨눈 채로 이광은 치열하게 생각했던 것이다. 목숨이 걸린 일이다. 잘못 생각하면 공비가 허점을 찔러 이쪽이 죽는다. 그러다 보니 수백 개의 다른 통로가 생겨났다. 생각할수록 허점투성이였던 것이다. 그 덕분에 뛰어 건너는 공비 둘을 잡아서 특진이 되었다가 조영관이 그놈 때문에 도로아미타불이 되었지. 그때부터 버릇이 되어서 이광은 상대방 입장을 떠올리는 것이다. 그것을 응용하면 배려가 된다. 머리를 든 이광이 정지현을 보았다. 정지현의 맑은 눈이 대답을 기다리고 있다.

"첫째, 유성상사에 입사한 이상 승부를 내고 싶었겠지요. 외삼촌이 사라졌지만 혼자만의 힘으로도 자신이 있다는 생각을 했을 것 같습니다."

정지현은 눈도 깜박이지 않았고 이광이 말을 이었다.

"김성규는 부사장의 후광을 받지 않았어도 능력이 뛰어났어요. 수출부 직원 중에서 제일일 것입니다."

"……."

"1년 동안 내 상사여서 내가 가장 잘 알지요."

"이기적이고, 냉혹하고, 리베이트 먹는 데 선수이고, 부하 직원에게는 야박하고, 여직원들을 희롱하고, 상관을 모함해서 결국 쫓아냈지 않아요?"

정지현이 한 마디씩 또박또박 말을 끝냈을 때 이광의 얼굴에 쓴웃음이 떠올랐다. 정지현이 말하는 동안 정지현의 입장에서 생각해 보았기 때문이다. 미련이다. 정지현은 김성규에게 미련이 있다. 경멸하면서도 떼어놓지를 못 한다. 이번 사건이 터지지 않았다면 정지현과 김성규 관계는 성립되었을지도 모른다. 그러나 이광이 시치미를 뚝 뗀 얼굴로 대답했다.

"능력이 우선이죠. 실적을 우선으로 하는 영업직은 그런 결점이 무시될 수도 있어요. 결론적으로 회사에 득이 될 테니까요."

"김성규한테 그렇게 당하고도 그런 말을 해요?"

"그것이 현실이니까."

"이광 씨를 다시 보았어요."

다시 술잔을 든 정지현이 웃었다.

"폭이 넓어요."

"오성대 출신답지 않습니까?"

"자격지심 있으세요?"

"없다면 둔한 놈이지요."

한 모금에 술을 삼킨 이광이 지그시 정지현을 보았다. 아름답다. 그러나 이제 정지현이 자신을 만난 이유를 알겠다. 김성규 때문이다. 아직 결심하지 못한 상태에서 김성규에 대한 험담을 실컷 들으려는 의도다. 유성상사에서 김성규와 가장 대척점에 서 있는 사람이니까. 이성대와 오성대, 날씬한 몸매, 갸름한 얼굴의 미남과 육중한 몸, 투박한 얼굴, 좋은 집안과 보통 집안 등 모두가 대조적이다. 이광이 매복 초소에 엎드린 자신을 떠올렸다. 눈앞의 정지현은 막 앞쪽 공터를 가로질러 도망치려는 공비다. 이광이 입을 열었다.

"김성규는 유성상사가 아니더라도 다른 회사에서 얼마든지 인정받을 수 있어요. 대기업에 가서도 당장 간부로 채용될 수 있는 실력자입니다."

정지현은 시선만 주었고 이광이 말을 이었다.

"난 아직도 그 친구한테서 배울 점이 많아요. 내가 따라잡으려면 아직 멀었어."

거짓말은 진실과 섞어 놓아야 효력이 배가된다. 지금 이광의 말이 그렇다. 김성규 능력이 뛰어난 것은 맞다. 그러나 김성규 같은 인간은 암세포다. 조직을 파괴하고 결국 회사를 망하게 하는 근원이 된다. 그런데 왜 이런 이야기를 하느냐? 김성규에게 미련을 갖고 있는 정지현에게 함정을 놓으려는 것이다. 눈앞 1백 미터 거리에 20미터 간격으로 펼쳐진 사격 공간에 함정을 놓았다. 미련을 버리지 못한 정지현에 대한 적의(敵意)가 그렇게 만들었다. 빠져라, 냅다 달리다가 그 구덩이에 빠지거라. 난 M-1을 쏘지는 않겠다. 그 구덩이에는 독사가 웅크리고 있다. 정지현의 시선을 받은 이광이 빙그레 웃었다.

"그렇다고 내가 그 친구 좋아하는 건 아니오."

이 정도면 됐다. 나라도 마음이 당기겠다. 이것으로 잠깐 오해를 했던 실망과 화가 상쇄되었다. 그래, 둘이 잘 해보아라.

"응? 레이놀드?"

놀란 이태진이 오더 시트를 보았다.

"어이쿠, 16만 불이네."

오더 시트 밑에는 트랜스퍼를 한 신용장까지 첨부되어 있다. 에이스무역으로 온 신용장을 찾아 유성상사로 트랜스퍼 해온 것이다.

"으아, 신용장까지."

숨을 들이켠 이태진이 탄성을 지르자 과장들의 시선이 모였다. 오전 11시 반, 이광은 에이스무역에 들렀다가 신용장을 받아와 이태진에게 보고한 것이다. 이태진은 1과장 겸 수출부장 직대다.

"오더를 어떻게 받은 거야?"

흥분을 참지 못한 이태진이 물었으므로 이광이 대충 이야기를 했다. 잘난 척을 한다면 반감이 일어난다. 우연히 만나서 열심히 샘플 보냈다고 해야 된다. 에이스무역이 소개해준 바이어라고 못을 박는 것도 중요하다.

"자, 보고하러 가자."

이야기를 들은 이태진이 바로 부사장실에 연락을 하더니 자리에서 일어섰다. 이태진의 얼굴은 상기되어 있다.

"알아? 이 대리 자네가 올해 들어서 처음 뉴 오더 받은 거다. 한 달 만에 말이야. 그것도 16만 불이나."

이광은 이태진을 따라 부사장실로 들어섰다. 오동진이 힐끗 이광을 보았지만 눈빛이 차갑다. 지금 교도소에 들어가 있는 전(前) 부사장 남영호가 오히려 더 나을 정도다. 남영호는 포커페이스라고 했지만 가끔 웃어도 주었다. 오동진이 이태진의 보고를 받으면서 오더 시트와 신용장을 훑어보았고 이광의 얼굴도 힐끗거렸다. 이윽고 이태진의 보고가 끝났을 때 원가 계산서를 보면서 이광에게 물었다.

"이윤이 7퍼센트 나왔나?"

"예, 부사장님."

"가격이 좀 짜군, 안 그래?"

7퍼센트면 좋은 가격이다. 그리고 지금까지 영국에서 이런 단가로 오더를 수주한 적이 없는 것이다. 이광의 가슴이 울컥했지만 오동진의 시선을 받은 채 대답하지 않았다. 그때 오동진이 머리를 끄덕이며 말했다.

"관리 잘하도록."

"예, 부사장님."

"어쨌든 수고했어."

처음 듣는 칭찬이다. 오동진이 머리를 돌려 이태진을 보았다.

"이 과장이 체크해줘야겠어, 새 오더를 망치면 안 되니까 말이야."

"예, 부사장님."

"알았어."

오동진이 머리를 끄덕였으므로 둘은 자리에서 일어섰다. 방을 나온 이태진이 복도에 섰을 때 이광에게 말했다.

"좀 기분 상했더라도 참아라, 이 대리."

"뭐, 상할 것도 없습니다."

쓴웃음을 지은 이광이 이태진을 보았다.

"당연한 말을 하셨으니까요."

"암튼 저 양반 칭찬이 좀 박하군."

입맛을 다신 이태진이 발을 떼면서 말을 이었다.

"남영호가 사장 뒤통수를 치는 도둑놈이었지만 수출부 관리는 잘했는데 말이야."

"……."

"며칠 전 부사장이 공개석상에서 김성규를 깠어. 너 들었어?"

"못 들었는데요?"

이광의 표정을 본 이태진이 복도 끝 쪽에 멈춰 서더니 목소리를 낮췄다. 옆을 총무과 직원 둘이 지나고 나서 이태진이 말을 이었다.

"나하고 수출부 직원 서너 명이 사무실에 있었는데 갑자기 부사장이 들어와서 김성규 앞에 결재 서류를 던지면서 말했어."

"……."

"'이따위 서류를 결재 올렸나? 출장 계획과 대책을 다시 써서 보고해.' 그래놓고는 뭐라고 한지 아나?"

이태진의 얼굴에 쓴웃음이 번졌다.

"'다른 회사 같았으면 자넨 파면 감이었어. 회사가 고마운 줄 알아.' 하는 거야."

그러고는 이태진이 입맛을 다셨다.

"그 말을 들으니까 미운 짓을 했던 김성규보다 부사장이 더 추하게 보이더군. 도대체 저런 사람을 회장님이 어디서 데려왔지?"

이태진의 시선을 받은 이광이 머리를 저었다. 내막을 밝힐 수는 없다.

"글쎄요."

"회의 때 30분이 넘도록 연설 듣는 것이 벌써 지겨워졌어. 도대체 영업본부장으로 무슨 비전을 내놓는 것도 아니고……."

그때 수출부 직원들이 다가왔으므로 이태진이 먼저 발을 떼었다. 사무실로 돌아온 이광이 자리에 앉아 있는 김성규 옆을 지나다가 걸음을 멈췄다. 김성규가 머리를 들자 이광이 물었다.

"김 대리, 오늘 저녁에 술 한잔할까?"

약속 장소인 구로공단 입구의 카페에 들어서자 기다리고 있던 김성규가 손을 들어 보였다. 오후 7시 반, 김성규가 회사에서 먼저 나갔기 때문에 이광이 10분쯤 늦었다.

"내가 술 시켰어."

김성규가 탁자 위에 차려진 술과 안주를 눈으로 가리키며 말했다. 카페 안은 떠들썩했다. 공단 노동자를 상대로 하는 터라 술값이 쌌고 안주도 푸짐했는데 카페라고 했지만 테이블 사이에 칸막이가 되어 있을 뿐이다. 아가씨 팁도 자장면 10그릇 값인 5천 원이어서 싼 편이다. 신촌으로 가면 1만 원도 받는 것이다. 김성규는 한 병에 1만 원짜리 위스키를 시켜 놓았는데 아가씨는 부르지 않았다. 이광의 잔에 술을 채우면서 김성규가 쓴웃음을 짓고 말했다.

"수출부 과장 중에서 나하고 둘이 술 마시자고 부른 사람은 이 대리가 처음이야."

"그래? 앞으로 자주 만나자고."

위스키 잔을 받은 이광이 한 모금에 삼키고는 말을 이었다.

"오더 열심히 받아주면 되는 거 아냐? 누구 눈치 볼 필요 없는 거야."

"참, 이 대리, 레이놀드 오더 축하해. 기어코 한 건 했군. 까다로운 영감이라고 소문이 났는데 말이야."

김성규가 웃음 띤 얼굴로 이광을 보았다.

"오퍼상이 에이스무역이라고 들었는데, 큰 회사야?"

"아니, 작아."

이광이 지그시 김성규를 보았다. 불쑥 털어놓고 싶은 충동이 일어났기 때문이다. 김성규를 믿는다니 천만의 말씀이다. 큰 것을 가져오려면 작은 것이라도 미끼로 내놓아야겠다는 심사와 비슷할 것이다. 그러나 이광이 입을 다물었다. 김성규 정도면 미끼만 따먹고 오히려 덮어씌울 우려가 있다. 그때 술잔을 든 김성규가 물었다.

"내가 며칠 전에 부사장한테 깨진 이야기 들었지?"

"못 들었는데?"

"그럴 리가? 회사에 소문이 다 났는데."

"아냐, 난 레이놀드 때문에 요즘 며칠 정신없었어. 우리 과 직원들은 검사 다니고 선적 서류 준비하느라고 바빴고."

"부사장이 수출부 직원들 있는 데서 그랬어. 난 파면 감인데 놔둔 것이라고."

"……."

"내 미국 출장 계획서를 내던지면서 그런 거야. 서류를 훑어보았지만 수정할 것도 없었어. 다 보지도 않고 그런 거지."

"……."

"그래, 파면 감이지. 내가 트리톤의 제니 오를 끌고 들어갔으니까. 이 대리가 없었다면 트리톤 오더는 끝났어."

"어이, 그만두자."

손을 흔들어 보인 이광이 김성규의 잔에 술을 따랐다.

"지난 일이야, 끝난 일이라고. 우린 앞을 헤치고 나가는데도 벅찬 인간들이라고. 뒤돌아볼 여유도 없어."

"유성에서는 너 하나뿐이야."

불쑥 김성규가 말했으므로 이광이 술잔을 든 채 시선을 주었다.

"무슨 말이야?"

"내 경쟁 상대."

"경쟁 상대?"

"그래. 내 경쟁 상대는 이광, 너 하나뿐이라고."

"방금 너, 나한테 너라고 그랬니?"

"그렇다."

김성규가 이를 드러내고 웃었으므로 이광이 따라 웃고 나서 말했다.

"그래도 네가 내 선임이었고 사부라 말은 놓았지만 반말은 먼저 못 하겠더라."

"그럼 내가 개통시켰으니까 됐다."

김성규가 한 모금에 위스키를 삼키고 나서 말을 이었다.

"네가 인물인지는 입사한 날 알아보았어. 네 눈빛을 보고 말이야."

"왜? 내가 눈으로 레이저를 쏘대?"

"딱 중심이 잡혀 있었지."

"그래서 네가 계속 견제를 했군."

"맞아."

"너한테 배울 점이 많아, 아직도."

"아서라, 마라라, 나한테 여자 문제는 배우지 마라. 난 여자 문제도 실패했어."

머리를 저은 김성규가 한 모금에 다시 위스키를 삼키고는 말을 이었다.

"너도 들었겠지만 정현애, 조양숙 등 내 여자관계 소문은 절반은 맞고 절반은 다르다."

김성규가 이를 드러내고 소리 없이 웃었다.

"관계가 있었다는 건 맞아. 하지만 모두 여자 쪽에서 접근한 경우였어. 단 한 번도 내가 먼저 손을 내민 적은 없어, 맹세할 수 있어."

이광의 눈앞에 문득 정현애의 얼굴이 떠올랐다.

오더 현황 보고서는 매월 초에 수출부가 경영진에게 올리고 있다. 2월 3일, 황학수는 회장실에 앉아 보고서를 펼쳤다. 보고서에는 수출부 6개 과의 지난달 실적, 이번 달 목표, 그리고 지난달 오더 수주액과 실적 대비 경상이익, 순이익 등이 과(課)별로 기록되어 있는 것이다. 보고서를 읽던 황학수의 시선이 지난달 오더 수주 항목에서 멈췄다. 황학수가 가장 관심을 가지고 체크하는 부분이다. 그 순간 황학수가 숨을 들이켰다. 수출 3과가 신 오더를 받은 것이다. 신(新) 오더란 새로 개척한 바이어다. 바이어 명은 레이놀드, 16만 불이다. 신용장까지 수주했다고 적혀 있으니 완벽하다. 지난달에 6개 과(課) 중 유일한 신 오더 실적이다. 이로써 수출3과는 올해 목표 120만 불 중 트리톤 30만 불과 레이놀드 16만 불, 46만 불 신용장을 확보했다. 황학수가 머리를 들고 벽시계를 보았다. 오전 10시 10분이다. 잠깐 망설였던 황학수가 구내전화를 들고는 책상 유리판 안에 넣어진 번호를 보았다. 이광의 구내전화 번호를 확인한 황학수가 버튼을 눌렀다.

"네, 이광입니다."

이광의 목소리가 들리자 황학수는 심호흡부터 했다.

"나 회장인데, 조심해서 대답해라."

회장이 과장직대에게 전화를 했다고 소문이 나면 곤란하다. 그래서 미리 경고해야만 한다.

"예."

이광이 낮게 대답했으므로 황학수가 헛기침을 했다.

"뭐 물어볼 것이 있는데 괜찮으냐?"

"예, 괜찮습니다."

"주위에 듣는 사람 없어?"

"예, 마침 주위가 비었습니다."

"그럼 묻겠다."

"예."

"오더 보고서를 보았는데 네 3과에서 레이놀드라고 신(新) 오더를 수주했구나."

"예."

"어떻게 받은 거냐?"

"예, 제가 오퍼상을 통해서 받았습니다."

"구체적으로 말해보아라."

"예, 제가 호텔로 찾아가서 밤늦게까지 기다렸더니 결국 에이스무역을 통해서 오더가 된 것입니다."

"네가 직접 만났어?"

"예, 호텔 방 앞에서 며칠 기다리다가……."

"그랬구나, 감개가 무량했겠다."

"예, 기뻤습니다."

"잘했다, 전화 끊는다."

"예."

전화기를 내려놓은 황학수가 심호흡을 두 번 하고 나서 인터폰을 들었다. 이번에는 번호도 보지 않고 버튼을 누르자 곧 부사장 오동진이 전화를 받았다.

“여보세요.”

“나 회장인데, 내 방으로 오게.”

“예, 회장님.”

깜짝 놀란 듯한 오동진의 목소리가 들리더니 곧 5분도 안 되어서 노크 소리가 났다. 황학수가 응답하자 방으로 들어선 오동진이 허리를 꺾어 절을 하고는 소파 옆자리에 앉았다. 그때 황학수가 탁자에 펼쳐놓은 오더 현황 보고서를 눈으로 가리켰다.

“현황 보고서를 봤는데, 수출 3과에서 신(新) 오더 신용장을 받았더군.”

“예, 회장님. 마침 보고를 드리려고 했습니다.”

오동진이 어깨를 펴고 황학수를 보았다.

“이번에 어렵게 받았습니다.”

“어렵게 받다니?”

“제가 전(前) 회사에서 거래 관계가 있던 바이어인데 3과로 연결시켰습니다, 회장님.”

“아, 그런가?”

“예, 대기업으로 오더를 보내려고 해서 제가 여러 번 부탁했습니다.”

“그렇군.”

“이번 선적분이 잘되면 앞으로 추가 오더도 계속될 것입니다.”

“3과에서 잘 처리할까?”

“제가 직접 체크할 예정입니다, 회장님.”

“그래야지.”

머리를 끄덕인 황학수가 지그시 오동진을 보았다.

“3과장직대 이광이라고 했던가? 잘 하고 있나?”

"솔직히 과장을 맡기에는 미숙합니다. 그렇지만 사원들에게 오성대 출신도 과장이 될 수 있다는 꿈을 심어줄 필요도 있습니다, 회장님."

"……."

"그래서 매일 교육을 시키고 있습니다."

"알았어, 수고하게."

황학수가 머리를 끄덕이자 오동진이 기운차게 자리에서 일어섰다. 오동진이 방을 나가자 황학수가 다시 인터폰을 들었다. 확인을 또 하려는 것이다.

계약서 체크다. 정현애가 서류뭉치를 들고 기조실 회의실로 들어서자 자리에 앉아있던 조사과장 백영주가 웃음 띤 얼굴로 맞았다. 오전 10시, 어제는 수출 2과가 끝났고 오늘은 3과다. 2과 여직원 미스 공한테 들었더니 백 과장은 계열사와의 계약 조건을 주르르 꿰고 있다는 것이다. 중점적으로 체크하는 것은 각 계열사의 손익 문제였다. 예를 들면 작년에 하청 공장, 즉 계열사가 적자를 본 이유를 분석하고 금년에는 단가를 조정하거나 본사가 지원해주려는 것이다. 그러니 수출부서나 계열 공장 측도 조사에 적극 협조하고 있다. 앞쪽 자리에 앉은 정현애가 서류뭉치를 백영주 앞으로 밀어 놓았다. 정현애는 복사본을 앞에 놓고 있다. 작년의 계약 서류다.

"금방 끝날 거예요."

백영주가 웃음 띤 얼굴로 말했다.

"계열 공장의 월별 운영비가 다 파악되었으니까요."

정현애는 백영주의 손가락에 끼워진 다이아 반지를 보았다. 1캐럿은 될 것 같은 다이아다. 정현애의 월급을 15년쯤 모으면 살 수 있을 것이다. 백영주가 대기업 기조실 출신으로 일성대를 나왔다는 것은 모두가 안다. 결혼해서 남편이 외국인이라는 소문도 있고 검사라고도 한다. 어쨌든 신비롭고 권위가 있는 한편으로 업무 처리가 신속 정확하고 겸손하기도 해서 사내에서는 벌써 영주부인 또는 공주라는 별명이 붙여졌다. 기조실장인 김상구는 백영주의 업무에 거의 간여하지 않는다고도 했다. 탁자 위에는 음료수가 여러 개 놓였으므로 둘은 음료수를 마시면서 빠른 속도로 각 공장별 계약서 검토를 마쳐갔다. 이윽고 공장이 한 개 남았는데 수원의 한산산업이다. 그때 한산산업 계약서를 덮으면서 백영주가 정현애를 보았다.

"내가 한산산업 공장 실사를 나갔을 때 작년 말에 비자금으로 상당한 돈이 지출되었더군요."

백영주가 웃음 띤 얼굴로 정현애를 보았다. 정현애는 시선만 받았고 백영주가 말을 이었다.

"장부에는 접대비로 처리가 되어 있어서요. 경리한테 물어보았더니 담당자 이광 씨, 그러니까 지금 3과장 이광 대리한테 지급되었다고 했어요."

그러고는 백영주가 부드럽게 웃었다.

"한산산업 오민호 사장한테 확인했더니 이광 대리한테 접대비 명목으로 주었다고 하더군요."

"……."

"그래서 그때는 아직 조직 개편이 되기 전인 혼란기여서 오 사장님한테 알았다고 하고 끝냈어요. 그 일은 당분간 덮겠다고 했지요."

"……."

"장부에 접대비로 기록해놓고 비자금으로 준 것은 우리가 약점 잡힐 가능성이 많아요, 그래서 그쪽에 주의를 준 겁니다."

백영주가 웃음 띤 얼굴로 말을 이었다.

"난 이 문제를 3과장 직무 대리 이광 대리한테 직접 말하지 않았어요. 서류 작성 담당자인 정현애 씨만 알고 있도록 하세요."

그러자 정현애가 빙그레 웃었으므로 백영주가 숨을 들이켰다. 그러고는 이제는 백영주가 반대로 굳어졌다. 그때 백영주의 시선을 받은 정현애가 물었다.

"이 말씀을 우리 대리님한테 전하라고 하시는 거죠?"

"아, 그거야, 알아서……."

"과장님, 만일 제가 그 접대비 건을 모르고 있었다면 과장대리인 이광 대리를 불신하게 되겠네요, 그죠?"

백영주의 눈동자가 흔들렸다. 정현애는 고졸, 그러나 23살로 경력 4년 차였으니 알 건 다 안다. 하지만 백영주는 일성대 출신으로 대기업 경력 6년, 29살, 이런 경력의 아랫사람이 백영주한테 눈 딱 쳐들고 이런 식으로 말대꾸를 한 경우는 처음 당한다. 그때 정현애가 얼굴을 펴고 웃었다.

"자세한 말씀 해주셔서 고맙습니다, 과장님."

"……."

"작년 말에 우리 대리님이 한산산업에서 난데없는 돈 1백만 원을 보내왔다고 말씀하시더군요. 그러고는 그 돈을 저하고 안창문 씨한테 각각 50만 원씩 나눠주셨어요."

"……."

"그 비자금이 1백만 원 아닌가요? 맞죠?"

정현애의 시선을 받은 백영주가 할 수 없이 대답했다.

"맞아요."

"맞네."

활짝 웃은 정현애가 말을 이었다.

"나하고 안창문 씨가 이야기를 했죠. 안창문 씨는 한산산업에서 혹시 2백쯤 준 거 아니냐고 하더군요. 이 대리님이 1백을 갖고 우리한테 나머지 1백을 나눠준 게 아니냐고요. 그래서 내가 그랬죠, 대리님은 안 가지셨을 것이라고요. 내 말이 맞네."

백영주는 입만 조금 벌린 채 말을 잊었다.

과(課) 회의, 오전 8시 반, 회의실에 셋이 모였다. 분위기는 밝다. 인스턴트커피 마시고 할 일 체크한 후에 금방 헤어진다. 이광의 3과는 회의 시간이 짧기로 유명하다. 회의도 일주일에 한 번 정도, 셋이 한 줄로 앉은 터라 사무실에 앉아서도 이야기 할 수 있지 않느냐는 주의다. 그런데 오늘은 회의를 마치려는데 정현애가 말했다.

"저기요."

이광의 시선을 받은 정현애가 말을 이었다.

"지난번 한산산업에서 보내준 돈 있잖아요? 작년 말이에요."

이광이 머리를 돌려 옆에 앉은 안창문을 보았다. 안창문은 딴전을 피우고 있었으므로 이광이 물었다.

"그래서?"

"기조실 백 과장이 어제 그 돈 이야기를 하더라고요."

이광이 다시 안창문을 보았지만 또 딴전.

"그래서?"

"백 과장이 그 돈 문제를 덮었다고 하더라고요, 인사 개편 전이고 회사 분위기가 어쩌구 해서 한산산업 쪽에는 보류시킨 것으로 했다고요.”

“…….”

“우리 내부에서는 없던 일로 하겠지만 참고하라고 하더군요.”

정현애의 얼굴에 웃음이 떠올랐다.

“그래서 과장님한테 말했냐고 물었더니 안 했대요. 나보고 이야기하라는 것으로 들려서 그 돈이 1백만 원 맞느냐고 내가 거꾸로 물었죠.”

“…….”

“그랬더니 맞대요. 그래서 나하고 안창문 씨가 각각 과장님한테서 50씩 받았다고 했어요.”

“…….”

“안창문 씨는 과장님이 2백 받고 1백 먹고, 아니 먹으시고, 우리한테 50씩 나눠준 건지도 모른다고 했지만 난 1백이 맞다 했다고 말했지요.”

“거, 말 기네.”

마침내 안창문이 혀를 찼다.

“했지만 했다고 했지요가 뭐야?”

“조용.”

이광이 안창문을 흘겨보았다.

“이 나쁜 놈아, 넌 가만있어.”

“예, 과장님.”

이광의 시선을 받은 정현애가 어깨를 폈다.

“내가 마지막으로 그랬죠. ‘만일 우리 과장님이 그 돈을 혼자 먹었다면 우리 과 분위기가 과장님을 불신하게 되겠군요?’ 그랬더니 아무 말 안 하더라고요.”

"말 참 잘한다."

감동한 이광이 커다랗게 머리를 끄덕였다.

"현애가 안창문보다 열 배는 낫다."

"나, 참."

다시 혀를 찼던 안창문이 정색했다.

"그거, 후환이 없을까요? 공주가 깐깐하다던데."

"됐어, 제 입으로 없던 일로 하겠다고 했다 하잖아."

머리를 끄덕인 이광이 자리에서 일어서면서 안창문을 흘겨보았다.

"나쁜 놈 같으니, 현애한테 배워라 좀."

"아니 내가 농담한 것 같고 현애가 진담으로 장사한 겁니다."

"응? 장사?"

둘이 싸우는 것을 놔두고 사무실로 돌아왔더니 옆자리의 4과장직대 김성규가 말했다.

"조금 전에 에이스무역에서 전화 왔어, 회의 끝나면 연락해달래."

김성규가 이제는 전화 받아 주기도 하는 것이다. 자리에 앉은 이광이 전화기를 들고 버튼을 눌렀다. 신호음 두 번 만에 곧 유민우가 전화를 받았다.

"예, 저, 이광입니다."

김성규가 옆에 있었으므로 이광이 존댓말을 썼다.

"전화하셨다고요?"

"응, 사무실이구나."

대뜸 분위기를 짐작한 유민우가 말을 이었다.

"그럼 듣기만 해. 20분쯤 전에 너희 부사장한테서 전화가 왔어, 오동진이라고 말이야. 부사장 맞지?"

"예, 그렇습니다."

"근데 부사장이 난데없이 나한테 만나자는구나. 왜 그러냐고 했더니 인사차 방문하겠대, 그래서 고려호텔에서 오늘 오후 3시에 만나기로 했어."

"아, 예."

"그래서 담당자인 너하고 같이 오냐고 물었더니 혼자 오겠대."

"아, 예."

"너희들 회장한테 에이스무역은 제가 개발한 곳이라고 뻥을 쳐놓아서 미리 말을 맞추려는 것 같다, 그렇지?"

"예, 내 생각도 그렇습니다."

"참 어렵게 산다, 네 부사장이란 작자도."

유민우가 혀를 차는 소리를 냈다. 며칠 전 회장은 오동진의 말을 듣고 다시 한 번 이광에게 확인했다. 에이스무역의 레이놀드는 누가 개척했느냐고 그래서 유민우에게 그 이야기를 다 해주었던 것이다.

"바그다드?"

수출부장 직대 이태진이 되물었다. 손에 쥐고 있던 신청서를 펴보지도 않고 탁자에 내려놓은 이태진이 이맛살을 찌푸렸다.

"거기 지금 전쟁 중이잖아?"

"그렇죠."

2과장 임종기가 건성으로 대답했다. 임종기는 특채 과장으로 전(前) 직장이 유성상사와 비슷한 규모의 중소기업이다. 거기서도 수출과장이었으니 수평 이동인가? 32세, 이성대 졸, 조금 무기력하고 행동이 느려서 2과 분위기도 조금 처진 상태다. 임종기가 둘러앉은 과장들을 보았다.

"코트라에서는 전시장 부스 제작, 관리까지 해준답니다. 그러니까 참가 회사는 비행기 표, 숙박비만 가져가면 된다는데요."

"전쟁 중인데 장사가 된대?"

다시 이태진이 물었지만 아무도 대답하지 않았다. 어제 임종기는 코트라에 가서 이라크 바그다드에서 열리는 무역박람회 참가 신청서를 가져온 것이다. 정부는 수출 촉진을 위해서 수시로 코트라를 통해 시장 개척을 협조하고 있다. 그때 6과장 직대 김병삼이 말했다.

"엊그제 이란에서 쏜 미사일이 바그다드에 떨어졌더군요."

"아냐, 그거 불발탄이었어."

5과장 서한섭이 말했다. 서한섭도 특채 과장, 34세, 대기업인 대한무역 LA지사 출신, 말쑥한 용모에 영어가 유창했지만 LA에서 사고치고 귀국했다는 소문이 퍼져있다. 그때 과장들을 둘러보면서 이태진이 말했다.

"과장급으로 추천하라니까 누구, 지원할 사람 있나?"

모두 입을 다물고 있었으므로 이태진이 혼잣소리처럼 말했다.

"이건 정부에서 실적 올리려고 무역박람회라면 아무 데나 보내려고 하는 모양이군, 전쟁 중인 나라로 누굴 보낸단 말이야?"

"코트라에 모인 타(他) 상사원들 이야기 들어 보았더니 지원자가 거의 없답니다."

임종기가 맞장구쳤다.

"중동 시장은 개척해야 되지 않겠습니까?"

불쑥 이광이 말하자 이태진이 이를 드러내고 웃었다.

"옳지. 이 대리가 가볼래?"

"레이놀드 오더 때문에 바쁩니다."

"제기, 말끝마다 레이놀드를 찾는군."

김병삼이 투덜거렸다.

"어제는 3과 안창문이가 샘플실에서 내 샘플을 젖히고 레이놀드 샘플을 밀어놓더라고, 망할 자식이."

"죄송합니다."

"그럼 신청 기간이 좀 남아 있으니까 그동안 생각들 해봐."

마침내 이태진이 그렇게 결론을 내고는 바그다드 무역박람회 참가 회의를 끝냈다.

"어이 이 대리, 잠깐."

이광이 자리에서 일어섰을 때 김성규가 말했다. 과장들이 회의실을 나갔고 둘이 남게 되자 김성규가 물었다.

"기조실 백 과장이 한산산업에서 접대비 나간 것 체크했다면서?"

"결국 소문이 났군."

쓴웃음을 지은 이광이 김성규를 보았다.

"비밀로 한다고 해놓고 소문을 퍼뜨리는군, 생색은 실컷 내고 말이야."

"나도 공장을 샅샅이 체크했지만 걸리지 않았어."

의자에 등을 붙인 김성규가 쓴웃음을 지었다.

"난 그것들보다 한두 발짝 빠르거든."

"더럽게 되었어."

입맛을 다신 이광이 말을 이었다.

"달라고도 하지 않았는데 덥석 넘겨주고는 장부에 접대비라고 썼단 말이야, 개자식이."

"백 과장이 부사장하고 통한다는 소문이 있어. 벌써 부사장한테 보고되었을 거야."

"상관없어."

"조심하라고. 가장 조심해야 할 인간이 기조실 백 과장이야, 저 덜렁이 부사장이 아니라고."

종이컵에 남은 식은 커피를 한 모금 삼킨 김성규가 말을 이었다.

"두고 봐, 내가 곧 김성규의 진면목을 보여줄 테니까."

"그 진면목이 뭔데?"

"수출부 직원은 오더로 말하는 거다."

"그렇지."

"부사장 오동진이 날 파면 감이라고 했지? 오동진이한테 내가 어떤 수준의 인간인지를 보여줄 거다."

이광의 시선을 받은 김성규가 빙그레 웃었다.

"나한테 경쟁 상대는 이광이 너 하나뿐이야. 어디 한번 붙어보자."

김성규는 다음 주에 미국 출장을 간다. 한 달 예정의 세일즈 출장이다. 오동진한테서 출장 결재를 받아낸 것이다.

2장 보이지 않는 적

"약혼자가 있었습니다."

오후 7시 반, 커피숍에서 마주앉은 김방현이 이광에게 말했다. 이광은 잠자코 손에 든 보고서를 보았다. 김방현이 작성해온 백영주의 '신상 조사서'다. 김방현은 무려 열흘 동안에 걸쳐 백영주의 신상을 조사해온 것이다. 김방현이 말을 이었다.

"대학 시절부터 사귀다가 3년 전에 약혼까지 했는데 그 남자 놈이 배신했습니다."

김방현의 얼굴에 쓴웃음이 떠올랐다.

"이런 경우가 하도 많아서요, 아주 당연한 일처럼 느껴지는구먼요."

이광이 말을 들으면서 서류를 읽는다. 남자 이름은 심은택, 일성대 법대를 졸업하고 사법 고시에 합격, 지금은 서울지검 검사다. 그리고 심은택은 2년 전에 태양그룹 회장 오용수의 막내딸 오미나와 결혼했다. 백영주를 배신한 것이다. 심은택의 전신 사진이 붙어 있었는데 1미터 80 가까운 신장에 TV 탤런트 같은 용모다. 집안도 좋아서 부모가 각각 산부인과, 치과 의사이고 병원장이다. 김방현이 말을 이었다.

"백영주는 유성상사 사주 황학수의 숨겨놓은 딸입니다."

알고 있는 사실이었지만 이광은 모른 척 머리만 끄덕였다.

"하지만 지금도 그것을 비밀로 하고 있습니다. 그래서 심은택도 백영주 부친이 일찍 사망한 것으로 알고 있었던 것 같습니다."

"그랬겠지."

"유성상사도 재산이 몇백억이 되는 회사니까 심은택이 알았다면 약혼까지 했다가 배신했을 리가 없지요."

"당연하지."

"백영주의 남자관계는 그 외에 없습니다."

"혼자 사나?"

"예, 어머니가 돌아가신 후에는 혼자 삽니다."

김방현이 힐끗 이광을 보았다.

"주변 사람들은 백영주가 결혼한 줄 알더군요, 결혼반지를 끼고 다니는 데다 가끔 남편이 있는 것 같은 분위기를 풍기기 때문입니다."

"회사에서도 그렇게 소문이 났어."

"백영주가 배신당한 것은 가까운 사람들도 모릅니다. 지금도 잘 지내고 있는 줄 압니다."

"자존심 때문이지."

"심은택은 검사로 있지만 곧 태양그룹으로 옮겨갈 것이라고 합니다. 이것은 지검 쪽에서 나온 정보니까 정확할 것입니다."

이광이 머리를 끄덕였을 때 김방현이 다른 서류를 하나 내밀면서 말했다.

"이 사건은 좀 다릅니다."

김방현이 사건이라고 표현했다. 서류를 편 이광은 정지현의 얼굴을 보았다. 아름답다. 그런데 옆에 서 있는 사내는 김성규다. 정지현은 김성규의 팔짱을 끼고 있었는데 웃음 띤 얼굴이다. 그때 김방현이 설명했다.

"이 사진은 지난 일요일 오전에 둘이 여관에서 자고 나오는 장면입니다. 뒤쪽 건물에 여관 간판이 보이시죠?"

보인다. 김방현의 말이 이어졌다.

"열흘간 두 번 여관에 갔습니다. 한 번은 지난 수요일 밤에 들어갔다가 새벽에 나왔고요, 그런데……."

김방현이 사진 한 장을 내밀었다. 정지현이 다른 남자하고 여관에서 나오는 장면이다. 이번에는 정지현이 조금 뒤에 떨어져 있다.

"다른 남자가 있습니다, 여관에 들어가는 남자 말입니다."

김방현이 남자 사진 하나를 다시 내밀었다. 여관에서 앞장서 나오는 사내의 얼굴 사진이다. 그런데 나이가 40대쯤 된다.

"이놈은 변호사 한광준입니다, 정지현의 스폰서인 것 같습니다."

"……."

"정지현은 유성상사의 김성규와 변호사 한광준을 번갈아 만나고 있습니다. 얼굴은 천사처럼 고귀한 분위기를 풍기지만 내면은 창녀지요."

"……."

"집안은 평범합니다. 부모가 편의점을 운영하고 동생 둘이 있습니다."

"수고했어."

서류를 접은 이광이 주머니에서 봉투를 꺼내 내밀면서 웃었다.

"내가 자네 없으면 장님 같다는 생각이 든다."

"이 세상에 순탄한 길이 없다는 생각이 듭니다, 형님."

정색한 김방현이 이광을 보았다.

"멀쩡한 사람을 캐보았더니 악마가 나온 때도 있었고 나쁜 놈인 줄 알았더니 불쌍한 피해자인 경우도 있었습니다. 그래서 저는 요즘 개를 키웁니다."

"뭔 소리여?"

"개가 인간보다 정직하다는 생각이 들어서요, 좋아해 주면 배신을 안 하거든요."

이광이 서류를 챙겨 들고 자리에서 일어섰다. 오후 8시가 되어가고 있었기 때문이다.

또 한 가지를 배웠다. 여자는 불가사의(不可思議)한 존재라는 것이다. 즉 보통의 생각으로는 도저히 이해할 수가 없는 존재, 괴상망측한 사고(思考)를 갖고 있는 존재인 것이다. 바로 정지현이 그렇다. 그렇게 숱한 염문을 뿌린 지저분한 놈, 제 말마따나 온갖 비리와 뻔뻔함의 대명사인 김성규가 아닌가? 결국 자신을 만나자고 한 것도 김성규에 대한 이야기가 듣고 싶었기 때문이다. 그런 김성규에게 빠진 정지현을 보고 이광은 여자에 대한 정의(定義)를 정리했다. 첫째, 겉모습에 현혹되지 말라. 둘째, 꼭 뒷조사를 해라. 셋째, 그래도 끝까지 믿지 마라. 그래야 산다. 김성규가 요즘 자신에게 부쩍 친근하게 대하는 이유도 밝혀졌다. 정지현한테 자신이 한 말을 들은 때문이다. 이것으로 이광은 또 한 가지를 확인한다. 절대로 다른 사람의 험담은 하지 않을 것, 때려죽이고 싶은 놈이라도 다른 사람 앞에서는 칭찬을 해라. 그러면 복이 되어 돌아온다. 전화벨이 울렸으므로 이광이 생각에서 깨어났다. 오전 9시 반, 좌우 책상은 비었다. 모두 회의다.

"예, 이광입니다."

전화기를 든 이광이 말했을 때 곧 유민우의 목소리가 울렸다.

"어제 네 부사장 만났어."

어제 오동진을 만난 보고를 하는 것이다. 오후 3시에 만난다고 했으니 그 결과를 아직 듣지 못했다. 유민우의 목소리에 웃음이 띠어졌다.

"야, 좀 황당하다."

"뭔데?"

"나한테 레이놀드 오더를 적극 밀어주겠다고 했다."

"그거야 좋은 일이지, 나도 편하고."

"그런데 오더 디테일이라든가 추가 오더가 오면 바로 부사장실에 보내달라는 거야, 따로 말이야."

"뭐, 그럴 수도 있지."

"네가 아직 미숙하고 실수가 많대."

"……."

"처음에는 네가 어떻게 레이놀드 오더를 받게 되었느냐고 묻더라."

"그래서?"

"네가 시킨 대로 말했지. 내가 레이놀드하고 호텔 방에 들어가는데 네가 방문 앞에 지켜 서 있었다고."

맞는 말이다, 그랬었다. 유민우만 없었다. 유민우의 말이 이어졌다.

"사흘 동안 계속 네가 서 있기에 감동한 레이놀드가 오더를 주었다고 말이야."

그것도 맞다. 그때 유민우가 한숨 소리를 냈다.

"그런 말을 들으면 부사장쯤 되는 인간이면 제 직원의 행동에 감동하는 것이 정상인데 말을 싹 돌리더군."

"……."

"그런데 진짜 웃기는 일이 있어."

"……."

"수수료를 5퍼센트로 인상해주겠단다, 2퍼센트를 더 올려주겠다는 거야."

유민우의 목소리에 다시 웃음이 띠어졌다.

"놀란 내가 '그래도 괜찮으십니까?' 하고 물었더니 신규 바이어에 대한 정책적 배려라나 뭐라나 하면서 너한테 지시하겠단다."

"……."

"그러면서 조건을 걸더군. 오더 디테일은 너하고 상담하지만 그 결과는 꼭 자기한테 먼저 알려달라고 말이야."

"잘 되었네."

주위를 둘러 본 이광이 길게 숨을 뱉고 나서 말했다.

"내가 5퍼센트 먹게 되었으니까 말이야, 아주 그 병신이 갖다 바치는군."

"네 회사 그러다 망하겠다."

"그렇게 되지는 않아."

"네 부사장이 곧 너를 부를 거다. 에이스무역 사장의 부탁으로 수수료를 5퍼센트로 올려주기로 했다고 말이다."

"그 사람, 회장한테 제가 연결시켜준 오더인 것처럼 보이려는 거야. 형은 시킨 대로만 해."

"알겠다."

통화를 끝낸 이광이 심호흡을 두 번 했을 때 인터폰이 울렸다. 인터폰을 든 이광이 응답하자 여직원 목소리가 울렸다.

"여기 부사장실인데요, 부사장님이 부르세요."

부사장 비서도 싸가지가 없다. 노트를 든 이광이 부사장실에 들어선 것은 10분쯤 후다. 일부러 뜸을 들인 것이다. 이광이 머리를 숙여 인사했을 때 오동진이 힐끗 시선을 주더니 말했다.

"어제 레이놀드 에이전시 사장을 만났는데 수수료를 인상해주기로 했어. 그러니까 첫 오더부터 수수료 5퍼센트로 해."

"예, 부사장님."

그러자 오동진이 나가라는 듯 손을 저으며 말했다.

"회사 사정이 어려운 모양이야, 서로 도와야지."

"출장 결재 났어."

김성규가 결재 서류를 들고 말했다. 오동진한테서 미국 출장 결재를 받은 것이다. 두 번이나 결재 서류를 되돌려 보냈던 오동진도 마침내 사인을 했다. 오더 받으러 가겠다는데 못 가게 할 명분도 없었기 때문일 것이다.

"어, 잘됐네."

이광이 진심으로 축하했다. 김성규는 부사장 오동진한테서 노골적인 미움을 받고 있었는데 전(前) 부사장 남영호가 이광에게 한 것은 약과다. 이광은 김성규의 끈질긴 생명력에 감탄했다. 배울 점이 많은 것이다.

"한 달이야."

자리에 앉은 김성규가 길게 숨을 뱉으면서 말했다.

"미국 동부에서 서부까지 25개 바이어를 만나겠어."

"잘 갔다 와."

오전 10시 반, 마침 부장직대 이태진도 외출한 데다 옆자리도 비어 있다. 이광이 말을 이었다.

"나도 바그다드 박람회에 가야겠어."

"응? 바그다드?"

눈을 크게 떴던 김성규가 정색하고 이광을 보았다.

"뭐 하러 가?"

"뭐 하긴? 나도 너처럼 오더 받아야지."

"아서라, 마라라."

김성규가 정색하고 말을 이었다.

"야, 무리하지 마. 거긴 공습 때문에 비행기가 밤에만 뜨고 내린다는 말, 못 들었어?"

"들었어."

"내 친구가 대성에 있는데 박람회 참가는 안 한 대. 오더 가능성도 희박하다는 거야. 전쟁 중인 나라에서 무역박람회를 한다고 다른 나라에서 오겠냐?"

"가는 회사도 몇 개 있는가 보던데."

"있겠지. 뭣 모르는 놈들하고 현재 거래하는 상사들이 어쩔 수 없이 보내겠지."

"그래도 정부가 지원해주는 일이잖아?"

"아이구, 난 모르겠다."

이맛살을 찌푸린 김성규가 지그시 이광을 보았다.

"너, 지난달 한동상사 무역부 직원 둘이 이란에서 체포된 거 모르지?"

"이란에서? 왜?"

"왜는 왜야? 한동상사가 이라크에 기계를 팔았다고 잡아 가둔 거야. 적국(敵國)과 내통한 혐의를 씌워서 지금 언제 풀려 나올지도 몰라."

"난 처음 듣는데."

"정부도 쉬쉬하겠지. 난 한동상사 선배한테서 들었어."

"넌 정보도 빠르다."

"암튼 내 말 듣고 가지 마. 다른 데서 오더 받아. 레이놀드처럼 말이다."

"난 후발주자인 데다 능력도 너만큼 뛰어나지 못해서 이라크 같은 전장(戰場)이 맞는 것 같다."

김성규의 시선을 받은 이광이 쓴웃음을 지었다.

"어쨌든 충고 고맙다, 내가 생각해볼게."

"조급하게 나서지 말라는 거다."

김성규가 몸을 돌렸으므로 이광이 소리 죽여 숨을 뱉었다. 김성규에게 본심을 보인 셈이다. 그렇다. 한국의 무역상사에서 미국 같은 거대 시장을 향해서는 수천, 수만의 경쟁자가 늘어서 있다. 그리고 기존 바이어들은 기존 거래선만 찾는다. 새로운 바이어 개척은 하늘에서 별 따는 것만큼 어렵다. 김성규는 미국 시장에 그동안 소량이라도 수출했던 기존 바이어 넷을 목표로 하고 떠난다. 거기에다 지금까지 모아놓았던 바이어 리스트를 복권처럼 안고 가는 것이다. 그날 오후 3시쯤 되었을 때 공장에서 돌아온 안창문과 정현애까지 회의실로 부른 이광이 말했다.

"나, 바그다드 박람회에 가야겠다."

"바그다드요?"

되물은 안창문이 입맛부터 다셨다. 모두 바그다드 박람회를 알고 있는 것이다. 과장급 6명이 아무도 신청하지 않았다는 것도 알고 있다.

"바그다드 아니더라도 우린 먹고는 살 수 있지 않습니까?"

안창문이 정색하고 되물었으므로 정현애가 피식 웃었다. 그렇다. 트리톤 오더로 상반기는 때운다. 거기에다 레이놀드 오더가 2월부터 선적될 것이다. 첫 번째 선적에 이상이 없으면 추가 오더도 가능하다. 그때 이광이 말했다.

"남들이 피하고 안 가는 데서 오더를 받아야겠어. 남들 다 가는 데는 안 간다."

바그다드 생각은 했지만 결심은 김성규와 이야기를 하면서 굳혔다. 나는 김성규와 다른 방법으로 오더를 걷을 것이다.

"꼭 그렇게까지 해야겠나?"

이광의 말을 들은 강기창이 이맛살을 찌푸리며 물었다. 오전 11시, 이광은 강기창과 커피숍에서 마주보고 앉아 있다. 트리톤이 입주한 건물의 지하 커피숍이다. 방금 이광은 바그다드에서 열리는 무역박람회에 가겠다는 말을 한 것이다. 강기창이 다시 물었다.

"너, 실적 때문에 그러냐?"

"예, 그것도 있지만요, 새 시장을 개척해야 되는 거 아닙니까?"

이광이 되묻자 강기창이 쓴웃음을 지었다.

"하긴 그렇지, 위험하다고 포기할 수는 없지. 그런 놈은 진정한 영업사원이 아니지."

강기창은 지난달 승진해서 상무가 되었다. 수석 부장에서 영업본부장 겸 상무이사다. 강기창이 말을 이었다.

"하지만 막상 그 일이 자신에게, 또는 자신과 관계가 있는 사람에게 일어난다면 피하고 말리고 보는 것이 인간 본성이다."

"형님, 생각해주셔서 고맙습니다. 하지만……."

"가겠단 말이지?"

"예."

"회사에서는 뭐래?"

"가겠다니까 대번에 부사장까지 오케이 하더군요. 부사장이 그렇게 쉽게 결재하는 건 처음 봤습니다."

"그게 남영호보다도 질이 떨어지는 인간 같군."

의자에 등을 붙인 강기창이 지그시 이광을 보았다.

"못난 놈들이 부하를 시기하고 깎아내리는 법이지."

"형님."

어깨를 편 이광이 강기창을 보았다.

"트리톤 하반기 오더를 부탁드리려고 왔습니다. 제가 바그다드에 가면 한 달 정도 머물 텐데 그동안 하반기 오더가 굳혀져야 할 것 같아서요."

이것 때문에 강기창을 커피숍으로 불러낸 것이다. 트리톤은 올해부터 오더를 대기업 3, 4곳 중심으로 메이커를 축소시키기로 했던 것이다. 그동안 수십 개의 메이커로 분산되었던 오더가 지금은 5, 6개까지 축소된 상황이다. 물론 유성상사는 군소 메이커로 포함되어 축소 대상이다. 그때 강기창이 입을 열었다.

"네가 그것 때문에 나 보자고 한 거지?"

"예. 출장 계획도 보고 드릴 겸 해서……."

"내가 며칠 전에 유성상사는 그대로 두자고 지시했어. 그러니까 하반기 오더 디테일이 곧 갈 거다."

"감사합니다, 형님."

반색한 이광이 앉은 채로 머리를 숙였다. 그러면 트리톤은 상반기

30만 불, 하반기 30만 불 정도로 본래 계획인 60만 불 정도를 맞추게 된다. 그때 강기창이 입을 열었다.

“그리고 트리톤 담당자를 바꿨다. 유춘호라고 5년 차 경력의 담당자야.”

“네? 오세영은요?”

“오세영은 다른 파트로 돌렸어. 유성상사 출신이 유성 오더를 맡는 것이 문제가 돼. 무슨 말인지 알지?”

“압니다.”

“그리고…….”

강기창의 눈이 가늘어졌다.

“너, 오세영이하고 어떤 사이냐?”

“입사 동기지요, 그리고 친했고…….”

“오세영이를 나한테 부탁할 정도면 보통 사이는 아니지? 너 걔하고 연애해?”

“연애라기보다도…….”

“잤냐?”

“예, 몇 번.”

“당연히 그랬겠지.”

강기창의 시선이 흐려졌으므로 이광이 똑바로 보았다.

“형님, 왜 그러시는데요?”

“너 요즘 걔 만나?”

“바빠서 몇 주 못 만났습니다.”

“걔, 요즘 누구 만나더라.”

“…….”

"트리톤도 정보가 빨라. 내 비서가 말해주었어. 걔가 과장급 한 놈하고 자주 만난다는 거다."

"……."

"일성대 출신인데 똑똑해, 오세영이 직속상관이기도 하고. 일 배우다가 쉽게 친해지는 법이지."

"……."

"내가 참고로 말 해주는 거다. 그런 소문을 듣고 너한테 말 안 해줄 수가 없어."

"고맙습니다, 형님."

"충격 받았냐?"

"예, 갑작스러운 일이라서요."

쓴웃음을 지은 이광이 강기창을 보았다.

"하지만 전 가는 사람 잡지 않고 오는 사람 내치지 않습니다, 그냥 냅두지요."

강기창이 머리를 끄덕였다.

"역시 네놈은 달라, 내가 배울 점이 많아."

회사로 돌아온 이광에게 정현애가 말했다.

"대리님, 기조실 백 과장한테서 전화가 왔었어요."

정현애가 반짝이는 눈으로 이광을 보았다. 귀엽다. 이제 정현애는 김성규한테서 받은 상처가 거의 치료된 것 같다. 정현애가 말을 이었다.

"출장 경비 산출 때문에 그런데요."

머리를 끄덕인 이광이 구내전화기를 들었다. 버튼을 누르자 금방 백영주가 전화를 받는다.

"이광입니다, 전화하셨다고요?"

"네, 출장 경비 때문이라고 했는데……."

"계획서 가져갈까요?"

"아뇨."

말을 자른 백영주의 목소리가 낮아졌다.

"이야기할 것이 있는데 회사 밖에서 만났으면 해서요."

이광은 듣기만 했고 백영주가 말을 이었다.

"오늘 오후 7시 반에 이태원 휴스턴호텔 로비에서 뵙죠."

"예, 알겠습니다."

이광이 전화기를 내려놓았을 때 김성규가 다가와 섰다.

"오늘 한잔할까?"

"다음에. 나 약속이 있어."

이광이 김성규를 올려다보았다.

"내일 어때?"

"좋아."

김성규는 사흘 후에 출발이고 이광은 일주일 후다. 그래서 일주일 동안 샘플과 오더를 준비해야만 한다. 김성규가 책상에 두 손을 짚고 이광을 보았다.

"내 선배가 지난달 바그다드에 갔다 왔는데 그쪽 관리들이 뇌물을 엄청 밝힌다는 거야."

이광의 시선을 받은 김성규가 쓴웃음을 지었다.

"그래서 20불, 50불, 1백 불짜리 지폐를 준비해 두었다가 적절하게 뿌려야 된다는 거다. 후세인은 부패를 막으려고 총살까지 시키지만 전쟁 중이라 안 먹힌다는 거야."

"젠장, 뇌물로 줄 돈이 어딨어?"

투덜거린 이광이 문득 백영주 얼굴을 떠올렸다. 백영주한테 이 이야기를 하면 콧방귀만 뀔 것이다.

"어쨌든 고맙다, 김 대리."

이광이 사례했다. 이런 이야기를 해주는 건 김성규뿐이다.

"넌 발이 넓어서 정보가 많아, 부럽다."

"그러니까 학창 시절에 공부를 잘해야 된다는 거다. 이성대 인맥이 넓거든."

"대놓고 이성대와 오성대 비교를 하는군. 인정한다."

"내가 널 무시했다면 이런 말을 대놓고 안 해."

"재수 없다, 꺼져."

"그럼 내일 저녁이다."

김성규가 몸을 돌렸다. 옆자리인 데다 나이도 같고 일에 열중하는 자세도 비슷해서 요즘 들어 둘은 부쩍 가까워졌다. 그러나 긴장을 풀지는 않는다. 아마 김성규도 마찬가지일 것이다. 그날 저녁, 휴스턴호텔 로비에 앉아 있던 이광이 안으로 들어서는 백영주를 보았다. 검정색 바바리코트 차림의 백영주는 미모여서 사내들의 시선이 모였다. 7시 반 정각이다. 이광이 10분 전에 온 것이다.

"회사에선 눈치가 보여서요."

앞쪽에 앉은 백영주가 차분한 표정으로 말했다. 종업원에게 커피를 시킨 백영주가 먼저 말을 꺼냈다.

"저기, 지난번 한산산업 리베이트 건, 직원한테서 들으셨죠?"

"예."

이광은 대답만 했다. 표정은 백영주와 비슷하다. 그러나 머릿속은 백영주를 찬 심은택을 떠올리고 있다. 심은택이 법복을 입고 재판정에 서 있는 장면, 그때 백영주가 말을 이었다.

"내가 직접 이광 씨한테 묻고 처리하는 건데 방법이 잘못되었어요, 사과합니다."

"알겠습니다."

"하지만 공장에서 자진해서 주었더라도 받은 건 잘된 일이 아닙니다."

"잘못한 거죠."

"김성규 씨는 공장 서류나 이쪽 계약서에 전혀 문제가 없더군요."

"일 처리가 완벽합니다."

"바그다드는 왜 가시려는 거죠?"

백영주가 불쑥 물었으므로 이광이 시선만 주었다. 왜 가냐고? 그렇게 묻는 이유는 뭔가? 영업사원이 오더 받으러 가는 것 아닌가? 위험 지역이라고? 그때 백영주가 말을 이었다.

"저기, 다른 회사도 그런다는데요. 위험 지역에 출장 갈 때 보험을 들어야 한다고 해서요. 그 보험 관계로 만나자고 한 겁니다."

백영주가 탁자 위에 서류 봉투를 꺼내 놓았다. 보험 계약서다.

"4과 김성규 대리도 계약서에 사인했어요, 보험금을 회사에서 지급합니다."

머리를 끄덕인 이광이 보험 서류를 다 넘겼을 때 맨 끝에 테이프된 서류를 보았다. 각서다. 이광이 각서를 읽었다.

"본인 이광은 이번 바그다드 출장 시에 어떤 사고를 당해도 회사에 배상 요구를 하지 않을 것을 서약합니다."

이광이 머리를 들었을 때 백영주가 웃음 띤 얼굴로 말했다.

"4과 김 대리한테도 각서를 받았습니다, 회사에서요."

"보험 외에 회사에다 배상금 신청한 사원 기록이 있던가요?"

"네, 여러 번 겪었어요."

백영주가 말을 이었다.

"전(前) 회사에선 출장 중 사고가 여러 번 있었거든요. 특히 외국에서 일하는 건설사에서는 이 각서가 필수적이었어요."

"그렇군."

머리를 끄덕인 이광이 주머니에서 펜을 꺼내 보험 증서와 각서에 사인을 했다.

"감사합니다."

사인이 끝났을 때 백영주가 말했다.

"이 각서는 대기업에서 오래전부터 시행하고 있었는데 우리 회사는 이제야 시작해요."

"……."

"그래서 처음 시작할 땐 거부감이 생길 것 같아요."

"그래도 해야죠."

"자, 그럼 끝났고, 오늘 내가 술 한 잔 사도 되죠?"

백영주가 밝아진 얼굴로 물었으므로 이광이 쓴웃음을 지었다.

"괜히 미안하니까 그러시는 거죠?"

"맞아요. 한산산업 건 때문에 찜찜하기도 했고. 솔직히 이광 씨한테 감동도 좀 받았죠."

"좋습니다, 가까운 곳에서 한잔합시다."

그래서 이광이 안내한 곳이 호텔에서 20미터 거리의 포장마차다. 골목 안의 포장마차에는 손님이 하나도 없었는데 주인이 반색하며 맞았다.

"내가 살 테니까 가만 계시죠."

이광이 안주를 여러 개 시키면서 말했다.

"각서 쓴 기념으로 사는 겁니다."

"각서 처음 쓰세요?"

"보험 처음 듭니다."

"김성규는 아무 말 않고 사인하더군요. 내가 미안하다고 말도 안 했어요."

"요즘 나하고 친해요."

먼저 나온 술병을 들고 백영주의 잔에 술을 따르면서 이광이 말했다.

"아직도 내가 배울 점이 많아요."

"부사장한테 계속 깨진다면서요?"

"그래도 위축되지 않아요."

"공장 관리를 잘해요. 소문은 무성한데 깨끗해요, 증거를 남기지 않았어요."

한 모금 소주를 삼킨 백영주가 이광을 보았다.

"이광 씨는 여직원들한테서 평이 좋더군요."

"평이 좋아서 뭐합니까?"

이광이 술잔을 들고 한 모금에 삼켰다.

"지금은 오더에 집중할 시기죠. 오성대 출신이 일성대와 경쟁하려면 그들이 놀 때 일해야 됩니다."

"김성규는 이성대 아녜요?"

"일성대 수준의 이성대죠."

"나아, 참."

백영주의 얼굴에 웃음이 떠올랐다.

"역시 이광 씨도 콤플렉스가 있군요."

"콤플렉스가 없다면 이렇게 되지도 않았습니다, 콤플렉스가 발전의 원동력이죠."

이광의 얼굴에도 웃음이 띠어졌다.

"김성규가 그러더군요. '난 열심히 공부해서 일성대 갔으니까 넌 그때 공부 안 한 만큼 사회에서 더 열심히 해야 나하고 경쟁이 된다.'고 말입니다."

"어머, 대놓고 그렇게 말해요?"

"우린 그만큼 친해졌다니까요."

"별일이야."

김성규가 잘리지 않고 유성상사에 남게 된 이유를 아는 터라 백영주의 눈이 둥그레졌다. 안주가 놓였고 술잔이 다시 오갔다.

"참, 내 소문이 어때요?"

백영주가 불쑥 물었으므로 이광이 시선을 주었다.

"별명이 뭔지 압니까?"

"별명이 있어요?"

"영주부인, 또는 공주."

"비꼬는 분위기일까요?"

"그만큼 고고하게 보인다는 뜻이겠지요, 나쁜 분위기는 아닙니다."

"그럼 안심이고."

백영주가 이광의 잔에 소주를 따르면서 웃었다.

"남자하고 오랜만에 이렇게 마시네."

백영주의 얼굴이 조금 상기되어 있다.

"사진 잘 나왔습니다."

김방현이 사진부터 내밀고는 보고서는 앞쪽 탁자에 놓았다. 저는 복사본을 들고 있다. 이광이 사진을 보았다. 사진은 2장, 한 장은 두 남녀가 여관으로 들어가는 장면인데 뒤쪽에서 따르는 여자의 옆얼굴이 드러났다. 오세영이다. 사내는 뒷모습만 보인다. 큰 키, 코트 차림이 말쑥하다. 그리고 또 한 장, 이번에는 둘의 얼굴이 다 드러났다. 나올 때는 둘이 붙어 있다. 둘의 얼굴에 약간 웃음기가 있는 것 같다.

"바로 어젯밤입니다, 형님."

김방현의 말을 건성으로 들으면서 이광이 서류를 넘겼다. 강기창이 알려준 대로다. 들은 말만 갖고는 결정을 내릴 일이 아니었으므로 실제 확인을 하려고 김방현을 시킨 것이다. 그런데 맞다. 상대는 허준호, 32세, 미혼, 일성대졸, LA 본사 근무를 하다가 서울 지사로 옮겨온 지 1년, 직급은 과장, 부친은 이성대학 교수, 모친이 강남의 요리 학원장인 부유한 집안, 김방현의 말이 이어졌다.

"둘은 거의 붙어 다닙니다. 트리톤이 외국계 회사라서 그런지 사내 커플에 대해서 반감이 없는 것 같습니다."

"……."

"사흘간 체크했는데 점심도 매일 같이 먹고 퇴근도 같이 했습니다."

"……."

"소문이 다 퍼졌습니다, 회사 경비도 둘이 연애한다고 하더라고요."

"알았다."

서류를 접은 이광이 주머니에서 봉투를 꺼내 내밀었다. 두 손으로 봉투를 받은 김방현이 조심스럽게 물었다.

"형님, 요즘 형님이 조사시킨 여자들은 왜 다 그렇습니까?"

"어?"

되물었던 이광의 얼굴에 쓴웃음이 떠올랐다.

비서실 정지현이, 그리고 오세영까지 비슷한 행태를 보이고 있는 것이다.

"그렇구나. 하지만 백영주는 다르잖아?"

이광이 말을 이었다.

"오늘 퇴근하고 뭘 하는지, 10시까지만 미행해봐. 내가 10시 정각에 너한테 전화할게."

자리에서 일어선 김방현이 절을 하고 돌아섰다. 어젯밤에는 백영주하고 포장마차에서 헤어졌다. 소주 네 병을 나눠 마셨는데 백영주는 더 마시고 싶은 눈치였다. 김방현과 헤어진 이광이 회사로 돌아왔을 때는 오후 3시 반 무렵이다.

"어때? 오늘 밤 한잔하지?"

김성규가 물었으므로 이광이 머리를 끄덕였다.

"좋아, 10시까지만 마시자고, 난 만날 사람이 있어서 말이야."

"그래? 그럼 나도 10시 이후에 다른 약속을 잡아야겠군."

김성규가 머리를 끄덕이며 말했다.

"출장 전이라 바쁘구먼그래."

자리에서 일어선 이광이 앞쪽 쇼우 룸에 들어가 바그다드 출장용 샘플을 체크했다. 지금도 안창문은 공장에서 샘플 작업을 독촉하고 있는 것이다. 이윽고 자리에 앉은 이광이 전화기를 들고 버튼을 눌렀다. 신호음이 두 번 울리고 나서 곧 교환이 응답했다.

"네, 트리톤입니다."

"오세영 씨 부탁합니다, 여긴 유성상사인데요."

"잠깐 기다리세요."

전화가 연결되는 동안 이광이 심호흡을 했다. 심호흡을 두 번 했을 때 오세영의 목소리가 울렸다.

"여보세요?"

"나, 이광이야."

"아."

놀란 듯 오세영이 짧은 외침을 뱉더니 목소리가 낮아졌다.

"형, 마침 잘됐어. 이야기할 것이 있었는데."

"뭔데?"

"유성 후반기 오더를 그대로 주기로 했어, 후반기 물량이 35만 불쯤 돼."

"어, 잘됐구나, 고맙다.

"그리고……."

"또 좋은 소식이냐?"

"유성 담당이 바뀌었어. 유춘호 씨라고 곧 연락이 갈 거야."

"그래?"

"유성 출신인 내가 유성 담당을 한다는 것이 좀 그런가 봐, 강 상무님 지시야."

"그렇군, 일리가 있어."

어깨를 부풀렸다가 내린 이광이 말을 이었다.

"오늘 밤 10시 반쯤 만날 수 있어? 내가 5일 후에 바그다드 출장을 간다."

"응? 오늘 밤? 바그다드 출장?"

놀란 듯 되물었던 오세영이 대답했다.

"그래, 근데 10시 반은 너무 늦네."

"오늘 밤 같이 있자. 10시 반에 인사동 순천집에서 만나, 기다릴게."

그러고는 이광이 먼저 전화를 끊어버렸다.

술잔을 든 김성규가 이광에게 말했다.

"너도 짐작 하겠지만 난 유성에서 말뚝 박고 살 생각은 없어."

영등포 시장 뒷골목, 돼지갈비 식당에서 김성규와 이광이 마주앉아 있다. 오늘은 김성규의 미국 출장 송별식인 셈이다. 김성규가 말을 이었다.

"나를 자르지 않고 유성에 남겨둔 황 회장의 안목에는 경의를 표한다."

"아쭈."

쓴웃음을 지은 이광이 한 모금 소주를 삼키고는 지그시 김성규를 보았다.

"자화자찬이 심하시군."

"내가 이번에 오더를 모아 와서 황 회장의 선견지명이 맞았다는 증명을 할 테니까."

"자신 있어?"

"50만 불은 할 거다."

"와."

이광의 입이 딱 벌어졌다. 미국에서 50만 불이라니, 미국 지역은 가장 양질의 바이어가 모인 곳이다. 고급 품질에 고가품을 가져가는 것이다. 미국 지역의 오더를 받는다는 것은 제품이 인정을 받았다는 말이나 같다. 김성규의 4과는 주(主) 시장이 미국과 남미 지역이었는데 작년에는 미국에 30만 불 정도를 수출했다. 그런데 이번에 50만 불을 가져온다니, 만일 그렇게 된다면 2배 가까운 성장이다. 특진이 보장된다. 이광의 표정을 본 김성규가 빙그레 웃었다.

"왜? 못 믿겠냐?"

"네가 50만 불을 가져오면 과장 진급은 맡아 놓을 거다, 오동진이 제 입으로 떠들었으니까 말이야."

술잔을 든 김성규가 한 모금에 소주를 삼켰다. 그렇다. 지금까지 50만 불 오더를 받아 온 전례가 없다. 김성규의 4과 올해 수출 목표는 142만 불, 현재 수주된 오더는 45만 불, 아직 1백만 불이 미수주 상태다. 더구나 부사장 오동진은 각과의 올해 목표를 작년 대비 35퍼센트 증가한 금액으로 일괄 조정했다. 김성규의 4과는 작년에 102만 불을 수출한 것이다. 이광의 3과는 전(前) 과장 윤병도가 있을 때 88만 불을 수출했기 때문에 올해는 120만 불이다. 그리고 오동진은 제 입으로 수출부 직원들을 모아 놓고 공언(公言)했다. 30만 불 이상 오더를 받아 온다면 특진을 시켜준다고 했던 것이다. 30만 불 오더면 공원 30명 규모의 공장을 1년 가동시킬 수 있는 물량이다. 김성규가 말을 이었다.

"공을 들였지, 거의 1년 동안 말이다. 아무도 모르게."

"그렇군."

"너도 겪었지만 이곳은 치열한 전장(戰場)이야, 난 군대는 안 갔지만 이곳에서의 전투는 총을 쏘고 칼로 찌르는 전장보다 더 교활하고 더 무자비한 것이다."

"맞아, 내가 편의공작대에 있었지만 거기가 더 단순하고 깨끗했어."

"너 군대 PX에 있었어?"

"아니?"

"금방 편의대에 있다고 했잖아?"

"편의공작대, 사복을 입고 공비를 잡는 부대다."

"그렇군, 근데 내가 무슨 말을 하다가 말았지?"

김성규가 묻자 이광이 입맛을 다셨다.

"네가 1년 동안 공을 들였다는 이야기, 군대보다 사회가 더 무자비하다는 이야기 하다 말았다."

"그렇지, 1년 동안 꾸준히 샘플하고 오퍼 보냈어, 정성을 쏟았단 말이다."

"그렇군."

"오더는 갑자기 하늘에서 뚝 떨어지지 않아, 끈기가 필요해. 그리고 정성이."

"명심하지."

"네가 가는 바그다드는 전쟁터야, 가만 생각해 보니까 너하고 딱 맞는 시장이라는 생각이 들어."

김성규의 얼굴에 웃음이 떠올랐다.

"넌 임기응변과 순발력이 뛰어난 놈이야, 집중력이 대단하고 오기가 있어서 한 번 물면 놓치지 않는 놈이지."

"편의공작대 출신은 다 그래."

"그 편의점 이야기는 빼고."

"날 잘 봐줘서 고맙다."

"넌 내 유일한 친구야."

술잔을 든 김성규가 지그시 이광을 보았다. 술을 빨리 마셔서 벌써 소주가 세 병째 비워지는 중이고 김성규의 얼굴은 달아올라 있다.

"그래서 오늘 내 애인을 오라고 했다."

"응? 어디로?"

"여기로."

손목시계를 보았던 김성규가 머리를 들더니 이광 뒤쪽을 보며 웃었다.

"어, 저기 오는군."

머리를 돌린 이광은 식당 안으로 들어서는 정지현을 보았다. 이광과 시선이 마주치자 정지현의 얼굴에 웃음이 떠올랐다.

"네가 10시에 약속이 있다고 해서 말이야."

정지현이 다가왔을 때 김성규가 웃음 띤 얼굴로 말했다. 그때 정지현이 이광에게 물었다.

"이 대리님, 놀라셨어요?"

"아뇨."

이광이 쓴웃음을 지었다.

"애인이 온다기에 짐작하고 있었습니다."

말은 그렇게 했지만 김성규가 건드린 여자가 어디 하나둘인가? 백영주가 나타났다고 해도 놀라지 않았을 것이다. 그리고 그 여자에게 같은 말을 해줄 것이다.

"자, 한 잔 해."

김성규가 정지현의 잔에 술을 따르면서 말했다.

"내 출장 환송 파티는 이렇게 셋이 하는 거야."

"난 10시쯤에는 일어나야 돼."

이광이 손목시계를 보면서 말했다. 오후 8시 40분이다.

"아직 한 시간이 남아있구먼, 서둘기는."

이광의 잔에도 술을 채우면서 김성규가 웃었다.

"너도 여자하고 약속 있지?"

"아냐, 어머니가 오셔서 10시 반까지 들어간다고 했어."

말이 길지만 그렇게 거짓말을 했다. 그때 술잔을 든 정지현이 웃음 띤 얼굴로 이광을 보았다.

"이 대리님 애인 없어요?"

"여자야 많죠."

이광이 얼른 말을 받았다.

"만나는 여자는 몇 명 됩니다."

"우리 회사에는 없고요?"

"없어요."

"하긴 이 대리님 평은 깨끗하니까."

"지금 날 비꼬는 거야, 그렇지?"

김성규가 눈을 가늘게 뜨고 정지현을 보았다. 둘의 시선이 부딪쳤고 동시에 웃음이 떠올랐다.

"젠장, 오고 가는 눈빛에서 불이 일어나는 것 같군."

이광이 투덜거리자 김성규가 웃었다.

"왜? 부럽냐?"

둘의 시선을 받은 이광이 어깨를 부풀렸다가 내렸다. 어느덧 둘의 얼굴에서 웃음이 지워져 있다. 이광이 말을 이었다.

"그리고 부럽고."

"무슨 말이야?"

"여자들 조심해, 그럼 무슨 말인지 알 거야."

정지현은 시선만 주었고 김성규의 얼굴에 쓴웃음이 떠올랐다. 술잔을 쥔 이광이 김성규를 보았다.

"그리고 부럽다는 건 그런 소문들을 알면서도 감싸주는 정지현 씨가 있다는 것이다."

"그렇군."

김성규가 머리를 끄덕였다.

"그런 말을 해줄 놈은 너밖에 없지."

"둘이 만나는 건 비밀로 해, 소문나면 안 좋아."

"널 믿으니까 지현 씨 오라고 한 거야."

"저도 믿고요."

정지현이 다시 웃음 띤 얼굴로 말했다.

"내가 보기에도 두 분이 유성의 스타예요, 두 분이 친해진 것이 참 보기 좋아요."

"정 대리님 친구나 하나 소개시켜 주쇼."

이광이 말하자 정지현이 눈을 크게 떴다.

"정말이세요? 내 친구가 하나 있는데."

"어이구, 이게 웬일이야?"

김성규가 반주를 넣었다.

"이광이가 오늘 횡재했네."

이광은 웃기만 했고 정지현이 말을 이었다.

"그럼 바그다드 출장 가기 전에 내가 소개시켜 드릴게요."

"부탁합니다."

정지현의 잔에 술을 따르면서 이광이 심호흡을 했다. 김성규가 정지현과 가깝게 된 것은 회장실의 정보 때문인지도 모른다. 회장실 정보는 청와대 정보나 마찬가지다. 그 정보를 먼저 갖는 것이 출세의 지름길이다. 그때 김성규가 말했다.

"야, 너 기조실 백 과장한테 잘 보이도록 해."

머리를 든 이광에게 김성규가 말을 이었다.

"그 여자가 실세야, 회장하고 직통으로 연결되어 있다고."

"응? 부사장 라인이 아냐?"

이광이 일부러 그렇게 물었을 때 정지현이 웃음 띤 얼굴로 머리를 저었다.

"아녜요, 백 과장은 회장 라인이에요. 부사장과는 견제 관계에 있어요."

"그래요?"

이광이 놀란 듯 되묻고 나서 어깨를 늘어뜨렸다.

"어쨌든 정 대리님 친구 부탁합니다."

이제 오세영을 만나러 가야 할 시간이다.

인사동 순천집 건너편의 공중전화 박스 안, 손목시계를 본 이광이 동전을 넣고 버튼을 눌렀다. 오후 10시 15분이다. 신호음 3번 만에 응답 소리가 들렸다.

"여보세요."

김방현의 사무실은 24시간 통화가 된다. 오피스텔이 사무실 겸 숙소이기 때문이다. 직원이 전화를 받는다.

"아, 나, 이광인데."

이광이 말했더니 직원이 반색을 했다.

"예, 기다리고 있었습니다. 사장님은 지금 이곳에 계십니다, 전번 불러드릴게요."

사내가 불러준 전번을 외운 이광이 전화를 끊고 잠깐 앞쪽 순천집을 보았다. 한정식 식당이다. 10시 반에 오세영을 만나기로 했으니 아직 시간은 있다. 이윽고 다시 전화기를 든 이광이 동전을 넣고 버튼을 눌렀다. 그러자 신호음 한 번 만에 김방현이 전화를 받았다. 이광의 목소리를 들은 김방현이 서두르듯 말했다.

"예, 조금 전에 허준호하고 헤어졌습니다. 둘이 회사 근처 식당에서 저녁을 먹고 소주까지 한 병 마시더군요."

"아, 그래?"

"오세영이 약속이 있는지 택시를 타고 떠났습니다."

김방현에게는 오세영과 10시 반에 약속을 했다고 말해주지 않은 것이다.

"어, 그래? 오늘 저녁에도 만났단 말이지?"

"매일 같이 다닌다니까요."

"알았다, 수고했어."

"형님도 잘 쉬십쇼."

이광이 입을 열었다가 쓴웃음을 짓고는 전화기를 내려놓았다. 공중전화 부스를 나온 이광이 길을 건너 순천집 앞으로 다가갔을 때 택시 한 대가 옆에서 멈추면서 오세영이 내렸다.

"형."

오세영이 이광을 보더니 얼굴을 펴고 웃었다. 어둠 속에서 오세영의 얼굴이 환해지는 것 같다.

"어, 딱 맞춰 왔구나."

따라 웃은 이광이 다가가 오세영의 손을 쥐었다. 오세영의 따뜻한 손가락이 이광의 손을 마주 잡는다. 그러나 힘이 들어가 있지 않고 늘어진 낙지 다리 같다. 식당으로 들어서자 조금 늦은 시간이어서 어수선했다. 술좌석이 벌어져 고성이 들렸고 치우지 않은 테이블이 펼쳐져 있다.

"저녁 먹었어?"

선 채로 이광이 묻자 오세영이 머리를 끄덕이며 말했다.

"응. 형, 우리 나가자, 카페에서 술이나 마셔."

"좋지."

앉지도 않고 식당을 나온 둘이 들어가 앉은 곳은 옆쪽 골목의 포장마차 안이다. 지나가던 이광이 텅 빈 포장마차에 주인 여자 혼자 우두커니 서 있는 것을 보고 오세영을 끌고 들어간 것이다.

"형도 참."

포장마차의 걸상에 나란히 앉았을 때 오세영이 웃음 띤 얼굴로 말했다. 포장마차에 들어온 이유를 안다는 웃음이다. 이광이 이것저것 안주를 4개나 시켰더니 여자의 얼굴이 환해졌다. 이광이 먼저 나온 소주병을 들면서 오세영에게 물었다.

"저녁은 어디서 먹었어?"

"회사에서 샌드위치 먹었어."

"파트를 바꿨다니 바쁘겠구나."

"응, 업무 파악하느라고. 하지만 보람 있고 즐거워."

술잔을 받은 오세영이 이광을 보았다.

"모두 형 덕분이야."

이광의 시선을 받은 오세영의 눈동자 초점이 멀어졌다. 시선을 똑바로 받지 않는 것이다. 그 얼굴로 오세영이 말했다.

"유성 담당이 바뀌었지만 강 상무님이 뒤에서 밀어주니까 별일 없을 거야, 형."

"그렇게 되는 게 정상이야."

"참, 형이 바그다드 출장을 가?"

"응, 닷새 남았어."

"거기 전쟁 중이잖아?"

"괜찮아. 그래도 무역박람회도 하고 수출입도 한다, 다 사람 사는 데야."

"며칠간 가는데?"

"한 달 정도."

한 모금 소주를 삼킨 오세영의 동공이 다시 흐려졌다. 그때 술잔을 든 이광이 낮게 물었다.

"너, 오늘 밤 외박해도 되지?"

"응."

머리를 끄덕였던 오세영이 이광의 시선을 받더니 눈을 흘겼다.

"오늘 밤 같이 있자고 해놓고서 왜 또 새삼스럽게 물어?"

"우리, 그거 안 한 지 오래되었지?"

"응, 몇 주 되었나 봐."

이광은 소리 죽여 숨을 뱉었다. 가슴이 먹먹했기 때문이다.

"불 끌게."

욕실에서 나온 오세영이 말했으므로 이광은 숨을 들이켰다. 이런 일은 처음이다. 지금까지 수십 번 같이 잤지만 불을 끈 적이 없다. 그 순간 오세영의 알몸이 사라졌다. 도톰한 젖가슴, 짙은 숲, 허리의 부드러운 곡선도 사라졌다. 곧 어둠 속에서 옆쪽 시트가 들춰지더니 오세영의 알몸이 닿았다. 차다. 물기가 금방 식었기 때문이다. 그때 오세영이 이광을 껴안았다. 아무 소리도 하지 않는다. 그래서 이광도 잠자코 오세영의 어깨를 감아 안았다. 밤 12시가 조금 넘은 시간이다. 이곳은 종로의 모텔, 방안은 곧 뜨거운 열기로 덮이기 시작했다. 처음에는 조금 소극적이었던 오세영은 금방 달아올랐다. 다시 전(前)의 활기가 오세영을 뒤덮더니 오히려 더 큰 폭풍으로 만들어졌다. 이윽고 둘의 몸이 떨어졌을 때는 온몸이 땀에 젖어 미끈거리고 있다. 이광이 천장을 향한 채 누워 숨을 골랐다. 방안에는 비린 애액의 냄새에 섞여 오세영의 체취까지 잔뜩 배여 있다. 이윽고 이광이 팔을 뻗어 오세영의 어깨를 당겨 안았다. 오세영이 이제는 자연스럽게 품에 안기더니 손가락으로 이광의 가슴에 글씨를 쓴다. 무의식적인 행동인 것 같다. 오세영의 숨결이 이광의 가슴을 스치고 지나갔다. 그때 이광이 말했다.

"내가 요즘 인기가 좋아."

오세영은 더운 숨만 뱉었고 이광이 천장을 향한 채 말을 이었다.

"데이트 신청을 여러 번 받았어, 그것도 여러 명한테서."

이광의 눈앞에 정지현, 백영주의 얼굴이 차례로 지나갔다. 다 말짱 도루묵이다. 데이트 신청? 염병, 하나는 제가 좋아하는 김성규에 대한 소문과 평가를 듣기 위해서였고 또 하나는 더 지독하다. 보험 증서와 각서에 사인을 받으려고 만나자고 했다. 이광이 다시 혼잣말을 했다.

"행복해 죽겠다, 내가 여자들한테 이렇게 인기가 있을 줄은 몰랐어."

"나, 미치겠어."

마침내 오세영이 웃음 띤 목소리로 말했다.

"그래서 나한테 연락도 안 한 거야?"

"꼭 그런 건 아냐."

"만났어?"

"응."

"몇 명이나?"

"두 명."

"남자들의 바람기는 못 말린다더니……."

"꼭 그런 건 아니라니까. 너도 알다시피 내가 오죽 바쁘냐? 더구나 바그다드 출장까지 결정한 바람에……."

"아무리 그래도 전화라도 해주었어야지."

"미안."

"바쁘다는 와중에 여자들을 만날 시간은 있었군그래."

"매일 회사에서 얼굴 맞대는 여자들이라 어쩔 수 없었기도 해."

"형은 회사 안에서 여자 사귀는 스타일이 아니잖아?"

묻고 난 오세영이 덧붙였다.

"나 빼고."

목소리에 웃음기가 섞여 있다.

"그렇지, 하지만……."

"하지만 뭐?"

"만났을 뿐이지 깊은 관계는 아냐."

"그러다가 진전되는 거야. 둘 만났다는데 그중에서 마음에 드는 여자도 있을 거 아냐?"

"그거야……."

"누구냐고 물으면 대답 안 해줄 거지?"

"네가 할퀼까 봐 말 못 해."

"형은……."

"내가 뭐?"

"여자한테 집중하는 스타일이 아냐."

"그래?"

"내가 알아."

"그렇구나."

"뭐가 그렇구나야?"

"네가 가장 잘 나를 아는 것 같아서."

오세영이 숨만 쉬었고 이광이 말을 이었다.

"맞아. 여자에 대해서 건성이야, 만나고 나면 금방 잊어먹어."

"……."

"여자를 만날 때면 뭐랄까, 그냥 꽃밭을 지나가는 느낌이야."

"……."

"내가 바쁘게 걷고 있거든. 그래서 또 꽃밭이 나오고, 또 지나가고……."

이제 오세영은 이광의 가슴에 얼굴을 붙인 채 숨만 쉬었다. 거짓말이다. 꽃밭에 앉아 쉬고 싶은 마음이 언제나 굴뚝같았다. 오세영 마음이 편하라고 해준 말이다. 이왕 떠나갈 여자 아닌가? 잘 보내주자, 미련을 남기게 하지 말자. 오늘 밤의 섹스는 송별식의 맛없는 술이었다.

김포공항이다. 김성규는 오후 2시 반에 떠나는 LA행 노스웨스트를 탄다. 공항 청사는 혼잡하다. 외국 여행은 꿈만 꾸는 시기고 외국 출장자한테는 가까운 일본에 가더라도, 몇 년 전만 해도 직원들이 복도 양쪽에 서서 박수치며 환송해 주었다. 지금은 그런 장면은 줄어들었지만 김포공항에는 떠나는 사람보다 마중 나온 사람이 1 대 10의 비율로 더 많았다. 입국장은 더 붐빈다. 1 대 20쯤 될 것이다. 이광이 출국장으로 들어서자 이곳저곳에서 카메라 플래시가 터졌다. 떠나는 사람 가족들이 배웅 나와서 '김포공항 기념사진'을 찍는 것이다. 마치 결혼식장 신랑 신부 가족, 친지 사진을 박는 것 같다. 오후 12시 반, 출국 2시간 전이지만 이광은 서둘러 김성규를 찾았다. 이윽고 구석 쪽에서 기념사진을 박는 김성규 가족을 발견했다. 김성규와 중년 여자 무리가 네 명, 중년 사내가 두 명에다 20대 초반의 사내 하나, 여고생 급이 둘, 초등학생 급 셋까지 무려 12명이 환송을 나왔다. 그때 머리를 돌렸던 이광이 숨을 들이켰다. 김성규 무리에서 10미터쯤 우측, 이광과는 7미터쯤 거리에 정지현이 혼자 서 있었기 때문이다. 정지현은 손에 꽃을 들고 있었는데 김성규에게 주려고 산 것 같다. 그런데 김성규 가족을 보고 기가 질려서 접근을 못 하고 있는 것 같다. 김성규는 아직 정지현을 발견하지 못한 상태, 이광이 사람들을 헤치고 정지현에게 다가갔다. 속이 부글거리고 끓었으므로 이것은 질투라고 솔직히 인정했다.

"어이, 정 대리."

부글거리는 바람에 다가선 이광의 입에서 불쑥 말이 그렇게 나왔다.

"엄마나."

머리를 돌린 정지현이 기겁을 했다. 너무 놀라서 이광이 미안할 정도였다. 입맛을 다신 이광이 턱으로 김성규 가족을 가리켰다.

"가서 만나지 왜 그러고 있는 거야?"

여전히 반말이다. 그때서야 정신을 조금 차린 정지현이 눈을 흘겼다.

"깜짝이야."

"나하고 같이 가지, 같이 회사에서 나왔다고 하면 되겠네."

이광이 발을 떼며 말하자 정지현이 따르며 물었다.

"왜 반말해요?"

"숨어서 김성규를 보는 것에 질투가 나서 그래. 속이 뒤집혀 있어, 시방."

그때 김성규가 다가오는 둘을 보고는 활짝 웃었다.

"어, 왔어?"

김성규의 시선이 이광에게 3할, 정지현에게 7할쯤 쏠렸다. 다가간 둘을 김성규가 일행에게 소개한다.

"어머니, 작은 아버지, 우리 회사 직원들입니다."

"아이구, 회사에서 오셨군요."

어머니로 불린 중년 여자가 한 걸음 나서더니 둘을 반겼고 여유를 찾은 정지현이 김성규에게 꽃을 건넸다.

"잘 다녀오세요."

"어, 고마워."

꽃을 받은 김성규가 둘을 데리고 일행과 5미터쯤 떨어졌다. 그 5미터 사이로 인파들이 몰려다녔으므로 벽이 쳐진 것이나 같다.

"둘이 용케 나왔구나."

김성규의 얼굴에 반기는 기색이 역력했다. 그러자 이광이 쓴웃음을 지었다.

"같이 나온 게 아녀, 내가 널 찾았더니 널 먼발치에서 쳐다보고 있는 정 대리를 먼저 발견한 거다. 그래서 데리고 너한테 간 거야."

"그랬군."

김성규가 머리를 끄덕이며 정지현을 보았다.

"고마워, 잘 다녀올게."

"무리하지 마요."

정지현이 김성규에게 시선을 떼지 않고 말했다. 머리를 끄덕인 김성규가 정지현의 손을 잡았다가 놓았다. 그때 이광이 주머니에서 봉투 하나를 꺼내 김성규에게 내밀었다.

"이거 받아라."

"뭔데?"

"달러 바꿨어, 1천 불이다."

"1천 불?"

김성규가 숨 들이켜는 소리를 내었고 정지현도 놀라 입을 딱 벌렸다. 이광이 봉투를 김성규의 주머니에 쑤셔 넣었다.

"출장비로 보태 써. 자금이 든든해야 일도 마음 놓고 하는 거야."

1천 불이면 150만 원, 이광의 한 달 월급이 40만 원이었으니 넉 달 월급이다. 이광을 보는 김성규의 두 눈이 번들거렸다. 그때 노스웨스트가 발권한다는 방송이 울렸다.

버스를 타고 시내로 돌아올 때 정지현이 옆자리에 앉은 이광에게 물었다.

"웬 돈을 1천 불이나 줬어요?"

"그럼 어때서?"

"또 반말."

"반말할 테니까 거기도 해."

"난 싫어요."

"왜?"

"친한 것 같아서."

"난 보기 싫어서 하는데."

"왜?"

이번에는 정지현이 물었다. 정지현의 시선을 받은 이광이 대답했다.

"질투가 나서."

"이 대리 좋아하는 여자 많던데 뭐."

"난 지현 씨가 좋아."

"말도 안 돼."

"그때 나 만나자고 했을 때 얼마나 기뻤는지 몰라, 행복했었다고."

"……."

"그게 김성규에 대한 평을 들으려는 교활한 작전인 줄은 나중에 알게 되었지만 말이야."

"어쩔 수 없었어."

"좋아, 그렇게 반말해."

"당신 참 멋진 사람이야."

불쑥 정지현이 말했으므로 이광이 시선을 주었다. 이광의 시선을 받은 정지현의 얼굴에 웃음이 떠올랐다.

"성규 씨를 싸안으면서 경쟁하고 있는 것이 멋져, 반할 정도야."

"하지만 정지현의 수준에는 들지 않는다는 말이지?"

"아냐."

정색한 정지현이 머리를 저었다.

"난 이광 씨한테는 그런 선입견 버렸어, 오늘 이광 씨를 보고 더 굳어졌어."

"친구 소개시켜 준다는 거 어떻게 됐어?"

"오늘 해줄게."

"난 오늘 부모님 만나러 가. 나도 출장 전 인사하고 와야지, 공항에 나오는 건 싫어."

"그렇구나, 집이 시골이지?"

"지금 내려가야 돼."

"그럼 내일 소개시켜줘?"

"급할 것 없어."

길게 숨을 뱉은 이광이 정지현을 보았다.

"김성규하고 잤어?"

"죽을래?"

눈을 흘긴 정지현의 얼굴이 붉어졌다. 그러나 이광에게 시선을 떼지 않은 채 말을 이었다.

"이건 분명히 알아둬. 우린 안 잤어, 성규 씨는 날 존중하는 의미에서 내가 원할 때까지 기다리기로 했어."

"그럼 나도 기다려도 돼?"

그때 정지현이 허벅지를 세게 꼬집었으므로 이광은 입을 딱 벌렸다. 버스에서 먼저 내린 이광이 서울역에서 열차를 타고 옥천의 집에 도착했을 때는 오후 7시가 되어갈 무렵이다. 집에는 연락을 받은 동생 이철과 이명화까지 와 있었으므로 식구가 다 모였다. 인사를 마친 이광이 안방에 둘러앉았을 때 아버지가 먼저 물었다.

"바그다드에 간다고?"

"예, 아버지."

"거기 전쟁 중 아니냐?"

"바그다드는 전장(戰場)에서 멀리 떨어져 있어요, 아버지."

"미사일이 바그다드 시내로 떨어졌다고 신문에도 나오지 않냐?"

"요즘은 안 떨어집니다."

"거기서 장사를 해?"

"그러니까 무역박람회를 개최하는 거죠."

어깨를 편 이광이 아버지, 어머니를 번갈아 보았다. 동생들은 옆에서 숨을 죽이고 있다.

"아버지, 여기."

이광이 가방에서 꺼낸 것은 보험 증서다. 보험에 들었다는 것은 알려줘야만 한다.

"이거 보험 증서인데요."

모두의 시선이 모였고 이광이 보험 내용을 설명했다. 설명하는 동안 방안에는 숨소리도 들리지 않았다. 이윽고 이광이 머리를 들었을 때 어머니가 말했다.

"생명 보험까지 들고 전쟁터에 가야 한단 말이냐? 가지 마라."

어머니의 목소리는 갈라져 있었고 치켜뜬 눈은 번들거렸다.

"군대도 백 없고 돈 없어서 전방에서 죽을 고생하다 나온 놈이 이제는 회사 일 한다고 전쟁터로 가? 생명 보험까지 들고 말이냐?"

어머니의 목소리는 비명 같았다. 아버지는 외면했고 동생들은 움츠린 채 감히 말리지도 못 하고 있다. 어머니의 얼굴이 이제는 하얗게 굳어졌다.

"안 된다! 못 간다! 이 보험 증서도 가져가라."

이 상황에 각서까지 내놓는다면 길길이 뛸 것이다. 이광이 심호흡을 했다. 어차피 가기는 간다. 자식 이기는 부모는 없으니까.

"샘플 준비는 다 끝났습니다."

안창문이 샘플 리스트를 내밀면서 말했다. 샘플은 72종, 트렁크로 4개나 된다. 리스트를 훑어본 이광이 쓴웃음을 지었다.

"고생한 보람이 있을랑가 모르겠다."

"오더 안 받아 와도 돼요."

정현애가 짜증 난 얼굴을 짓고 말했다. 샘플 작업 때문에 정현애도 이틀간이나 밤 11시가 넘어서 퇴근한 것이다. 3과 팀원 셋은 그야말로 똘똘 뭉쳐 샘플 작업에 투입되었다.

"바그다드 엽서, 사진이나 가져와요. 우리 3과는 트리톤 하반기 오더가 결정되었으니까 조바심 낼 것 없다고요."

정현애가 재잘대듯 말했으므로 안창문이 빙긋 웃었다.

"과장님 없을 때는 걱정하더니 정현애 씨가 현모양처 감이야."

"고맙군."

정색한 이광이 둘을 번갈아 보았다. 오전 9시, 회의실에서 과 회의가 열리고 있다. 어젯밤 옥천 집에서 자고 새벽 기차를 타고 올라온 터라 이광의 눈은 충혈되어 있다. 동생 이철에게 통장과 부동산 서류까지 모두 맡겼고 각서도 전해준 것이다. 놀란 이철이 눈물바람을 하는 바람에 형제가 밤늦도록 술을 마셨다.

"둘이 알아서 잘 해, 지금처럼만 하면 되니까."

이광이 말을 이었다.

"트리톤은 새 담당자가 왔지만 별문제가 없고 레이놀드는 에이스 유사장이 잘 해줄 테니까."

오늘 오후에 샘플 가방을 무역진흥공사에 보내고 박람회 참가자는 사흘 후에 떠나는 것이다. 코트라에서는 각 회사의 샘플을 먼저 수송해

주고 박람회장 부스까지 설치해준다. 회의를 마친 이광이 자리에서 일어섰을 때 안창문이 말했다.

"대리님, 잠깐만."

이광이 다시 자리에 앉자 정현애가 안창문에게 눈을 흘겼다.

"나 빼놓고 비밀 얘기 해요?"

"사적인 이야기야, 난 프라이버시도 없는 인간이냐?"

안창문이 눈을 부릅뜨자 정현애가 쓴웃음을 짓고 나갔다. 문이 닫혔을 때 안창문이 주머니에서 봉투 하나를 꺼내 이광에게 내밀었다.

"이거 받아."

"뭐냐?"

"네가 우리 엄니 장사 밑천으로 준 1천 중 5백이야, 백만 원짜리 수표 5장으로 가져왔어."

"장사가 잘되는 거냐?"

"이제 기반이 굳어졌어, 단골도 늘어나서 월 수익이 2백이 돼."

"우리보다 낫구나."

"나머지 5백은 올해 안에 갚을게."

"아니."

봉투를 받은 이광이 정색하고 안창문을 보았다.

"이 돈만 받고 나머지 5백은 안 받겠다."

"아니, 그럴 수가……."

어깨를 부풀린 안창문이 작은 눈을 치켜뜨고 이광을 보았다.

"그럼 안 되지. 우리 어머니는 돈 빌려준 것만으로도 평생 은혜를 갚지 못하겠다고 했는데."

"아냐, 그 돈으로 가게를 늘리든지 가게 건물을 사든지 해, 그럼 5년 후에 갚아라."

"차라리 그렇게 말해주면 덜 미안하지."

안창문이 어깨를 부풀리면서 격앙된 표정으로 말을 이었다.

"넌 내 은인이야, 꼭 몸조심해야 한다."

"알았다, 그럼 나가서 정현애 들어오라고 해."

안창문이 회의실을 나가자 이광이 길게 숨을 뱉었다. 안창문에게 빌려준 1천만 원은 나은현과 헤어지는 조건으로 나은현 어머니한테서 받은 돈이다. 그쪽은 돈 주고 확실하게 인연을 끊어서 좋고 이쪽은 돈 받고 미련을 버려서 좋았으니 진짜 윈윈이었다. 곧 정현애가 방으로 들어섰으므로 이광이 생각에서 깨어났다.

"무슨 일인데요?"

새침한 표정이 되어 앞쪽에 앉은 정현애의 몸에서 교태가 흘렀다. 김성규는 한 달에 몇십만 원씩 용돈을 주고 정현애의 성을 갈취했다. 이제 정신을 차린 정현애는 그것이 사랑이 아니라는 것을 알았을까? 그때 이광이 안창문이 준 봉투에서 빼낸 1백만 원권 수표 1장을 정현애에게 내밀었다. 정현애 3달 월급이 된다.

"이거 생활비로 보태 써, 아무 말 말고."

그러고는 덧붙였다.

"공장에서 받은 돈 아니다, 내 돈이야."

떠나는 날 아침, 부장직대와 과장들, 그리고 직원들과 인사를 마친 이광이 부사장 오동진 비서에게 연락을 했다.

"저, 이광인데 지금 인사드리려고 들어가도 되죠?"

9시 5분 전이다. 9시에 출장 인사한다고 어제부터 예약했다. 그때 비서가 말했다.

"오늘 은행에 가실 일이 있어서 출근 안 하셨어요, 어쩌죠?"

"됐습니다. 인사 못 드리고 간다고 전해 주십시오."

전화기를 내려놓은 이광에게 부장직대 이태진이 물었다.

"무슨 일이야?"

"부사장이 외부 출근이라는데요."

"개새끼."

이태진이 이 사이로 말하고는 힐끗 이광을 보았다.

"신경 쓰지 마, 그런 놈이려니 해."

"아이구, 괜찮습니다."

그러나 김이 빠진 이광이 자리에 앉아 손목시계를 보는 시늉을 했다. 회장 황학수는 오늘 경제인단체장 모임으로 회사에 출근하지 않는다. 그때 구내전화벨이 울렸으므로 이광이 전화기를 들었다.

"예, 이광입니다."

"나야."

정지현이다. 이제 정지현은 둘이 있을 때는 반말을 한다.

"응, 왜?"

"옆에 사람들 있어?"

이광이 주위를 둘러보았다. 이태진은 제자리로 돌아갔고 옆자리는 비었다. 안창문과 정현애는 마침 공장에서 사람이 와서 회의실에 들어가 있다.

"없어, 왜?"

"나도 공항 나가줄까?"

"네가? 왜?"

"회장님도 못 보고 가잖아? 부사장은 일부러 안 만나려고 출근 안 한 것 같고."

"그런가?"

"김성규 씨 갈 때도 안 만났어, 회의 있다면서 나가버렸다고."

"……."

"내가 나가줘?"

"됐어."

"기분 상하지 마."

"네 전화로 됐어."

"오해하지는 말고."

"뭐?"

"너하고는 친구 관계야."

"……."

"잘 갔다 와, 몸조심하고, 응?"

"그래."

전화기를 내려놓은 이광이 심호흡을 했다. 숨이 가빠졌고 머리에 열이 올라서 눈앞이 흐려졌다. 그때 다시 전화벨이 울렸으므로 이광이 전화기를 귀에 붙였다.

"여보세요, 이광입니다."

"저, 백영주예요."

"아."

"지금 출발하시려고요?"

"아, 예."

"회장님한테서 연락이 왔어요."

숨을 죽인 이광의 귀에 백영주의 목소리가 울렸다.

"몸조심하라고 하셨어요."

"아, 예."

"그리고 일주일에 한 번은 꼭 회장님 댁으로 전화하라고 하셨어요."

"……."

"한국 시간 밤 10시에 맞춰서요, 댁 전화번호 아시지요?"

"예, 압니다."

"그리고……."

잠깐 뜸을 들였던 백영주의 목소리가 낮아졌다.

"가시기 전에 한번 만나고 싶었는데, 그냥 이야기나 하고 싶었거든요."

"……."

"다녀와서 저하고 술 한잔해요, 제가 살게요. 시간 내주시겠어요?"

"아, 그럼요."

"그럼 기대하고 있을게요."

백영주의 목소리에 웃음이 띠어졌다.

"몸조심하시고요."

"고맙습니다."

전화기를 내려놓은 이광의 얼굴에 웃음이 떠올랐다. 이만하면 인생을 헛산 것이 아니다. 자리에서 일어선 이광이 가방을 쥐었을 때 회의실에서 마침 안창문이 나왔다.

"대리님, 가십시다."

안창문이 김포공항까지 따라가려는 것이다. 이광의 가방을 빼앗아 든 안창문이 앞장을 서며 물었다.

"부사장실 들르셨어요?"

이광 옆으로 다가오던 이태진과 과장들이 아무 말 않는다. 이렇게 이광이 바그다드로 출발한다.

바그다드 직항편이 없었기 때문에 대한항공은 파리로 날아간다. 파리가 어디냐? 에펠탑, 베르사유 궁, 샹젤리제, 개선문, 책과 그림으로만 본 도시, 유럽 문화의 중심, 그래서 한국에는 '파리양복점', '파리다방', '파리세탁', '파리문방구', '파리레스토랑'이 지천으로 깔렸다. 그런데도 '파리' 자(字)만 들어가면 우아하고 멋지게 보이는 것이다. 그 꿈의 파리로 날아가는 중이다. 이광은 잠깐 막중한 임무를 잊고 파리로 날아가고 있다는 사실에 가슴이 뛴다. 김포공항에는 안창문과 정현애, 둘이 나왔다. 정현애도 따라 나온 것이다. 공항에서 정현애가 삐죽거리며 울었는데 이광의 가슴도 뭉클했다. 그래서 안창문과 함께 셋이 기념사진을 찍었다. 이광의 첫 해외여행, 아니, 출장이다. 이광의 옆 좌석에는 대기업인 한성상사의 서필수 대리가 탔다. 코트라에서 출장 전에 여러 번 모여 교육을 받은 터라 곧 친해졌고 나이도 같아서 말을 텄다. 전쟁터로 함께 간다는 동지 의식이 깔려 있기 때문에 급속도로 가까워진 것 같다.

"난 시간만 때우다가 올 작정이다."

창밖의 구름을 내려다보는 이광에게 서필수가 말했다.

"부장이 약속했어, 바그다드에 다녀오면 내년에 과장시켜 준다고 말이야."

"젠장, 나도 그랬으면 좋겠군."

이광이 투덜거렸다.

"한성은 전쟁터에 다녀오기만 하면 진급시켜주냐?"

"요즘은 몸 사리는 놈들이 많아졌어."

서필수가 가는 눈을 더 가늘게 떴다. 긴 얼굴의 말(馬)상이었지만 코트라 교육 때 보니까 할 말은 딱딱 해놓고 리더십이 있는 성격이다. 일성대 출신, 경력 3년 반이다. 서필수가 말을 이었다.

"코트라에서 우리 회사로 압력이 왔어. 한성에서 안 가면 어느 회사가 가려고 하겠느냐고 말이야. 그래서 우리 3부가 딱 걸렸고 3부에서 대리급 17명 중에서 내가 가게 된 거다."

"재수 없게 걸린 거냐?"

"아니, 내가 지원했어."

"왜?"

"이것도 경력에 들어갈 테니까."

"전쟁터에 들어갔다는 경력?"

"그래, 내가 부장되고 중역이 되었을 때 써먹을 거다. 내가 이란, 이라크 전쟁 중에 바그다드에 들어갔다고."

"실제로는 한 달 동안 처박혀 있었으면서 말이지?"

"아, 목숨은 붙여야지."

어깨를 치켰다가 내린 서필수가 빙그레 웃었다.

"박람회장하고 호텔만 왔다 갔다 하면 돼, 절대로 외출하지 말고 말이다."

"호텔로 미사일이 떨어졌잖아?"

"그건 오발탄이다."

"장사는 안 될까?"

"코트라에서는 중동 바이어가 온다고 했지만 누가 오겠냐? 중동 도

소매상들은 쿠웨이트나 두바이, 바레인으로 몰려가고 있어."

그렇다. 이라크의 지도자 사담 후세인은 내국 경기를 살리고 바그다드를 중동의 무역 중심(中心)으로 만들기 위하여 이번 박람회 동안에 막대한 양의 생필품도 구입할 예정이라고 선전했다. 그러나 바이어들은 이미 중개무역 기반이 굳어진 쿠웨이트, 두바이, 바레인 등으로 몰리는 상황이다.

"넌 외국 출장 처음이냐?"

서필수가 묻자 이광이 머리를 끄덕였다.

"비행기도 처음 탄다."

"촌놈이군."

"출세했지."

"난 미국은 세 번 갔다 왔어, 중동은 처음이지만 말이야."

"미국을 세 번이나? 그럼 물 대신 콜라를 원 없이 마셨겠구나."

"이 촌놈이."

"태극기는 꽂았어?"

"응, 두 번."

"백말?"

"흑말까지."

"국위는 선양한 거냐?"

"쪽팔리지는 않았어."

"한성은 바그다드를 기대하지 않는 거냐? 그냥 정부에서 가라고 하니까 참가한 시늉만 한 거야?"

"정부 입찰이 있긴 해, 하지만 그게 박람회 부스에서 거래가 되냐? 사전에 협상을 다 하고 나서 부스에서는 사진만 찍고 사인을 하는 거지."

맞는 말이다. 한국의 전시회에서도 그렇다. 소매상도 아니고 바이어는 사전에 체크를 한다. 이광이 한숨을 뱉었다.

파리의 샤르드골 공항에서 9시간을 기다렸으니 그동안 파리 시내 구경을 할 수도 있었지만 박람회 참가단원 43명은 공항 밖으로 나가지 못했다. 단장인 코트라 국장의 인솔하에 공항에서 얌전히 기다린 후에 에어 프랑스기에 올랐다. 바그다드에는 밤 12시 반에 도착한다는 것이다. 바그다드에 민간 항공기는 모두 밤에 이착륙을 하기 때문이다. 전쟁 중이어서 이란과 이라크는 밤에만 민간 항공기를 운용하기로 합의했지만 며칠 전에 팬앰 화물기 한 대가 이란 미사일을 맞아 격추되었다. 무기를 실었다는 이유였는데 미국과 이라크 정부는 민간 화물이었다고 격렬하게 항의하는 중이다.

"젠장, 긴장되는군."

이번에도 옆에 앉은 서필수가 계속해서 투덜거렸다. 에어프랑스는 지금 이라크 상공을 날고 있다. 앞으로 30분 후면 바그다드에 착륙한다는 기내 방송이 있었는데 창문을 올리지도 못 하게 하는 데다 비행기 안도 소등시켜서 어둡다. 모두 긴장으로 굳어서 목소리도 크게 내지 않는다. 이광은 창가에 앉아 있었기 때문에 손톱만큼 올린 창밖으로 땅을 내려다보았다. 어둠 속에서 가끔 반짝이는 빛이 보인다. 마을이나 도시 같다.

"아까 코트라 박 과장 이야기를 들었더니 박람회 참가국이 37개국에서 32개국으로 줄었다는 거야, 5개국이 불참했다는군."

서필수가 듣고 온 정보를 말했다.

"경쟁자가 줄어든 게 아냐, 박람회에서 얻어갈 게 없기 때문이라고 봐야 돼."

이광이 머리를 끄덕였다. 박람회는 나흘 후에 시작된다. 오늘 밤 도착하고 나서 내일부터 박람회장에 가서 부스 만드는 것을 거들고 미리 보낸 샘플 박스를 찾아 진열해놓아야 한다. 밤샘 작업을 해야만 할 것이다. 그때 비행기가 갑자기 덜컹거리더니 급강하했다. 앞쪽 몇 명이 비명을 질렀고 급강하가 계속되자 이제는 10여 명이 외쳤다. 그때 비행기가 뚝 멈춘 것처럼 평행을 이루자 이광은 손잡이를 움켜쥔 손을 잠깐 풀었다. 손바닥에 땀이 흥건히 배어 나와 있었다. 그때 기내 방송이 울렸다.

"곧 착륙합니다."

기장은 급강하한 이유를 말해주지 않았다. 곧 바퀴 내리는 소리가 요란하게 울렸으므로 이광은 다시 눈을 부릅떴다. 처음보다는 낫다. 드골 공항에 착륙할 때 바퀴 내리는 소리를 듣고는 오줌이 마려웠으니까. 곧 비행기는 칠흑처럼 어두운 바그다드 상공으로 진입했고 착륙했다. 바그다드다. 신비스럽게만 머릿속에 저장되었던 아라비안나이트의 도시, 그런데 지금은 미사일이 날아다니는 전장, 더구나 등화관제가 있어서 도시는 어둠 속에 잠겨 있다. 비행기가 멈춰 섰을 때 이광이 혼잣소리처럼 한마디 했다.

"지기미, 여기도 사람 사는 데겠지 뭐."

그날 밤, 전조등도 켜지 않은 버스를 타고 가로등도 없고 건물의 불빛도 비치지 않는 거리로 들어와 마치 검은 산처럼 보이는 호텔 안으로 일행이 들어섰을 때는 새벽 3시가 되어갈 무렵이다. 호텔 안은 불을 켜놓아서 환했다. 창문을 모두 검은 천으로 가려서 등화관제를 해놓은 것이다. 이광과 서필수는 손을 써서 같은 방을 배정받았는데 둘이 다 요령이 좋았기 때문이다. 서필수는 인솔 책임자인 코트라의 국장 오영한이 대학 선배여서 인사를 텄지만 실제로는 이광의 덕을 보았다. 코트라에서 교육을 받을 때 이광이 이번 박람회의 실무 담당자인 총무과장 박주성과 친해졌기 때문이다. 둘이 같은 방을 쓰게 된 것도 박주성이 만들어준 것이다.

"옆방에 여자 둘이 있군."

방에 들어선 이광이 말하자 서필수가 쓴웃음을 지었다.

"벌써부터 여자 찾고 다녔냐?"

"모녀간이야, 중년하고 젊은 여자다. 방에 들어가는 거 보았어."

침대 끝에 앉은 이광이 길게 숨을 뱉었다.

"만 이틀 만에 바그다드에 왔구나."

"젠장, 내일 아침 9시에 박람회장으로 출발이라니 5시간밖에 못 자겠네."

투덜거린 서필수가 가방에서 위스키 병을 꺼내더니 이광에게 내밀었다.

"한 잔 할래? 드골 공항에서 산 술이다."

"좋지."

술병을 받은 이광이 얼굴을 펴고 웃었다.

"서필수가 마음에 들었어, 너 군번이 어떻게 되냐?"

"난 ROTC여 인마, 중위로 제대했다. 넌 뭐냐?"

"난 대장 위에 병장이다. 편의공작대장이었지, 공비도 둘 잡았어, 인마."

바그다드 박람회 개막식에는 사담 후세인 이라크 대통령도 참석했다. 수백 명의 장군, 장관들을 대동한 후세인은 박람회장 앞 광장에서 기념식을 마친 후에 각국 전시장을 시찰하면서 한국관에도 들렀다. 이광은 한국관의 32개 부스 중 14번째를 차지하고 있었는데 전시품은 의류다. 유성상사에서 생산 수출해온 온갖 의류가 다 전시되었다. 오후 12시 40분, 밥도 못 먹고 서 있던 이광은 다가오는 후세인 일행을 보았다. 뒤로 장군들이 따르고 있다. 전시여서 후세인은 군복 차림이었고 수행원들도 모두 군인이다. 붉은색 양탄자가 깔린 전시장의 좌우 부스를 힐끗거리며 다가오던 후세인의 표정은 굳어 있다. 요즘 이라크군(軍)이 전선에서 밀리고 있기 때문인지도 모른다. 32개 부스의 앞에는 각 회사의 관리자가 나와 부동자세로 서 있었는데 미리 그렇게 하라고 지시를 받았기 때문이다. 웬 지랄인가? 하고 불평했지만 모두 참는다. 로마에 가면 로마법을 따라야 한다. 더구나 이곳은 철권통치자 후세인이 지배하는 바그다드다. 후세인은 좌우를 훑어보면서 천천히 다가왔다. 부스는 들르지 않았다. 후세인의 뒤쪽 한 걸음 거리로 한국관장인 코트라 오영한 국장이 무섭게 긴장한 얼굴로 따르고 있다. 후세인과의 거리가 5미터로 가까워졌다. 한국관에는 섬유류 부스가 6개나 된다. 섬유가 주력 수출품이어서 대기업 3곳도 섬유류를 진열해 놓았다. 후세인은 이미 서필수가 진열한 한성상사의 의류 부스를 지나쳐 왔다. 그때 후세인이 이광을 보았다. 시선이 마주친 것이다. 숨을 들이켠 이광이 똑바로 후세인을 보았다. 시선이 마주쳤고 3초쯤이 지난 것 같다. 이광은 시선을 내리지 않았는데 후세인이 먼저 돌릴 것 같았기 때문이다. 그때 후세인이 이광 앞에서 멈춰 섰다. 그러고는 영어로 물었다. 여전히 시선을 부딪친 채다.

"들어가도 되겠나?"

"예, 각하."

이광이 비켜서면서 대답했다. 후세인의 얼굴에 엷게 웃음이 띠어지더니 이광의 앞을 지났다. 짙은 향수 냄새가 났다. 좁은 부스 안에 후세인 일행으로 가득 찼고 놀란 오영한 관장이 허둥거리며 설명을 시작했지만 두서가 없다. 그때 후세인이 추리닝 한 벌을 들고 이광을 보았다.

"이거 수출품인가?"

"예, 각하. 미국 수출품입니다."

그때 후세인은 미국과 사이가 좋았다. 추리닝을 든 후세인이 앞뒷면을 둘러보았을 때 주위는 조용해졌다. 3초쯤의 짧은 순간이었지만 7평짜리 부스 안에 밀려든 수십 명의 장군, 관리들이 숨을 죽이고 있다. 그때 이광이 말했다.

"각하께 추리닝을 한 벌 선물로 드리겠습니다, 건강하시기 바랍니다."

"왓?"

추리닝을 든 후세인이 그렇게 물었다. 한국식으로 표현하면 '응?' 또는 '뭐라고?'다. 모두 숨을 죽인 채 이제는 이광을 응시했다. 그때 이광이 후세인의 체격에 맞는 XL사이즈 추리닝을 들고 내밀었다.

"이걸 입으시지요, 각하. 선물입니다."

그때 후세인이 눈을 가늘게 뜨고 웃었다.

"고맙네, 자네 이름이 뭔가?"

"미스터 리입니다."

"고마워, 미스터 리."

"제가 영광입니다, 각하."

그때 후세인이 들고 있던 추리닝을 뒤에 선 장군에게 내밀었다. 장군이 두 손으로 받는다. 몸을 돌린 후세인이 부스를 나가자 순식간에 일행들이 빠져나갔다. 다시 부스 앞에 혼자 선 이광이 심호흡을 했다. 후세인 일행은 이제 곧장 한국관을 빠져나가고 있다. 그들의 뒷모습을 보고 선 이광에게 서필수가 다가와 물었다.

"무슨 일이냐?"

서필수는 부스 안에서 무슨 일이 일어났는지 모른다. 그때 이광이 옆에 선 마르카를 보았다. 마르카의 검은 눈동자가 잔뜩 겁에 질려 있다.

"마르카, 네가 이야기해줘."

그러나 마르카는 대답하지 않았다. 히잡을 쓴 마르카는 단정한 검정색 원피스 제복 차림이었지만 허리 곡선이 부드러웠고 큰 키에 미모다. 마르카는 각 부스에 하나씩 배정된 바그다드 대학생 보조원이다. 21세, 후세인이 들어서자 겁에 질린 마르카는 이광의 뒤에 숨어서 제대로 보지도 듣지도 못 한 것 같다. 이광이 입을 열었다.

"후세인이 추리닝이 좋다고 해서 내가 한 벌 선물했어."

"으응?"

놀란 서필수가 눈만 크게 떴을 때 부스 안으로 오 관장이 뛰어 들어왔다. 그 뒤를 박 과장이 따른다. 오 관장이 상기된 얼굴로 소리쳤다.

"이봐, 자네 추리닝을 그대로 들고 갔어!"

후세인이 다녀갔다고 해서 장사가 잘 되는 것이 아니다. 근처의 프랑스관, 이태리관 부스 점장 몇 명이 소문을 듣고 구경 왔을 뿐이다. 그것도 사흘쯤 지나자 다 잊혔다.

"마르카."

나흘째 되는 날 오후, 점심을 먹고 온 마르카를 이광이 불렀다. 다가선 마르카한테서 짙은 향수 냄새가 났다. 얘들은 향수를 진하게 뿌린다.

"내 생각인데 말이야, 우리 부스 앞에 '후세인 대통령이 추리닝을 가져가신 곳'이라고 써놓는 게 어때?"

"네?"

마르카의 눈이 커졌다. 검은 눈동자 안에 이광은 제 얼굴이 들어가 있는 것을 보았다. 섹시하다. 한국관에 소속된 35명의 보조원 중 마르카는 1등급에 든다. 어느새 상사원들은 보조원 등급을 매겨놓은 것이다. 이것도 총무과장 박주성이 배려해줬기 때문이다. 서울에서 이광한테 외국산 양주 2병을 받은 죄(?)가 있지만 지금은 친해져서 형, 동생 사이가 되었다. 이윽고 마르카가 말했다.

"미스터 리, 그건 관리국에 이야기를 해야 될 것 같은데요."

관리국이란 박람회를 총괄하는 본부를 말한다. 박람회장 중심부에 사무실이 있다. 이광이 머리를 끄덕였다.

"마르카, 그럼 네가 지금 관리국에 가서 물어보고 와. 대통령께서 지금 내가 드린 추리닝을 입고 계신다고 해."

"네, 미스터 리."

"너도 보았지만 대통령이 기뻐하시면서 추리닝을 가져가셨어."

"네, 미스터 리."

마르카가 부스를 나갔을 때 이광이 길게 숨을 뱉었다. 그때 부스 앞에서 소년 서너 명이 서성거렸으므로 이광의 신경이 곤두섰다. 부스 앞에 진열된 제품을 여러 개 도둑맞았기 때문이다. 그래서 마르카의 일이

도둑을 쫓는 일이다. 손님들은 하루에 서너 명이 들를 정도로 한산했는데 그것도 가격이나 물어보고 카탈로그와 팸플릿을 가져가는 정도다. 그래서 카탈로그도 다 주지 않는다. 소년들을 쫓아내고 왔을 때 박주성이 들어섰다. 33세, 이성대 출신으로 박람회에 여러 번 참석한 전문가다. 박주성이 선 채로 물었다.

"너도 아직 실적이 하나도 없지?"

"예, 오퍼도 못 냈어요."

"대동상사만 한 건 했군."

박주성이 입맛을 다시며 말했다. 대동상사는 대기업으로 어제 쿠웨이트 바이어한테 자전거 3천5백 대 오더를 받았다. 박람회 개관 사흘만에 올린 실적이다. 박주성이 말을 이었다.

"프랑스관에서는 이라크 정부에 군수품 오더로 3천만 불을 했다더라."

"3천만 불이나요?"

놀란 이광이 숨을 들이켰을 때 박주성이 부스를 둘러보면서 의자에 앉아 물었다.

"마르카는 어디 갔냐?"

"예, 관리국에 보냈어요, 부스 앞에 간판을 내걸까 해서."

이광이 후세인 추리닝 이야기를 했더니 박주성이 쓴웃음을 지었다.

"내가 박람회 다니면서 별놈 다 만났지만 네가 제일 유별난 놈이다."

"칭찬으로 듣겠습니다."

"출세할 놈이야, 넌."

"서울 가면 한 잔 사지요, 형님."

"너, 마르카 건드리지 마."

불쑥 박주성이 말했으므로 이광이 시선만 주었다. 박주성이 말을 이었다.

"이태리관에서 한 놈이 보조원을 건드렸다가 지금 구속되었어."

"어떻게 건드렸는데요?"

"글쎄, 부스 안에서 키스를 했다는 거다."

"병신."

"인마, 여긴 큰일 나."

박주성의 넓은 얼굴이 찌푸려졌다.

"지금 구속되었는데 5년형은 받게 될 거라는 거다."

"아니, 키스 한 번에 5년요?"

"강간은 사형이야."

"화간은요?"

"아, 시끄러!"

눈을 치켜뜬 박주성이 빽 소리쳤다.

"그럼 넌 여기서 살아야 돼, 결혼해야 된단 말이다. 못 나가, 거세를 당하든지."

"알았습니다, 근데 형님은 나한테만 주의를 주시는 겁니까?"

"마르카가 널 따른다는 소문이 났어, 그래서 그래."

그때 마르카가 부스 안으로 들어섰다. 가쁜 숨을 몰아쉬고 있다. 박주성에게 눈인사를 한 마르카가 이광에게 보고했다.

"관리부에서 결정할 수 없다고 해요. 그래서 오늘 대통령궁에 문의를 한다고 했어요."

시장에 갔다. 서필수한테 같이 가자고 했더니 질색했으므로 마르카와 마르카의 남동생 하사드를 불러 셋이 같이 간 것이다. 물론 박람회 인솔단인 코트라 측에는 비밀이다. 부스 문을 닫는 시간은 오후 5시, 해가 7시까지는 떠 있었기 때문에 이광은 4시 반에 부스 문을 닫았다. 그쯤은 업체 임의로 할 수가 있다. 그러고는 먼저 숙소인 '바그다드 훈둑'으로 돌아와 옷을 갈아입었다. 준비한 터번을 쓰고 허름한 양복저고리에 바지를 입었더니 영락없는 아랍인이다. 이광의 콧대가 큰 데다 입술이 두툼했고 체격이 컸기 때문이다. 수염만 기르면 더 틀림없겠지만 가짜를 붙일 수는 없다. 그렇게 차리고 호텔 근처의 찻집에서 기다리는 마르카 남매에게 갔더니 둘이 활짝 웃었다. 하사드는 19세로 대학 1학년이다. 그동안 제 누나가 일하는 부스에 매일 찾아와 이광과도 친해졌다.

"리, 아랍인하고 똑같아요."

구석 자리로 데려간 하사드가 이광의 터번을 고쳐 감아주면서 웃었다. 제 누나를 닮아 예쁘장한 용모다.

"위쪽에 사는 칸자르족 전사(戰士)처럼 보여요."

"칸자르족이라니?"

이광이 묻자 마르카가 웃으며 대답했다.

"산악 부족인데 용맹해요, 대통령궁 경비대가 대부분 칸자르족이죠."

"그럼 앞으로 날 칸자르 리라고 불러."

이광이 말하자 하사드가 이를 드러내고 웃었다. 셋은 택시를 타고 바그다드의 제일 큰 시장인 사담 시장 앞에서 내렸는데 그야말로 인산인해였다. 박람회장의 인파보다 10배는 더 많았다. 시장 안에는 온갖 상품이 쌓여 있었는데 도소매업을 함께 하는 터라 앞쪽 매장에서는 소매로 팔고 안쪽은 도매 상담을 했다. 시장의 활기에 휩쓸린 이광의 눈동자가 반짝였다. 의류 도매상가 한 곳으로 다가간 이광이 숨을 들이켰다. 산더미처럼 쌓인 제품 중에 한국산은 보이지 않는 것이다. 모두 유럽에서 넘어온 제품인데 조잡했다. 원산지를 보았더니 터키, 헝가리, 폴란드, 러시아까지 있다. 안쪽에 쌓인 고급 제품은 프랑스, 이태리, 스페인, 영국산이다. 아래쪽을 본 이광이 어깨를 늘어뜨렸다. 저가품은 대만, 홍콩, 일본산이 끼여 있다. 일본산이 저가품이라니? 제품을 들고 상표를 뒤진 이광이 내막을 알았다. 일본어 표기를 했지만 메이드인 홍콩이다. 그럼 한국산은? OEM도 없단 말인가? 없다. 이광이 머리를 돌려 마르카와 하사드를 보았다. 두 눈이 번들거리고 있다.

"내가 바그다드에 온 보람이 있다."

이광이 안쪽으로 다가가자 테이블에 앉아 있던 사내가 시선을 주었다. 흰 수염이 덥수룩하게 났고 안경을 쓴 60대쯤의 사내다. 그 옆에 서서 이야기를 주고받던 사내들도 다가오는 이광을 보았다. 그중 하나가 이광이 앞으로 다가갔을 때 60대가 말하자 움직임을 멈췄다. 다가간 이광이 노인 앞에 서서 물었다.

"난 이번 박람회에 참가한 한국인 상사 직원입니다."

노인이 머리만 끄덕였고 이제는 주위로 7, 8명의 사내들이 모여섰다. 도매상 상점은 크다. 앞쪽 진열대와 소매 매장은 20평쯤 되었고 지금도 10여 명의 손님과 4, 5명의 점원들이 떠들썩하게 흥정 중이다. 그리고 안쪽은 뒤쪽에 천장까지 제품이 쌓였는데 테이블이 3개, 제품이 이곳저곳에 흩어졌지만 이곳도 20평쯤 된다. 이광의 뒤쪽에서 마르카와 하사드가 엉거주춤 서 있었는데 둘은 긴장하고 있다. 그때 이광이 말을 이었다.

"후세인 대통령께서 내 부스에 들어와 추리닝을 한 벌 가져가셨지요, 언론에도 보도가 되었다고 합니다."

그때 사내들이 서로의 얼굴을 보았고 노인이 계속하라는 듯 머리를 끄덕였다.

"여기 명함을 드릴 테니까 우리 전시장에 와 보시지요, 시간을 정해 주시면 제가 기다리고 있겠습니다."

이광의 열띤 목소리가 이어졌다.

"이곳의 어떤 제품보다 더 좋게, 더 경쟁력 있는 가격으로 만들어 드릴 수가 있습니다, 후세인 대통령도 만족하시니까요."

이광이 주머니에서 명함을 꺼내 노인 앞에 놓았다.

"한국의 14번 부스입니다."

노인이 명함을 들고 보더니 이광에게 시선을 주었다.

"알겠소, 미스터 리."

"제가 전시장 업무가 끝나면 다시 들러도 되겠습니까?"

그러자 노인이 다시 머리를 끄덕였다.

"전시장부터 보고 이야기하기로 하지."

3장 경쟁

"꽈꽝!"

폭음은 몸이 허공에 뜬 후에 들었다. 다음 순간 몸이 곤두박질로 떨어졌는데 엉덩이에 통증이 왔다. 침대에서 굴러 떨어진 것이다.

"으악!"

비명, 이것은 옆쪽의 서필수의 목소리다. 눈을 부릅뜬 이광은 창밖이 환해진 것을 보았다. 화염, 폭탄, 미사일을 맞았단 말인가? 몸을 솟구쳐 일어선 순간 엉덩이에 통증이 왔다. 다른 데는 괜찮다.

"폭격이다!"

이광이 소리쳤다.

"나가자!"

"아이구."

서필수의 신음이 터졌으므로 이광이 달려갔다. 방은 어둡다. 베란다의 유리창이 산산조각이 났고 불길이 밑에서 일어나고 있다. 정신없이 안쪽으로 다가간 이광이 방바닥에 엎드린 서필수를 일으켰다.

"다쳤냐?"

"아이구, 내 팔!"

그러고 보니 팔 하나가 뒤집힌 침대에 깔려 있다. 그때서야 화약 냄새가 진동을 했고 방바닥의 갈라진 틈으로 연기가 솟아오르는 것이 보였다. 이제 소음이 와락 귀로 쏟아졌는데 그동안 폭음으로 귀가 막혔던 것 같다. 이광이 침대 밑바닥을 두 손으로 움켜쥐고는 기운을 썼다.

"끄응."

신음과 함께 무거운 더블베드가 세워졌고 깔렸던 서필수의 팔이 빠져나왔다. 밑에서 올라오는 불길이 더 거칠어졌다.

"자, 나가자!"

이광이 소리쳤다.

"여권하고 지갑만 챙겨!"

서필수가 허둥거리며 옷장을 뒤지더니 곧 먼저 밖으로 뛰쳐나갔다. 방문이 폭발의 진동으로 기울어진 채 열려 있었기 때문이다. 복도에는 외침과 아우성이 울리고 있다. 대부분이 한국어였는데 아랍어도 섞여 있다. 이광은 여권과 지갑, 그리고 옷 가방과 서류 가방 하나를 챙기고는 방을 나왔다. 그때는 불길이 복도 끝 쪽을 뒤덮고 있었는데 인적이 뚝 끊겨 있다. 이곳은 6층이다. 서둘러 반대쪽으로 달리려던 이광이 머리를 들었다. 여자의 비명을 들었기 때문이다. 옆방이다. 몸을 돌린 이광이 뒤돌아 옆방으로 달려갔다. 방문은 닫혀 있다. 그러나 불빛에 비친 방문은 찌그러진 채 위쪽 기둥에 눌려있는 상태였다. 그래서 열리지 않는 것이다. 안에서 여자의 비명 소리가 울렸는데 아랍인 여자다. 이광이 소리쳤다.

"나와요! 빨리!"

그때 안에서 여자가 외쳤다.

"헬프! 우리 어머니가 깔렸어요!"

이광이 어깨로 문을 부딪쳤지만 열리지 않았다. 불길이 다가왔고 연기가 자욱하게 퍼졌다. 다시 한 번 어깨로 문을 부딪쳤지만 문은 흔들릴 뿐이다.

"이런 젠장."

이 사이로 말한 이광이 뒤쪽 벽까지 물러났다가 와락 달려가 문에 몸을 부딪쳤다.

"쿵!"

어깨가 부서지는 것 같은 충격이 오면서 문이 안쪽으로 10센티쯤 무너졌다.

"도와주세요!"

여자의 목소리에 울음이 섞였다.

"기다려! 이년아!"

한국어로 소리쳤던 이광이 다시 뒤로 물러섰다가 이번에는 다른 쪽 어깨로 달려가 부딪쳤다.

"우지직!"

문짝이 요란한 소리를 내면서 위에서 아래로 뜯어지면서 열렸다. 방으로 굴러 들어간 이광은 서랍장에 깔린 여자를 보았다. 서랍장도 침대만 했는데 중년 여자가 허리가 깔린 채 신음을 뱉고 있다. 젊은 여자는 팔을 다쳐 한 손으로 감싸 안고 있었는데 불빛에 비친 얼굴이 눈물범벅이다.

"비켜!"

소리친 이광이 숨을 들이켰다가 연기를 맡고는 심하게 재채기를 했다. 서랍장 끝을 쥔 이광이 숨도 안 쉬고 일으켜 세웠다. 이마에 핏대가 일어섰고 저절로 방귀가 터졌다. 서랍장을 일으키자 여자가 중년 여자를 끌어내었지만 일어서지 못한다. 서랍장을 내던지자 요란한 소리가 났다. 그때 이광이 중년 여자를 안아 일으키며 소리쳤다.

"내가 안고 나갈 테니까 빨리 나가!"

이광이 여자를 안았다. 가는 몸이어서 가볍다. 중년 여자가 신음을 뱉더니 두 손을 모았다. 고맙다는 표시 같다. 복도로 뛰쳐나온 이광은 자욱하게 깔린 연기 속을 달렸다. 비상구로 나왔을 때 아래쪽에서 소음이 들렸다. 뒤를 따르던 여자가 헐떡이며 소리쳤다.

"이제 살았어요! 고맙습니다! 선생님."

그때 이광은 옷 가방과 서류 가방을 놓고 온 것을 깨달았다.

이란의 장거리 미사일이 날아와 호텔을 맞춘 것이다. 호텔은 절반이 불에 탔고 12층 건물 한복판인 5층에 지름 5미터쯤의 구멍이 뚫려서 장관이 되었다. 그러나 사망자는 4명, 부상자가 50여 명에 이르렀지만 다행히 박람회에 참가한 한국 상사원은 부상자 6명뿐이었다. 부상자는 군(軍) 병원에 입원했지만 코트라는 회의 끝에 숙소를 인근 신드바드훈둑으로 옮기고 박람회를 계속하기로 결정했다. 서필수는 부상자에 포함되어 군(軍) 병원에 입원했지만 이광이 보기에 나이롱 환자였다. 팔에 붕대를 매고 병실 침대에 누워 있다가 사람이 없을 때는 아픈 팔로 할 짓 다 했다. 이광은 폭발 이틀 후에 박람회 부스에 나갔는데 혼자 부스를 지키던 마르카가 반색을 했다. 큰 눈에 가득 눈물까지 담고 반기는 바람에 이광의 심장 박동이 빨라졌다. 마르카는 아랍 미녀다. 검은 눈동자, 크고 쌍꺼풀 눈, 곧은 코, 윤기가 흐르는 입술, 가무잡잡한 피부는 반들거렸고 언제나 향내가 풍겨 온다.

"어제 미스터 리 찾아다녔어요."

마르카가 다가서서 말했으므로 이광이 숨을 멈췄다. 향내를 맡으면 참을 수가 없을 것 같았기 때문이다. 마르카는 키가 컸다. 눈이 바로 아래쪽이다. 마르카가 말을 이었다.

"부상자 확인을 했더니 미스터 리가 끼여 있지 않아서 얼마나 기뻤는지 몰라요."

"고마워, 마르카."

"나중에 하사드가 한국 상사원들이 신드바드훈둑으로 옮겼다고 알려 주었어요."

훈둑은 아랍어로 호텔이다. 그때 머리를 끄덕인 이광이 불쑥 말했다.

"마르카, 여기선 키스하다가 적발되면 징역 5년이냐?"

마르카가 눈만 깜박였으므로 이광이 알기 쉽게 설명했다.

"내가 너한테 키스하고 싶어서 그래."

"……."

"근데 누가 그러더구나, 키스하다가 적발되면 징역 5년이라고……."

"……."

"물론 그건 강제로 했기 때문이겠지?"

그때 마르카가 주위를 둘러보았다. 어느새 마르카의 얼굴이 상기되었고 두 눈이 번들거리고 있다. 오전 10시 반, 부스는 텅 비었고 바깥 복도에는 오가는 사람이 없다. 아랍인들은 이 시간에는 거의 오지 않는다. 그때 마르카가 부스 안쪽 탈의실로 다가가며 말했다.

"탈의실로 와요, 미스터 리."

이광이 숨만 들이켰을 때 마르카가 탈의실로 들어서며 말했다.

"1분 후에 들어와요."

심호흡을 한 이광이 45초 후에 탈의실로 들어서자 벽에 등을 붙이고 선 마르카가 부끄러운 듯 시선을 내렸다.

"키스 한 번만 해요."

"물론이지."

다가선 이광이 마르카의 허리를 감아 안았다. 순식간에 남성이 단단해져 있었지만 거침없이 하반신을 붙인 이광이 마르카의 입술을 덮었다. 마르카가 입을 다문 채 입술을 받았으므로 이광이 입술로 입술을 열었다. 마르카의 입이 조금 벌어지면서 더운 숨결이 쏟아졌다. 이광이 마르카의 혀를 핥았으나 부끄러운 듯 숨기만 했다.

"마르카."

이광이 입술을 잠깐 떼고 나서 불렀다.

"입을 벌려, 마르카."

마르카가 눈을 감고는 입을 벌리자 이광이 다시 입술을 덮쳤다. 그때서야 힘이 풀린 마르카의 혀가 빠져나왔다. 이광은 갈증 난 사람처럼 마르카의 혀를 빨았다. 그때 마르카의 몸이 늘어지면서 두 손이 이광의 허리를 감아 안았다. 이광은 마르카의 입에서 울리는 신음을 들었다. 이윽고 이광이 몸을 떼고는 한 걸음 물러섰다. 마르카는 벽에 등을 붙인 채 가쁜 숨을 뱉고 있다. 두 눈을 감고 있는 데다 금방이라도 주저앉을 것만 같다. 이광은 몸을 돌려 탈의실을 나왔다. 징역 5년짜리 키스를 무사히 끝낸 것이다. 이광의 부스로 박주성이 들어섰을 때는 11시쯤이다.

"야, 부상자한테 후세인이 훈장을 준다는구나."

박주성이 안타까운 표정을 짓고 이광을 보았다. 박주성은 이광이 서필수를 구한 것을 안다.

"훈장은 네가 받아야 하는 것 아니냐? 서필수 같이 나이롱 환자가 훈장을 받다니, 이거 어쩌냐?"

"훈장만 준답니까?"

"그래."

"그럼 놔두세요. 그까짓 훈장, 돈이라면 몰라도."

"하긴 그렇지."

하지만 서필수가 부럽다. 운이 좋은 놈인가?

서필수가 군(軍) 병원에서 이라크 정부의 장관급 인사로부터 훈장을 받는 시간에 이광은 손님을 맞았다. 시장에서 만난 도매상 주인 할라피다. 할라피는 아들 둘을 데리고 한국관에 찾아왔는데 이광을 보더니 빙그레 웃었다.

"살았구먼."

첫마디가 그랬다. 바그다드훈둑이 미사일을 맞아 투숙하고 있던 한국 상사원들이 부상을 당했다고 전 세계로 톱뉴스가 날아갔던 것이다. 그래서 이광도 황학수 회장부터 이태진 부장 직대한테까지 전화 보고를 하느라고 어제 하루 종일을 소비했다.

"아이구, 잘 오셨습니다."

이광이 펄쩍 뛰듯이 반겼고 도매상의 얼굴을 알아본 마르카도 얼굴을 펴고 웃었다.

"이거 내 명함이야."

할라피가 명함을 내놓았으므로 이광은 그때서야 이름을 알았던 것이다.

"음, 내가 필요한 품목이 많군."

부스를 휘둘러본 할라피가 의자에 앉더니 지그시 이광을 보았다.

"미사일이 어디에 떨어졌나?"

할라피는 그것이 궁금했던 것 같다.

"예, 바로 아래층입니다. 제 방이 607호실이었는데 508호실에 미사일이 떨어졌거든요."

"아하."

할라피의 뒤에 아들 둘이 붙어 서서 듣는다. 감탄한 할라피가 다시 물었다.

"그럼 바로 밑의 옆방이군?"

"예, 할라피 씨. 그래서 제 방의 바닥이 찢어졌고 침대가 뒤집혔습니다."

"그 미사일이 1,500킬로를 날아온 거네, 미스터 리."

"그러니까 말입니다. 그놈들이 호텔에서 7백 미터 떨어진 기갑부대 사령부를 겨눴다고 하더군요."

"나도 신문 읽었어, 1,500킬로 거리에서 고작 7백 미터 어긋난 거야."

"요즘은 오차가 1백 미터 미만인 미사일이 개발되었다는군요."

"어쨌든 다행이야, 어디 다친 데는 없나?"

"같은 방에 있던 친구가 지금 병원에 있는데 훈장을 받는다는군요."

"그런가?"

어깨를 부풀린 할라피가 뒤를 돌아보더니 두 아들을 발견하고 꾸짖듯이 아랍어로 말했다. 40대쯤의 아들들이 서둘러 흩어졌다. 그때 할라피가 말했다.

"내가 아들놈들한테 오더 할 제품을 골라보라고 했네."

"감사합니다, 할라피 씨."

"미스터 리, 나이가 몇인가?"

"서른입니다, 할라피 씨."

두 살 올렸다. 할라피가 정색하고 머리를 끄덕였다.

"난 예순다섯이야. 저기 내 아들놈들은 마흔셋, 마흔하나네."

"아아, 예."

"난 아들이 핍틴이야."

"예?"

잘못 알아들었다. 그때 할라피가 손가락을 펴 보였다. 한쪽 손은 엄지를, 다른 손은 다섯 개를 쫙 편다.

"핍틴."

열다섯인가? 숨을 들이켠 할라피가 이번에는 어깨를 펴고 손가락 네 개를 내밀었다.

"와이프가 넷이지."

그때 아들 둘이 각각 한 뭉치씩 샘플을 들고 오더니 탁자 위에 놓았다. 숨을 삼킨 이광이 샘플을 보았을 때 할라피가 말했다.

"미스터리, 샘플 넘버를 적게."

"예, 할라피 씨."

"우리가 이 샘플을 가져갈 테니까 내일까지 가격을 내어서 우리 가게로 오게."

"예, 할라피 씨."

"가격 잘 내어야 돼."

"예, 할라피 씨."

이광이 정신없이 샘플 번호를 적으면서 대답했다. 한 매씩 가져간다고 해도 같은 샘플이 남아 있으니까 가격을 내면 된다. 이윽고 번호를 다 적은 이광이 비닐 백에 샘플을 담아 할라피 아들에게 넘겨주면서 물었다.

“내일 몇 시에 찾아가면 될까요?”

“우린 밤에 일해. 물론 등화관제를 해놓고 말이네.”

할라피가 자리에서 일어서며 말했다.

“7시 이후에 오게.”

“예, 내일 저녁에 찾아뵙지요.”

그때 할라피가 손을 내밀었다.

“살아서 다행이네.”

“감사합니다.”

할리피가 손을 떼자 이제는 아들들이 차례로 다가와 악수를 청했다. 둘 다 수염투성이에 건장해서 영화에서 본 신드바드와 40인의 도적 중 두 놈 같다. 할라피 가족이 사라졌을 때 마르카가 들뜬 목소리로 말했다.

“리, 오더가 될 것 같아요.”

밤 10시 반, 이제는 혼자 방을 쓰고 있던 이광이 전화벨 소리에 머리를 들었다. 등화관제를 해서 창에 검은 커튼을 두 겹이나 치고는 오퍼시트를 만들고 있던 중이었다. 호텔의 교환 전화다. 전화기로 다가간 이광이 집어 들고 귀에 붙였다.

“헬로.”

그때 교환의 목소리가 울렸다.

“미스터 리? 리광?”

“예스.”

“한국에서 전화요.”

그러더니 곧 여자 목소리가 울렸다.

"헬로? 헬로?"

"누구요?"

이광이 한국어로 묻자 제 소리가 메아리처럼 들려왔다. 그때 여자가 와락 소리쳤다.

"저예요! 백영주!"

"아, 백 과장님."

이광이 숨을 들이켰다. 어제 오후 4시에는 황학수 회장에게 보고를 했다. 그때가 한국 시간으로 밤 10시였던 것이다. 또한 한국 시간 오후 1시에 맞춰 오전 7시에 회사로 전화를 하느라고 전화기를 쥐고 씨름을 했다. 교환을 통해야 해서 30분이나 기다렸다. 왜냐하면 그 시간에 호텔 안의 상사원 대부분이 한국으로 통화를 시도했기 때문이다.

"전화해도 괜찮아요?"

백영주가 소리쳐 물었다. 목소리가 또 울린다.

"예, 괜찮아요!"

"다행이에요!"

이광이 지금이 한국 시간으로 오전 4시 반이라는 것을 떠올렸다.

"거기 지금 새벽인데 잠도 자지 않고 전화를 해주시네."

"목소리 듣고 싶어서요."

백영주의 목소리에 웃음기가 섞였다. 이광이 심호흡을 하고 나서 말했다.

"내가 진짜 출세한 것 같네요, 회장 딸한테서 안부 전화까지 받고."

"말하는 것 좀 봐."

"사실 아뇨?"

"미사일이 바로 아래층으로 떨어졌다면서요?"

"아래층 옆방요, 내가 607호실인데 508호실을 뚫고 들어갔어요."

"어마나."

"508호실에 있던 아랍인 둘은 시체도 찾지 못했어요."

"아이구머니."

지금까지 다섯 번은 한 이야기여서 말이 겹치지 않고 술술 나갔다.

"나하고 같은 방을 쓰던 한성상사 직원은 침대가 뒤집히는 바람에 팔이 부러졌어요."

서필수는 쌩쌩한 상태에서 훈장을 받았다.

"조심하세요, 이광 씨."

백영주가 말했을 때 이광이 정신을 차렸다. 방금 이광 씨라고 한 것이다.

"고맙습니다."

이광은 오늘 전시장에서 할라피를 만난 이야기를 하지 않기로 했다. 미사일 한 발이 별걸 다 변화시켰다는 생각이 들었지만 그 분위기에 흔들릴 시기는 이미 지나갔다. 덩달아서 춤을 추다가는 개망신을 당할 가능성이 많다. 통화를 끝낸 이광이 다시 할라피에게 건네줄 오퍼 시트를 작성하기 시작했다. 할라피가 가져간 샘플은 모두 17가지나 된다. 17개의 가격을 적고 소재, 품목별로 모아서 따로 구분을 해놓아야 상담할 때 편리하다. 다음 날 아침, 박람회장으로 향하는 버스 안에서 코트라 총무과장 박주성이 옆에 앉은 이광에게 말했다.

"프랑스관이 내일 철수한단다, 사흘 후에는 영국관이 문을 닫고."

프랑스와 영국의 박람회 참석 요원들은 특급호텔에서 머물고 있다. 위치도 주택가 쪽이어서 미사일을 맞을 염려도 없다. 이광이 물었다.

"우리 호텔은 더운물도 안 나오는 싸구려인데 그럼 그쪽 호텔로 옮길 수 없을까요?"

"얀마, 그럴 돈이 어딨어?"

박주성이 머리를 저었다.

"우리 코트라 예산으로는 어림도 없다."

그리고 박람회의 한국관 실적도 저조하다. 바그다드 박람회 자체가 전시(戰時) 상황이기도 했지만 기대를 했던 군수품 오더가 좀처럼 풀리지 않는 것이다. 후세인이 예산을 움켜쥐고 있다는 소문이 났다. 프랑스와 영국관이 철수하는 것도 그 때문이라는 것이다. 박주성이 혼잣소리처럼 말했다.

"후세인이 군수품 오더만 하면 우린 국물이라도 마시게 될 텐데."

이광은 소리 죽여 숨을 뱉었다. 박람회에 참가해보니 대한민국의 국력을 알게 되었다. 제품은 곧 국가의 산업 능력인 것이다.

"손님이 오셨어요."

마르카의 목소리에 이광이 머리를 들었다. 오후 2시 반, 오늘도 손님이 뜸하다. 오늘 저녁 할라피하고 상담할 오퍼 시트를 체크하던 중이었다. 이광은 앞에 선 두 남녀를 보았다. 보기 드문 단정한 양복 차림의 중년 사내와 젊은 여자, 그런데 낯이 익다. 여자가 이쪽을 향해 보일 듯 말 듯 한 웃음까지 띠었으므로 이광의 심장 박동이 빨라졌다. 남자는 굳은 표정이다. 누군가? 무슨 일인가? 그때 중년이 여자를 보았다. 묻는 것 같은 표정이었고 여자가 머리를 끄덕였다. 여자는 히잡을 썼지만 미인이다. 마르카보다는 좀 떨어진다. 그때였다. 이광의 머릿속에 섬광이 지나갔다. 아, 알았다. 그 순간 사내가 유창한 영어로 물었다.

"당신이 내 처를 호텔방에서 구해준 사람이지?"

그렇다. 나흘 전, 옆방의 모녀, 울부짖던 젊은 여자가 바로……, 그런데 히잡을 썼지만 투피스 정장을 입으니 다른 여자 같다. 평민에서 귀족으로 바뀐 것 같다.

"아아."

이광이 쓴웃음을 지었을 때 사내가 다가와 손을 내밀었다.

"이제야 찾아와서 미안하네, 내가 오늘 아침에야 바그다드에 도착했어."

"아, 예."

사내가 이광의 손을 힘차게 흔들었다.

"난 카심이라고 하네."

"예, 전 이광입니다."

"자네는 내 처를 구해준 생명의 은인이네, 우리 가족의 은인이기도 하지."

사내가 계속 잡은 손을 흔들며 말했으므로 이광은 불편했다. 손을 빼고 싶었지만 원체 세게 쥔 데다 사내 표정이 절절해서 놔두었다. 사내가 말을 이었다.

"내 처는 지금 군(軍) 병원에 있네. 허리를 다쳤지만 몇 달 후에는 일어날 수 있다고 하네."

"다행입니다."

"난 며칠 후에 다시 돌아가야 하네."

"아, 네."

"내가 동부군 사령관이거든."

"……."

"내 처하고 딸이 바그다드에 일을 보려고 나왔다가 이런 일을 당했다네."

"……."

"내 집은 힐라아와즈에 있다네, 시간이 나면 초대하고 싶군."

"천만에 말씀입니다."

그때서야 사내가 잡은 손을 떼었는데 이제는 이광이 서운했다. 더 잡고 싶었다. 정신을 차린 이광이 자리를 권했고 마르카가 서둘러 마실 것을 가져왔다. 동부군 사령관이라니, 그러면 지금 이란과 전쟁을 하는 이라크군 사령관 아닌가? 카심이라고 했던가? 그때 자리에 앉은 카심이 부스를 둘러보며 말했다.

"의류를 수출하는군."

"예, 각하."

"실적은 올렸나?"

"아직 없습니다, 각하."

이광의 심장 박동이 빨라졌다. 이라크 동부군(軍)에 셔츠나 운동복을 입힌다면 몇십만 장짜리 오더다. 몇십만 불이다. 그때 카심이 머리를 끄덕이며 이광을 보았다.

"내가 보급관을 이곳으로 보내겠네, 그러고 나서 나하고 다시 만나세."

"감사합니다."

이광이 소리 죽여 숨을 쉬었다. 머나먼 땅, 전장(戰場)인 바그다드까지 와서 호텔에 미사일을 맞으면서까지 버티고 있는 마당에 사양이란 당치도 않다. 카심이 말을 이었다.

"내일 오전 중에 보급관이 올 거야. 나하고는 내일 저녁에 만나기로 하지."

"감사합니다, 각하."

"은혜를 갚는 거야. 자네는 목숨을 걸고 내 처자를 구해주었어. 그러고는 내색도 않고 있었네. 자네야말로 의인(義人)이야. 대가를 받아야 하네."

"과찬이십니다, 각하."

그때 카심이 자리에서 일어나 다시 손을 내밀었다.

"그럼 내일 저녁에 보세."

이광이 이제는 세게 카심의 손을 잡았다. 옆에 선 젊은 여자의 얼굴에 다시 웃음이 떠올랐다. 그러고 보니 마르카보다 더 미인인 것 같다. 둘을 배웅하고 돌아왔을 때 마르카가 두 손을 가슴 앞에 모아 쥐고 말했다. 눈을 치켜뜨고 있다.

"리, 양복 차림이라 못 알아봤는데 저 사람이 카심 대장이에요! 후세인 대통령의 측근이라고요!"

그때 마르카의 얼굴이 더 섹시하게 보였으므로 이광이 숨을 들이켜며 물었다.

"마르카, 키스 한 번만 더 할 수 없겠니?"

오후 7시 40분, 오늘은 할라피가 이광을 가게 뒤쪽의 창고로 불러들였다. 창고 겸 할라피의 사무실 같다. 1백 평쯤 되는 낡은 시멘트 건물이었는데 상품 박스가 천장까지 쌓였고 책상 1개와 소파 1조가 한복판에 놓인 곳이다. 이광은 할라피와 마주보고 앉아 있었는데 옆쪽 자리는 두 아들이 차지했다. 부스에 같이 왔던 아들, 압둘라와 와시드다. 할라피의 장남과 차남, 가게에서 일하는 사내들은 모두 아들인 모양이다.

"리, 시간을 절약하려고 우리가 각 품목별 구입 희망 가격과 수량을 적었네. 자네가 검토해보게."

할라피가 이광 앞으로 종이를 내밀며 말했다. 전문가다. 단숨에 상담 시간을 절반이나 줄였다. 보통은 제품을 하나씩 들고 메이커 측이 가격을 제시하면 바이어가 깎고 조건을 붙이는 과정으로 상담이 진행되는 것이다. 이광이 고쳐 앉았다. 이제 준비해온 오퍼 시트 가격과 할라피의 제시 가격을 비교만 하면 되었다. 할라피가 이광의 머리끝에 대고 말을 이었다.

"페르시아만은 위험해서 홍해를 타고 수에즈를 건너 시리아로 실어와야 되네. 시리아에서 육로로 바그다드까지 옮기게 되니까 운송비가 많이 나와."

"알고 있습니다, 할라피 씨."

"가격 경쟁력이 그만큼 나빠진다는 말이야, 그러니까 고려해주게."

할라피의 말을 들으면서 이광이 가격을 비교했다. 이미 이쪽은 위험 지역인 데다 상황도 좋지 않아서 마진을 35퍼센트 붙인 가격을 책정해 놓은 상태다. 할라피가 제시한 가격은 15퍼센트 마진이 나왔다. 정상적인 지역이라면 할 만한 가격이다. 머리를 든 이광이 할라피를 보았다.

"품목 하나씩 가격 조정하기에는 시간만 많이 걸릴 것 같습니다."

"그렇지, 17개 품목이나 되니까."

"할라피 씨 가격이 제 제시 가격보다 20퍼센트 정도 낮습니다. 5퍼센트만 올려 주십시오."

"일괄적으로 말인가?"

"예, 할라피 씨."

그때 할라피가 두 아들에게 아랍어로 묻고 아들들이 굵은 목소리로 대답했다. 먼저 대답한 것이 장남 압둘라, 차남 와시드는 그다음이다. 가만 보니까 꼭 순서를 지킨다. 할라피가 15명 아들의 질서를 꽉 잡은 모양이다. 그럼 딸은 몇 명인가? 와이프가 넷이라니 하나가 최소한 넷 이상은 낳은 것 같다. 그때 할라피가 말했다.

"내 아들들은 안 된다고 하네. 하지만 자네는 미사일을 아슬아슬하게 피한 행운아니까 내가 2퍼센트 올려주겠어."

그럼 마진은 17퍼센트가 된다. 할라피가 말을 이었다.

"자네가 오케이 한다면 지금부터 각 품목별 수량과 납기일을 정하기로 하지."

이광이 창고 사무실을 나왔을 때는 밤 11시 반이 되어갈 무렵이다. 4시간 가깝게 상담을 한 것이다. 그동안 다디단 차를 다섯 잔이나 마신 데다 긴장이 풀린 터라 고구마3 매복 초소에서 12시간 매복을 한 것보다 몸이 더 지쳤다. 그러나 머릿속은 맑았다. 할라피 오더를 23만 불이나 받았다. 전장(戰場)에서 오더를 받았다. 박람회 참가 업체 중 섬유류를 오더 받은 유일한 상사가 될 것이다. 바깥 매장 구석에서 졸고 있던 마르카 동생 하사드가 이광을 보더니 눈을 비비며 일어섰다. 매장 안은 문을 닫아 놓았지만 지금도 손님들이 찾아와서 떠들썩했다.

"리, 잘 끝났어요?"

하사드가 물었으므로 이광이 어깨동무를 하면서 말했다. 기쁨이 넘쳐흘렀다.

"오더 받았다."

압둘라와 와시드의 배웅을 받으며 이광은 어두운 거리로 나왔다. 거리는 짙은 어둠에 덮여 있었지만 유령처럼 행인들이 오가고 있다. 하사드가 다시 물었다.

"리, 얼마나 받았는데요?"

"23만 불."

"많군요."

"한국 참가 업체 중 섬유류 오더는 내가 혼자 받았다."

"내일 동부군 사령관을 만나면 오더가 또 될지 모르잖아요?"

"그렇지."

"리, 부자 되겠네요."

하사드는 오늘 밤 일당 20불을 받고 이광의 안내역을 맡았다. 마르카의 부친은 대학 교수인데 한 달 월급이 250불이라고 했다. 그것으로도 중산층 대접을 받는다는 것이다. 어둠 속을 나란히 걸으면서 하사드가 혼잣말처럼 말했다.

"빨리 전쟁이 끝나고 거리가 밝아졌으면 좋겠어요."

신용장이 오픈될 때까지 오더는 그저 상담 내역에 포함될 뿐이다. 사원 시절에 이광은 타과(他科)의 모 과장이 자주 오더를 받았다면서 떠들썩하게 보고를 하고 자랑하고 다니는 것을 보았다. 그러다가 얼마 안 가서 그 과장은 거짓말쟁이 양치기 목동이 되어서 나중에는 아무도 그 말을 믿지 않았다. 그것은 오더만 받고 신용장은 못 받았기 때문이다. 신용장(letter of credit)은 곧 물품 대금이다. 오더는 말 그대로 구입 내역일 뿐이다. 아직 신용장도 안 받은 상태에서 오더 보고하기는 어색했지만 한 번쯤은 늑대야! 하고 소리칠 필요도 있다. 더구나 미사일, 즉 호랑이까지 왔다 간 상황 아닌가? 그래서 이광은 심사숙고 끝에 본사에 보고하기로 결정했다. 바그다드 시간으로 오전 5시, 서울 시간은 오전 11시가 되었을 때 이광이 직속상관인 부장직대 이태진에게 보고했다.

"부장님, 어젯밤 바그다드 시장에 가서 도매상 할라피 씨를 만나 오더 상담을 했습니다."

"응? 할라피? 전시장에서 만났어?"

기쁜 이태진이 소리쳐 물었다. 오전 11시니 주위 과장들, 사원들도 다 듣고 있을 것이다. 이맘때면 사무실에 직원들이 많을 때다. 이광이 어깨를 부풀렸다.

"아닙니다. 미사일이 폭발했을 때 옆방에 투숙했던 남자의 동생인데, 제가 투숙했던 동생을 구해 주었거든요. 그래서 그 남자가 형님인 도매상 할라피를 데려와 오더를 만들어 준 것입니다."

"아아."

비행기로 14시간 거리나 떨어져 있었지만 이태진의 목소리에 감동이 섞인 것을 알 수 있었다. 거짓말도 진실과 섞어 놓으면 더 진실 같다. 거짓말은 너무 번지르르하고 진실은 너무 딱딱하기 때문이다. 이광이 말을 이었다.

"동생을 구해준 은혜를 갚겠다면서 17개 품목을 골라 23만 불 오더를 했습니다. 그 내역은 오늘 중에 텔렉스로 보내지요."

"가격은?"

"예, 계산서를 보시면 알겠지만 마진이 17퍼센트 정도 나옵니다."

"잘했어, 납기는?"

"신용장을 다음 달에 오픈한다고 합니다, 신용장 오픈 후 3개월입니다."

"드디어 한 건 했구나."

"운이 좋았기 때문이지요."

뻔한 겸손이 가장 중요하다. 으스대었다가는 도로아미타불이 된다.

"모두 미사일이 발밑에서 터진 덕분입니다, 부장님."

"에이, 이 사람아."

"신용장이 오픈되지 않았으니까 오더가 되었다고 볼 수도 없습니다만 보고는 드리는 겁니다."

또 겸손, 그러자 그 대가가 왔다.

"무슨 소리야? 이 사람아! 내가 당장 부사장, 회장님한테 보고하겠네."

"예, 부장님."

"회장실에서 지시가 내려왔어. 외국 출장자의 상담 내역은 회장실로 직보하라는 거야."

"예, 부장님."

직보를 안 해도 한국 시간으로 밤 10시인 오후 4시에는 마르카와 함께 박람회장 근처의 우체국에 들어가 황학수 회장에게 보고를 할 것이었다. 통화를 끝낸 이광이 다시 잠깐 눈을 붙였을 때 전화벨이 울렸다. 오전 7시 10분이다.

"헬로."

교환일 것이므로 이광이 응답하자 곧 사내의 목소리가 울렸다.

"미스터 리십니까? 난 동부군 사령부 보급관 야합 준장입니다."

"아, 예."

긴장한 이광이 전화기를 고쳐 쥐었다. 오전에 부스로 찾아올 줄 알았는데 미리 전화를 해왔다. 그때 사내가 말했다.

"몇 시에 약속하면 되겠습니까? 내가 박람회 부스로 찾아뵈려고 합니다."

"10시쯤 어떻습니까?"

"좋습니다, 10시에 뵙지요."

"기다리겠습니다."

전화기를 내려놓은 이광이 호흡을 골랐다. 이번에는 군납이다. 꿈이 현실로 되는가? 아니다. 꿈이 크면 실망도 큰 법이다. 잠이 확 달아나 버렸으므로 이광이 더운물도 안 나오는 욕실로 들어섰다. 어제 동부군 사령관 카심 대장이 왔다 간 사건은 코트라 측에도 말하지 않았다. 새벽에 이태진에게 보고할 때도 할라피 이야기에 카심의 사연을 섞은 이유도 그것 때문이다. 카심 오더는 혼자만 알고 있기로 결정한 것이다. 이 오더를 내 히든카드로 삼으리라. 이것이 인생에 몇 번밖에 안 된다는 '기회'가 될지도 모른다는 예감이 들었다. 그것이 기회일지 아닐지는 아무도 모르지만 말이다. 어쨌든 기회는 찾는 사람에게만 오는 법이니까.

야합 준장은 카심 대장처럼 사복을 입고 왔다. 그런데 양복 차림이 아니라 아랍 전통 의상인 쑵을 입고 머리에는 터번을 썼다. 흰색 쑵을 입은 야합은 두 사내를 대동했는데 둘은 보좌관이다. 둘은 쑵 위에 양복저고리를 걸쳤고 가방을 들었다. 그리고 셋이 다 선글라스를 끼었다. 오전 10시 정각, 안으로 들어선 야합이 이광에게 손을 내밀었다. 악수를 청한 것이다.

"내가 야합이오."

"예, 이광입니다, 기다리고 있었습니다."

긴장한 이광이 야합의 손을 쥐었다. 이광보다 더 긴장한 마르카는 뒤에서 입도 열지 못한다. 악수를 나눈 야합이 부스를 둘러보며 웃었다.

"오더 많이 받았습니까?"

"아닙니다. 거의 받지 못 했습니다."

이광의 얼굴에 일그러진 웃음이 떠올랐다. 심장 박동이 빨라졌고 말끝도 떨렸다. 자리를 권한 이광이 야합과 마주보고 앉았을 때 부스 앞을 보고는 숨을 들이켰다. 쑵을 입은 사내 둘이 부스 앞에 지켜 서 있는 것이다. 야합의 일행이다. 이광의 시선 끝을 본 야합이 다시 웃었다.

"상담에 방해가 되지 않도록 외부인 출입을 금지시켰습니다."

"아아."

이광의 목소리가 다시 떨렸다. 상사맨은 꿈을 꾼다. 이광도 제대파 시절의 복학생 때 시내 고려호텔 계단에 서 있는 외국인들을 보고 꿈을 꾼 적이 있었다. 공상이었다. 그것은 자신이 자가용을 '떡' 몰고 가서 외국인 바이어들하고 '쏼라쏼라' 하면서 인사를 한 후에 제 차에 태우고 '쓰윽' 호텔을 떠나는 거였다. 그때는 외국인도 드문 때라 지나던 사람들이 선망의 시선으로 자신이 사라질 때까지 바라볼 거였다. 물론 구경하는 사람들 중에 젊은 여자도 많아야 된다. 남한테 물어보지를 않아서 그렇지 취업을 앞둔 '준비생' 중에서 그런 꿈을 안 꾼 놈들은 '뇌'가 없거나 있더라도 '생각' 자체가 없는 놈들일 것이었다.

"자, 미스터 리."

야합이 부르는 바람에 이광이 정신을 차렸다. 그때 이광은 옆쪽에 앉은 보좌관이 가방에서 샘플들을 꺼내는 것을 보았다. 할라피는 샘플들을 가져가더니 야합은 아예 가져왔다. 이광이 숨을 죽이고 샘플을 보았다. 국방색 셔츠와 팬티, 조잡한 품질이다. 이라크 군(軍)의 내복이다. 그리고 군복, 얼룩덜룩한 무늬의 군복도 재질이 나쁘다. 한국산 섬유류 제품도 최상급에 들지는 못 하지만 중급은 된다. 그러나 바느질 즉 재봉 솜씨는 우주에서 제일이다. 이광은 군복 상의에 실밥이 빠져나와 있는 것을 보았다. 실밥 처리도 안 되다니. 이윽고 보좌관이 탁자 위에 샘플을 다 쏟아놓았다. 이광이 보기에 10개 품목쯤 된다. 그때 야합이 말했다.

"이건 폴란드, 헝가리, 그리스에서 만든 것도 있소."

"아아, 예."

"여기 필요한 수량이 적혀 있소. 그리고 FOB 구입 단가도 적어 놓았으니까 이 가격을 OK 한다면 운임만 보탠 CIF 가격을 주시오."

"아아, 예."

이광은 문득 제 볼을 손으로 쥐어뜯고 싶은 충동을 느꼈다. 누군가 제 귀뺨을 세게 때려 주었으면 좋겠다는 생각도 들었다. 이것은 감히 공상도 못 한 꿈이었다. 상사맨에게 이런 기회는 일생에 한 번 올둥 말 둥 하다. 이것은 마치 눈 감고 때린 공이 홀인원을 한 것보다 다섯 배는 더 기적적이며 애국적이며 감동적인 사건인 것이다. 숨을 들이켠 이광이 계산기를 꺼내었고 정신없이 원가 계산을 하는 동안 야합은 부스를 구경했다. 그동안 코트라 총무과장 박주성이 찾아왔다가 야합의 부하에게 쫓겨났다. 놀란 박주성이 이제 관장인 오영한 국장까지 데려왔다가 보좌관이 나가서 지금 제품 검토 중이라는 말을 듣고 안심하고 돌아갔다. 이윽고 이광이 머리를 들고 야합을 보았다. 두 눈이 번들거리고 있다. 심장 박동이 2배는 빨라졌지만 이광은 어금니를 물고 포커페이스를 만들었다. 엄청난 사건이다. 가격이 평균 70퍼센트에서 80퍼센트까지의 마진이다. 원가가 100원이라면 이 제품들은 170원, 180원으로 구입된 것이다. 즉 메이커인 폴란드, 헝가리 놈들이 마진을 70원, 80원이나 먹은 것이다. 야합의 시선을 받은 이광이 어깨를 부풀리며 말했다.

“예, 이 가격이면 하겠습니다. 그럼 이 가격에 운임만 붙여서 오퍼를 내지요, 장군님.”

“좋습니다.”

머리를 끄덕인 야합이 자리에서 일어섰다.

“그럼 그 샘플을 보관하시고 오늘 저녁에 계약을 하시지요.”

그러고는 얼굴을 펴고 웃었다.

“이것은 군사 기밀이니까 비밀로 해야 됩니다, 아시지요?”

오후 7시 정각이 되었을 때 검은 시멘트 덩어리처럼 보이는 신드바드훈둑 현관에 승용차 한 대가 다가와 멈춰 섰다. 빈틈없이 등화관제를 해서 호텔 밖으로는 불빛 한 점 새어 나오지 않는 것이다. 멈춰선 차도 마찬가지다. 아예 아래쪽 보안등도 테이프를 붙여서 붉은 기운만 드러났다.

“한국인 이광 씨십니까?”

조수석에 앉은 장교가 내리더니 이광에게 경례를 올려붙이며 물었다.

“그렇습니다.”

이광이 대답하자 장교가 뒷문을 열었다.

“타시지요, 모시러 왔습니다.”

주위를 둘러본 이광이 차에 올랐다. 전시(戰時)이고 도시는 칠흑 같은 어둠에 덮여 있었지만 일상은 활발하게 움직이고 있다. 이제 한국 상사원들도 밤에 슬쩍 호텔을 빠져나가 30불짜리 숏타임을 뛰고 돌아오기도 한다. 근처의 싸구려 여관에 사창가가 있는 것이다. 금방 소문이 나서 '태극기'를 꽂고 돌아온 상사원이 여럿이다. 차는 어둠 속을 거침없이 질주했는데 쉴 새 없이 경적을 울렸다. 불빛만 비치지 않을 뿐 도시는 소음으로 가득 찬 것 같다. 차는 대로와 골목을 번갈아 달려가더니 갑자기 터널 앞에서 멈춰 섰다. 차단봉이 내려진 검문소다. 검문소 경비병들이 차 번호판을 확인하고 차단봉을 올렸다. 터널 안으로 들어선 차가 잠시 후에 왼쪽으로 꺾어지자 사방이 밝아졌다. 이광은 눈이 부셔서 눈을 가늘게 떴다. 다른 세상 같다. 환한 광장, 한쪽에 주차된 수십 대의 차량, 환한 불빛 아래 오가는 군인들, 천장에는 수백 개의 전등이 광장을 대낮처럼 비춰고 있다. 이윽고 차가 오른쪽 건물 앞에서 멈추더니 장교가 내려 뒷문을 열어주었다.

"내리시지요."

차에서 내린 이광이 장교의 뒤를 따라 건물 안으로 들어섰다. 다시 경비병의 검문소를 지나 시멘트 통로를 걸어 복도 끝의 방 앞으로 다가간 장교가 노크를 했다. 이곳까지 오는 데 한 시간이 걸렸다. 방문이 열리고 장교의 뒤를 따라 들어선 이광은 소파에 앉아 있는 카심을 보았다. 카심은 오늘 군복 차림이었는데 어깨의 황금색 견장은 눈이 부실 정도였고 번쩍이는 제복의 단추는 모두 금으로 만든 것 같았다. 장교가 방을 나갔으므로 안에는 카심과 이광 둘이 남았다. 이광의 표정을 본 카심이 빙그레 웃더니 앞쪽 소파를 눈으로 가리켰다.

"앉게."

"예, 각하."

자리에 앉은 이광이 심호흡을 했다. 방은 넓다. 뒤쪽에는 수십 개의 깃발이 세워졌고 옆면은 각종 트로피, 앞쪽은 후세인 대통령과 함께 찍은 사진이 가득 붙어 있다. 물론 테이블 뒤쪽에는 후세인의 커다란 사진이 걸려 있다. 그때 카심이 손목시계를 보면서 말했다.

"30분 후에는 대통령 모시고 작전회의야, 내가 동부군 사령관 아닌가?"

카심의 얼굴에 웃음이 떠올랐다.

"내 책임이지. 회의가 끝나면 12시쯤 될 거야, 그리고 난 내일 새벽에 전선으로 떠나네."

"예, 각하."

"마누라가 고맙다는 인사를 전해달라고 했어 내 딸 사요네도……."

"천만의 말씀입니다, 각하."

"우리는 이번 전쟁에서 승리할 거네, 그러니까 최선을 다해주게."

"예, 각하."

그때 카심이 자리에서 일어나 이광에게 악수를 청했다. 서둘러 일어선 이광이 카심의 손을 두 손으로 잡았을 때다. 카심의 손바닥에 접힌 종이가 있는 것을 깨닫고는 숨을 들이켰다. 그때 카심이 지그시 이광을 보더니 잡은 손에 힘을 주었다. 종이가 이광의 손바닥에 더 밀착되었다. 카심의 머리가 희미하게 두 번 끄덕였으므로 이광은 종이를 움켜쥐었다. 그때 카심이 손을 떼고는 이광에게 말했다.

"잘 부탁하네."

"예, 각하."

몸을 돌린 카심이 탁자 위에 놓인 벨을 누르자 곧 야합 준장이 옆쪽 문으로 들어섰다. 카심이 야합에게 말했다.

"내가 잘 부탁한다고 했다, 자세한 내역은 상의하도록."

"예, 각하."

"모셔다 드려라."

"예, 각하."

야합이 엉거주춤 서 있는 이광에게 말했다.

"가시지요, 모셔다 드리겠습니다."

이광이 카심에게 머리를 숙여 인사하고는 몸을 돌렸다. 다시 복도로 나온 이광이 이제는 야합을 따라 복도를 걷는다. 시멘트 바닥에 부딪치는 구두 발자국 소리가 울렸다. 가끔 오가는 제복 차림의 군인들은 모두 장교다. 장군도 있다. 이곳이 지하 벙커인 것 같다. 건물 밖으로 나온 야합이 머리를 돌려 이광을 보았다. 그러고는 불쑥 물었다.

"받으셨지요?"

"무엇을 말씀입니까?"

짐작은 했지만 이광이 물었다. 둘은 건물 앞에 서 있다. 광장의 소음이 컸고 주위로 분주하게 차량이 오갔다. 야합이 이광의 옆에 바짝 다가섰다. 두 눈이 번들거리고 있다.

"나하고 사령관 각하는 다른 부족이오, 전혀 인과관계가 없지요."

숨을 죽인 이광을 향해 야합이 흰 이를 드러내고 웃었다.

"군 고위층이 되면 심복을 키우지 못합니다. 그건 지도자에게 의심받게 되는 지름길이니까."

이광의 시선을 받은 야합의 얼굴에서 웃음기가 지워졌다.

"그래서 난 사령관 각하의 은밀한 심복이오, 각하하고 내가 무역박람회의 한국관 14번 부스를 찾아간 것도 이미 정보부를 통해 지도자께 보고되었을 것이오."

지도자는 사담 후세인이다. 주위를 둘러본 야합이 말을 이었다.

"그러나 당신이 사령관 각하의 부인을 구해 주었다는 것도 보고되었을 테니 이해할 겁니다."

"……."

"그리고 오더를 한 것도 당연하게 생각하겠지요, 지도자는 은혜를 갚는 것을 장려하고 계시니까."

이광은 야합의 얼굴에 떠오른 웃음이 비꼬는 것처럼 느껴졌다. 그때 야합이 다시 물었다.

"쪽지 받으셨지요?"

야합의 시선을 받은 이광이 심호흡부터 했다. 대답을 안 할 수가 없다. 그때 야합이 빙그레 웃었으므로 이광이 입을 열려다가 어금니를 물었다. 다시 야합이 말했다.

"호텔에 들어가서 펴 보시지요, 쪽지에 파리 제3은행의 구좌번호가 적혀있을 것입니다, 수취인은 마드렌느소냐로 되어 있습니다."

"……."

"이번 오더 금액의 20퍼센트를 그 구좌로 입금시켜야 됩니다, 가능하지요?"

"물론입니다."

야합의 시선을 받은 이광이 대번에 대답했다. 30퍼센트, 아니 40퍼센트도 가능하다. 40퍼센트를 떼어줘도 30퍼센트가 남기 때문이다. 그때 야합이 말을 이었다.

"오더는 건별로 선적될 겁니다, 그때마다 선적을 하고 네고를 한 즉시 해당 오더의 20퍼센트를 송금하는 것입니다, 알고 계시지요?"

"물론입니다."

머리를 끄덕인 이광이 이제는 똑바로 야합을 보았다.

"하지만 신용장은 다른 곳으로 오픈해 주셨으면 합니다."

"다른 곳이라니?"

"이 오더는 내가 직접 하고 싶어서 그럽니다."

"아."

야합의 얼굴에 다시 웃음이 떠올랐다.

"그렇군요. 미스터 리, 당신도 이번에 기회를 잡으시려는 것이군."

"솔직히 말씀드려서 그렇습니다."

"당신이 사령관의 부인을 구해준 영웅이니 당신한테 공(功)이 돌아가야지."

야합이 정색하고 이광을 보았다.

"회사를 차리시려고 합니까?"

"회사가 있습니다."

이미 레이놀드 오더를 관리하고 있는 에이스무역이다. 야합이 머리를 끄덕이더니 앞쪽을 향해 손을 흔들었다. 차를 부르는 것이다.

"내일 오더 시트에 사인해서 가져가지요. 하지만 신용장을 오픈할 당신 회사의 이름과 거래 은행은 내일 적어야겠군."

"부탁합니다."

"내일 오전 11시에 박람회장으로 가지요."

"기다리겠습니다."

차가 다가와 멈췄으므로 야합이 이광에게 손을 내밀었다.

"다음에 시간을 내어서 파리에서나 만나 한잔합시다, 미스터 리."

"그러지요."

"당신은 영웅이오."

야합이 차 문을 열어주며 웃었다.

"혼란기에는 영웅이 자주 출현하지."

차에 탄 이광을 앞좌석에 앉아 있던 장교가 웃음 띤 얼굴로 맞았다.

이곳까지 데려다준 장교다.

"일 잘 끝나셨습니까?"

"예, 덕분에."

광장을 나온 승용차가 코너를 돌자 다시 암흑 세상으로 들어섰다. 터널을 빠져나와 시내를 질주하는 동안 이광은 온몸이 허공에 떠 있는 느낌이 들었다. 아직 오더 시트는 받지 않았다. 과연 내일 얼마로 적힌 오더 시트가 만들어져 올 것인가? 물론 수취인은 비어 있을 것이다. 부스에서 야합이 수취인으로 에이스무역을 적고 사인을 하겠지. 이광은 심호흡을 했다. '정신 차려라, 이광.' 이광이 다시 중얼거렸다. '이건 꿈이 아니다.'

다음 날 아침에 서필수가 돌아왔다. 오전 8시 반, 방으로 들어선 서필수가 가슴에 훈장을 붙이고 있었으므로 이광이 소리 내어 웃었다.

"야, 너 그 양철 조각 붙이고 다닐 거냐?"

박람회장으로 출근 준비를 하던 참이다. 그러나 서필수가 웃지도 않고 가슴을 내밀었다.

"웃기고 있네. 내가 이걸 가슴에 붙이고 있으니까 호텔 지배인이 비켜섰다."

"무슨 말이야?"

"내가 다가가니까 옆으로 비켜서더라고."

"웃기고 있네."

"이거, 내 진급 때도 유용할 거다."

훈장을 떼낸 서필수가 그때서야 방안을 둘러보았다.

"빌어먹을, 바그다드훈둑보다 질이 더 떨어지는군."

"그나저나 널 구해준 내가 훈장을 받아야 하는 것 아니냐? 넌 침대에 깔린 공적밖에 없잖아?"

"아, 글쎄, 병원에 입원한 사람 기준으로 준다는데 내가 어떻게 해?"

쓴웃음을 지은 서필수가 말머리를 돌렸다.

"그나저나 난 오늘은 쉬어야겠다, 시장에서 과일하고 술 있으면 사올게. 오늘 밤 술이나 마시자."

서필수는 박람회장에 미련이 없는 것 같다. 그런 서필수에게 할라피와 오늘 부스로 찾아올 야합에 대해서 말해줄 필요가 없는 것이다. 박람회장에 나온 이광은 11시 정각에 부스로 들어선 야합을 맞았다. 미리 마르카도 심부름을 보냈기 때문에 부스에는 둘뿐이다. 자리에 앉은 야합에게 이광이 에이스무역의 주소와 연락처, 그리고 거래 은행이 적힌 쪽지를 건네주었다. 머리를 끄덕인 야합이 오더 시트에 그것을 적더니 이광에게 내밀었다. 신용장 수취인은 유민우가 되었다. 오더 시트를 받은 이광이 숨을 들이켰다. 오더 금액이 260만 불이었던 것이다. 이광의 제3과 1년 목표액의 2배가 넘는다. 야합이 입을 열었다.

"그건 1차분이오, 1차분이 선적되기 전에 2차분 오더가 나갈 겁니다."

"감사합니다."

"또 그동안 구입 품목이 있으면 따로 연락을 드리기로 하지요."

"예, 장군."

"제품 선적 1개월 전에 어프로벌(approval) 샘플을 보내주셔야 됩니다."

"알고 있습니다."

선적 전에 선적품에 대한 시제품을 제작해서 먼저 승인을 받아야만 하는 것이다. 그때 야합이 이광을 보았다.

"260만 불 오더가 매월 60만 불 정도씩 선적이 되지요?"
"예, 장군."
"선적이 끝나면 즉시 20퍼센트를 입금시켜야 합니다."
"당연합니다, 장군."
"차질이 있으면 안 됩니다."
"알고 있습니다, 장군."
자리에서 일어선 야합이 손을 내밀었다.
"첫 비즈니스를 축하합니다, 미스터 리."
"감사합니다, 최선을 다하겠습니다."
이광이 야합의 손을 두 손으로 쥐었을 때 야합이 말을 이었다.
"사령관께서 안부 전하라고 하셨습니다."
"예, 제 안부도 전해 주시지요."
몸을 돌린 야합이 부스를 나가더니 문 앞에 지켜선 보좌관들을 이끌고 사라졌다. 야합이 나간 지 1분도 안 되어서 코트라 총무과장 박주성이 들어섰다. 오늘도 들어오려다가 보좌관들에게 가로막혔는지도 모른다.
"야, 누구냐? 지난번에 왔던 놈들 아니냐?"
박주성이 떠들썩한 목소리로 물었으므로 이광이 입맛을 다셨다.
"또 가격만 물어보고 갔어요, 아무래도 오더가 안 될 것 같습니다."
"누군데?"
"도매상이라는데 명함도 주지 않았어요."
"미친놈들 아냐? 문 앞에 경비까지 세우고 웬 지랄이야?"
투덜거린 박주성이 자리에서 일어서며 말했다.
"네가 도매상에게 수주한 오더, 50만 불로 늘려서 보고했다."

눈만 크게 뜬 이광을 향해 박주성이 말을 이었다.

"국장이 1백만 불로 하자는 걸 내가 겨우 내린 거야, 그런 줄 알아."

"아니, 아직 신용장도 안 받았는데……."

"우리도 실적이 있어야 할 것 아니냐? 누가 나중에 확인하는 것도 아니야."

이광이 입을 다물었다. 다 먹고 살아야 한다. 상부상조하면서 살아간다.

"괜찮냐?"

대뜸 김성규가 물었으므로 이광이 전화기를 힘껏 쥐었다. 오전 2시, 지금 김성규는 뉴욕에서 전화를 하고 있다. 뉴욕 시간은 오후 6시다.

"어, 그래. 넌 어때?"

반가웠으므로 이광의 목소리가 높아졌다. 벽 쪽 침대의 서필수는 코를 골면서 자고 있다. 어젯밤 둘이 양주를 2병, 맥주를 10병쯤 마셨다. 이광이 서필수보다 더 마셨지만 전화벨 소리를 듣고 잠에서 깬 것이다.

"난, 괜찮아. 여기는 미국 아니냐?"

김성규의 목소리는 밝다. 김성규가 말을 이었다.

"23만 불 했어? 대단하다. 과연 이광이야, 전쟁터에서 23만 불이나 하다니."

"아직 신용장 못 받았으니까 받아야 오더지, 근데 넌 어때?"

"70만 불 했어."

"으아."

"여긴 미국인데 뭐. 근데 우리 자사 브랜드로 30만 불을 했다."

"으악."

이광이 진심으로 감동했다. 자사 브랜드는 유성 브랜드를 말한다. 지금까지 유성상사의 상표를 붙이고 수출한 제품이 없는 것이다. 모두 OEM 방식으로 주문자 상표를 붙이고 수출했다. 그래서 회사에서는 자사상표를 부착한 수출품 오더를 받으면 2배를 실적으로 인정해주는 것이다. 그러니 김성규는 30만 불 오더를 했으니 60만 불 실적으로 인정받게 된다. 합계 1백만 불.

"드디어 한탕 했구나, 축하한다."

"너나 몸조심해 인마."

김성규의 목소리가 송화구에서 울렸다.

"전쟁터에서 나돌아 댕기지 말고, 알아?"

"그래."

"네가 있어야 내가 유성에서 일할 맛이 난다. 너, 그거 알아?"

"뭘 말이야?"

"네가 내 유일한 라이벌이라는 것 말이야."

"웃기고 있네. 너 쌈 잘해?"

"이 자식이."

"편의공작대 대장을 뭘로 보고. 내가 공비를……."

"또 편의점 이야기냐?"

"군대도 안 간 놈이……."

"야, 근데, 너 백영주 어떻게 생각해?"

"누구?"

"백영주 말이야, 기조실."

그 순간 이광이 숨을 들이켰다. 김성규의 입에서 백영주 이름이 불려진 순간 오염 물질이 묻은 느낌이 들었기 때문이다. 백영주의 흰 팬티에 김성규의 정액이 떨어진 것 같다.

"그래서?"

이광이 물었지만 제 목소리가 조금 굳어 있는 것이 느껴졌다. 그러나 멀다. 해저 케이블을 탄 유선전화는 반향 소리가 울린다. 그때 김성규가 대답했다.

"너한테 털어놓지만 서울 있을 때 백영주를 두 번 만났어, 물론 밖에서 말이야."

"……."

"처음에는 내가 차 한잔하자고 했지."

김성규의 목소리에 웃음기가 띠어졌다.

"그리고 두 번째는 백영주가 술 한잔하자고 하더군."

"그래?"

"너 알아? 백영주가 이혼녀라는 거?"

"내가 어떻게 알아? 인마."

"이혼했다고 하더라, 지금 혼자 산대."

"그래서?"

"내가 미국에 있는 동안 네 번 전화가 왔어, 그것도 꼭 밤에."

"……."

"의미심장하지 않아?"

"너 정지현이는 어떻게 하려고 그래?"

"걔, 남자 있어."

"뭐?"

"남자가 있다니까?"

"누군데?"

저도 모르게 입에 고인 침을 삼킨 이광이 전화기를 고쳐 쥐었다. 김방현이 말해준 변호사 이름을 지금도 기억하고 있다. 한광준, 여관에서 나오는 사진도 눈앞에 선명하게 떠오른다. 물론 열흘간 2번 여관에 같이 간 김성규와의 사진도 입력되어 있다. 정지현 앞에서는 별소리를 다 했지만 그 장면들을 영영 잊지 못할 것이었다. 그때 김성규가 말했다.

"느낌이야."

"지랄."

"걘 수입에 맞지 않는 씀씀이가 그 증거야, 돈 많은 스폰서가 있다고."

이놈은 그것으로 눈치 챘는가? 그때 김성규가 화제를 바꿨다.

"야, 나, 백영주하고 연애해도 되겠지? 친구니까 너한테만은 알려주고 싶다."

이 자식이 왜 이러는가? 눈치를 채었나?

260만 불이다. 오더 디테일을 정리하면서 이광이 몇 번째인지도 모르게 심호흡을 했다. 오늘은 금요일, 이곳은 금요일이 휴일이다. 이제 박람회 19일째, 앞으로 일주일 후면 끝나는 터라 참가 사원들도 열악한 환경에 익숙해졌다. 서필수는 다른 상사원들하고 외출했는데 박주성한테는 시장을 간다고 했지만 유곽에 들어가 있을 것이다. 상사원들이 할렘이라고 부르는 홍등가다. 까놓고 말하면 사창가다. 오후 3시 반, 오더 시트를 덮은 이광이 전화기를 들고 교환을 불렀다. 또 한국으로 전화다. 이제는 이광의 목소리에 익숙해진 교환이 서둘러 국제전화 연결을 시켜주었다. 신드바드훈둑에 오고 나서 바로 2명의 교환한테 10불씩을 주었더니 신청을 하면 가장 빨리 연결을 시켜주는 것이다. 이광이 다시 한 번 법칙을 확인했다. 부패하고 혼란한 나라일수록 뇌물이 잘

통하는 것이다.

"여보세요."

에이스무역 유민우의 목소리가 울렸다. 한국 시간은 9시 반, 유민우는 지금 사무실에서 이광의 전화를 기다리고 있었다.

"형, 나야."

"응, 그래."

유민우는 에이스무역 사장이지만 이광과 바이어 대 메이커의 관계다. 오더를 이광이 주기 때문이다. 260만 불 오더 디테일도 텔렉스로 다 통보해준 터라 지금 날아갈 것 같은 상태다.

"나도 한국 가면 알아보겠지만 형이 미리 체크해놔."

"알았어, 생산자는 많아. 걱정할 것 없어."

유민우가 자신 있게 말했다.

"대기업들도 두 손 들고 달려들 거야."

이광이 받은 260만 불 오더 중 유성상사에서 생산할 수 없는 물량이 2백만 불 가깝게 되는 것이다. 60만 불 정도만 에이스에서 유성으로 넘어가게 된다. 나머지 2백만 불 오더는 군복, 탄띠, 마스크, 장갑 등 6가지나 된다. 그때 유민우가 물었다.

"그런데 언제 올 거냐?"

"일주일 후에 끝나는데 왜?"

"회사 직원을 늘려야 될 것 같아서, 너하고 상의를 하려고."

"……."

"이 기회에 분명히 해야 될 것 같다."

"뭘?"

"에이스무역 대표 명의를 바꿔야 돼, 미리 정비를 하고 시작해야 돼."

"……."

"네가 오더를 주지 않았으면 이 회사는 문 닫았을 거 아니냐? 지금도 모두 네가 준 오더로 꾸려가고 있는데 말이야?"

"그래서?"

"나는 월급쟁이 사장을 하고 에이스무역의 대표를 다른 사람으로 등록해야 될 것 같다."

"……."

"너는 유성상사에 계속 있어야 할 테니까 네 친척이나 네가 믿을 만한 사람으로 등록할 사람이 없을까?"

"형이 있잖아? 내가 믿으니까 이런 일도 같이 하지."

"내가 함께 일하는 한 안 돼. 내가 회사 생활을 해봐서 알아."

이광의 얼굴에 쓴웃음이 번졌다.

"사기꾼은 참 힘들게 산다는 걸 이제 알 수가 있겠군그래."

"이건 사기가 아니다. 너나 나나 살아남기 위해서 필사적으로 머리를 짜내는 거다, 광아."

"형은 표현력도 좋아."

"내가 월급쟁이 사장 하겠다고 먼저 말하는 것도 그런 맥락이야. 사람은 제 분수를 알아야 돼."

"뭔 소리여?"

"자신도 모르는 사이에 붕 뜨게 되면 제 분수를 모르게 된단 말이다. 나도 이대로 나가게 되면 욕심을 부리게 되고……."

"형."

"널 배신하게 될지도 모른단 말이다."

"나아, 참."

"네가 오기 전에 누굴 세울지 말만 해. 대표 바꾸는 건 금방이니까."

"알았어, 형."

"직원을 최소한 두 명은 채용해야겠다."

"알았어."

"이제 마음이 놓인다."

한숨 소리를 낸 유민우의 목소리가 밝아졌다.

"난 널 모시고 계속 이 일을 하고 싶다."

"알았어, 형."

전화기를 내려놓은 이광의 귀에 유민우의 목소리가 여운으로 남았다. '필사적'이라는 단어다. 살아남기 위해서 필사적이라고 했던가? 전쟁터가 아닌 서울에서도 유민우는 필사적으로 머리를 짜내고 있었던 것이다. 인생이 전쟁이다.

"어서 오시오."

검은 수염이 풍성하게 자란 마르카의 아버지가 이광을 반겼다. 저녁 6시 반, 이광은 마르카의 동생 하사드와 함께 저택 현관으로 들어섰다.

"초대해주셔서 감사합니다."

정중하게 인사를 한 이광이 선물 꾸러미를 내밀었다. 한 보따리다.

"아이구, 감사합니다."

꾸러미를 받은 마르카 아버지가 당황한 표정으로 웃었다.

"내가 선물 받자는 게 아닌데 이건……."

"한국 풍습입니다."

"들어갑시다."

마르카의 아버지 핫산은 바그다드대학 교수다. 오늘은 핫산이 이광을 초대한 것이다. 양탄자가 깔린 복도를 지나 거실로 들어서자 사내 넷이 앉아 있다가 이광을 맞았다. 셋은 중년이고 그중 하나는 백발 수염으로 덮인 노인이다.

"이분은 내 아버지시고."

핫산이 노인을 소개했다.

"그리고 여기 셋은 내 형제요, 모두 바그다드에 살지요."

네 명 모두 쑵을 입었고 머리에는 원통형 페즈를 썼다. 인사를 마치고 양탄자 위에 책상다리를 하고 둘러앉았을 때 사내 하나가 쟁반을 들고 다가왔다. 쟁반에 주전자와 소주잔만 한 유리잔이 여러 개 놓였다. 사내가 각자의 앞에 잔을 놓더니 핏물 같은 액체를 따른다. 달면서 향기로운 냄새가 맡아졌고 뜨거운 김이 피어올랐다.

"자, 듭시다."

핫산이 이광에게 권했다. 이광이 잔을 들었다. 하사드에게 매일 심부름을 시키고 꼬박꼬박 일당을 주었더니 핫산이 초대한 것이다. 고맙다는 인사일 것이다. 그때 처음부터 이광을 훑어보던 핫산의 아버지 무함마드가 아랍어로 말했다. 이광에게 말했는데 바로 핫산이 통역했다.

"미스터 리, 총을 쏠 줄 아느냐고 우리 아버지가 묻습니다."

그말을 들은 이광이 어깨를 부풀렸다.

"난 특수부대 대장 출신이오."

모두의 시선이 모였고 통역을 들은 무함마드의 주름진 눈도 커졌다. 편의공작대를 영어로 번역하면 감동적인 표현이 안 될 것이다. 그러니 '람보'처럼 '스페셜'이 들어가는 특수부대가 어울린다. 어쨌든 편의공작대는 특수부대 아닌가? 그때 무함마드가 다시 물었고 핫산이 통역했다.

"계급은 뭐였지요? 미스터 리."

"캡틴."

캡틴이 대위지만 편의공작대 대장도 캡틴이다. 그리고 누가 확인할 것인가? 무함마드는 캡틴이란 영어는 아는 것 같다. 커다랗게 머리를 끄덕인 무함마드가 다시 핫산에게 말했다. 그러자 핫산이 입맛을 다시더니 이광에게 물었다.

"집안이 아랍인하고 결혼한 가족이 있느냐고 묻는데요, 우리 아버지가."

이광이 소리 죽여 숨을 들이마셨다. 마르카의 얼굴이 떠올랐고 곧 말랑하면서도 달콤했던 혀가 촉감까지 기억났다. 가쁜 숨결과 그 젖 냄새 같은 향기, 그러나 결혼은, 그때 이광의 입에서 다른 말이 튀어나왔다.

"없습니다만 마음에 드는 사람이 있으면 결혼할 수도 있습니다."

아아, 마르카, 널 따먹고 도망갈 생각은 없다. 그러나 이런 분위기에서 '나는 못 한다'라고 말할 수 있는 놈은 대통령이 될 것이다. 그래서 나는 대통령은 안 한다.

"오오."

통역을 들은 무함마드의 입에서 탄성이 터졌고 핫산이 아랍어로 열심히 말했다. 둘러앉았던 핫산 형제들도 거들어서 갑론을박이 되었다. 그때 방문의 구슬발이 젖혀지더니 사내들이 상을 들고 들어섰다. 그런데 상이 아니다. 지름이 1.5미터쯤 되는 대형 은쟁반이다. 그 위에 양 한 마리가 통째로 얹혔는데 사내 셋이 떠메고 들어왔다. 그 뒤를 하사드와 또 다른 사내가 커다란 쟁반에 그릇을 받쳐 들고 따른다. 이광의 입이 저절로 벌어졌다. 방 복판에 놓인 대형 쟁반 위에 삶은 양은 머리만 없을 뿐 발굽을 뺀 네 다리도 멀쩡했다. 배는 갈라져서 안에도 삶은 고기가 가득했고 양 주변에는 흰 쌀밥과 야채, 과일, 양념장 그릇이 빙 둘러서 놓여 있다. 삶은 고기에서는 김이 펄펄 오르고 있어서 냄새에 저절로 침이 넘어갔다. 그때 사내들이 각자의 앞에 물그릇을 놓았다. 커다란 물그릇이다.

"자, 듭시다."

핫산이 먼저 오른손을 물그릇에 넣어 가볍게 헹구고 나서 고기를 뜯었다. 그러고는 쌀밥을 주먹으로 쥐더니 고기와 함께 입에 넣는다. 그렇지, 오른손이지, 왼손은 똥 닦을 때나 쓴다고 했지.

"두 시간만 나갔다가 와."

이광이 말하자 서필수가 손목시계를 보았다. 오후 6시 반이다.

"지기미, 두 시간 동안 뭘 하라고?"

"할렘을 가든지."

"돈 없어."

"내가 빌려줄 테니까."

"정말이냐?"

정색한 서필수가 다가섰다.

"그럼 1백 불만 빌려주라, 서울 가서 갚을 테니까."

이광이 지갑을 꺼내 1백 불을 건네주었다.

"샘플 정리를 끝내려고 그런다."

"알았어."

기분이 좋아진 서필수가 서둘러 저고리를 집어 들더니 방을 나가면서 말했다.

"세 시간쯤 걸릴 거다."

방문이 닫히자 이광이 심호흡을 했다. 이제 사흘 후면 박람회가 끝나게 된다. 그래서 부스에 쌓아놓은 샘플은 전시품 일부만 남겨놓고 호텔 방으로 가져왔다. 그 샘플을 가져갈 것과 남겨 놓을 것으로 정리하고 있는 것이다. 이광이 다시 샘플 정리를 시작한 지 20분쯤이 지났을 때 노크 소리가 났다. 문을 연 이광은 앞에 서 있는 마르카를 보았다. 마르카는 히잡을 썼고 무릎 밑까지 내려오는 아랍 식 긴소매의 원피스를 입었다. 그러나 날씬한 몸매가 드러났고 엉덩이와 젖가슴의 볼륨은 풍만했다.

"마르카."

문을 닫은 이광이 대뜸 마르카의 허리를 안고는 입을 맞췄다. 문에 등을 붙인 마르카가 두 팔로 이광의 목을 감싸 안더니 입을 벌렸다. 곧 말랑한 혀가 빠져나왔고 방안에는 거친 숨소리만 울렸다. 마르카를 불렀기 때문에 서필수를 내보낸 것이다.

"그만, 숨 막혀요."

마르카가 헐떡이며 말하더니 손을 돌려 방문의 안전 고리를 채웠다. 그동안 부스에서 여러 번 키스를 했기 때문에 마르카의 키스 기술도 이젠 도사 급에 들었다. 이광이 마르카의 허리를 감아 안고 귀에 입술을 붙였다.

"마르카, 기회는 오늘 밤뿐이야."

"싫어요."

마르카가 몸을 흔들었지만 이광의 딱딱한 물체가 허벅지를 건드리자 움직임을 멈췄다. 불빛에 비친 마르카의 얼굴이 가슴이 메도록 아름다웠으므로 이광은 숨을 들이켰다. 이광을 올려다보는 검고 큰 눈동자가 반짝이고 있다. 이광이 이번에는 마르카의 귀를 입술로 물었다. 둘은 지금 침대 옆에 부둥켜안고 서 있다.

"마르카, 난 지금까지 한 번도 여자하고 섹스를 해본 적이 없어, 네가 첫 여자야."

도둑놈, 머릿속에서 제 목소리가 들렸지만 이광의 눈이 뒤집혔다.

"마르카, 사랑해. 널 안고 싶다."

그때 마르카가 가쁜 숨을 뱉으며 말했다.

"저도 처음이에요, 미스터 리."

아, 마르카, 날 용서해라. 이광이 마르카의 허리를 더 강하게 끌어안았다. 시멘트처럼 단단해진 남성이 마르카의 몸을 찌른다.

"마르카, 오늘 한 번만, 응? 오늘 아니면 시간이 없어."

"리, 그럼 난 어쩌라고요?"

"마르카, 날 기다려."

이광이 마르카를 뒤쪽의 침대로 밀어 넘어뜨렸다. 서필수의 침대다.

"리, 잠깐만. 옷 구겨져요."

눕혀진 마르카가 이광의 가슴을 밀었다.

"불을 꺼요, 리."

"그, 그럼."

서둘러 일어선 이광이 달려가 전등 스위치를 끄고는 그 자리에서부터 바지를 벗었다. 침대로 다가 왔을 때는 바지와 팬티를 함께 벗어 던진 후다. 이광이 침대로 오르자 마르카가 말했다.

"리, 타월이 필요해요."

"타, 타월은 왜?"

"침대에 깔아야 돼요."

"왜?"

몸을 일으킨 이광이 욕실로 달려가 타월을 들고 왔다. 그것도 서필수가 가져온 타월이다. 타월을 받은 마르카가 침대에 깔더니 누웠으므로 이광이 당장 몸 위로 올랐다. 어느새 마르카는 겉옷을 벗었다. 그러나 속치마는 남겼다. 속치마를 걷어 올린 이광은 마르카의 알몸을 보았다.

"리, 처음이에요?"

마르카가 물었으므로 이광의 가슴이 또 미어졌다.

"그래, 마르카. 난 처음이야."

"나도 처음이에요, 리."

마르카가 이광의 남성을 손으로 쥐더니 그 은밀한 동굴 끝에 붙였다. 그러고는 기다렸다. 이광은 숨을 들이켰다. 아, 이 도둑놈.

떠나는 날 저녁, 이광이 신드바드훈둑 건너편의 물담배 가게로 들어섰다. 오후 6시 반, 후카라고 불리는 물담배는 긴 파이프 형식의 호스를 통해 담배 역할인 시샤를 빨아들이는 것으로, 그 시샤는 과일 맛이 나는 물질이다. 가게에는 노인들이 앉아서 후카를 빨고 있었는데 구석에 앉아 있던 마르카와 하사드가 이광을 보더니 자리에서 일어섰다. 둘 다 어두운 표정이었고 마르카는 금방이라도 울음을 터뜨릴 것 같다. 그때 주인 알리가 다가와 이광 앞에 뜨거운 차를 내려놓고 돌아갔다. 이광한테서 샘플로 가져온 팬티와 러닝셔츠를 한 장씩 선물로 받은 후에는 차를 공짜로 준다. 이광이 들고 온 트렁크를 마르카 앞에 놓았다. 박람회 끝나고 남은 샘플이다. 셔츠와 팬티가 각각 30여 세트, 남자용 티셔츠가 20여 개, 여자용 빅 사이즈 팬티가 30여 장(아랍 여자들은 빅 사이즈 팬티가 맞는다), 여자용 히잡이 20여 개, 그리고 쑵이 10여 벌이다. 이곳 시가로 따지면 엄청난 금액이 될 것이다. 시장에서 팬티 1장에 10불이나 되었고 그리스산 조잡한 티셔츠가 50불이었다. 수천 불 가치의 샘플이다.

"마르카, 샘플 남은 거 가져왔어. 트렁크째 가져가도록 해."

앞쪽 자리에 앉은 이광이 부드러운 시선으로 마르카를 보았다.

"가족들하고 나눠 입고 필요하면 팔아서 써도 된다."

마침내 마르카의 크게 뜬 눈에서 눈물이 흘러내렸다. 그러나 눈도 깜박이지 않고 입을 열지도 않는다. 이광의 시선이 하사드에게 옮겨졌다.

"하사드, 아버지, 할아버지, 삼촌들한테 내 안부 전해다오."

"예, 미스터 리."

하사드의 큰 눈도 번들거리고 있다. 키는 훌쩍 컸고 콧수염도 났지만 19살이다. 이광이 하사드에게 말을 이었다.

"여기서 오더를 했으니까 내가 자주 오게 될 거야, 하사드."

"예, 미스터 리."

"난 약속을 지킨다, 하사드."

"예, 미스터 리."

지금 이광은 하사드 앞에서 눈물만 흘리고 있는 마르카에게 말하고 있다. 그날 침대에 타월을 깐 것은 피를 묻히지 않으려는 것이었다. 과연 일을 치른 후에 보았더니 서필수의 타월은 피투성이가 되어 있었던 것이다. 처녀막이 터졌기 때문이다. 이광은 한국에서 한 번도 이런 경험을 겪지 못했다. 마르카는 그 타월을 갖고 갔기 때문에 지금도 서필수는 호텔 룸메이드를 의심하고 있다. 그때 이광이 주머니에서 봉투 2개를 꺼내어 마르카와 하사드에게 내밀었다.

“이거 받아.”

마르카는 시선만 주었고 하사드는 받고 나서 물었다.

“이거 뭔데요?”

“그동안 일한 보너스를 주는 거야, 하사드.”

“아녜요.”

정색한 하사드가 봉투를 도로 내밀었다.

“미스터 리, 그동안 저는 250불이나 받았어요. 우리 아버지 한 달 월급을 받았다고요.”

“이건 한국인의 관습이다.”

정색한 이광이 하사드를 보았다.

“가슴에 담아둔 사람에게는 이렇게 선물을 주는 거다, 받아야 된다.”

이광이 마르카 앞에 봉투를 내려놓았다. 마르카의 봉투에는 1천 불, 하사드한테는 5백 불을 넣었다.

“이 돈을 부모님한테 드려도 상관없어. 부모님이 너희들을 위해 써주실 테니까 말이야.”

이광이 마르카를 보았다.

“마르카, 받아. 내 마음이다.”

그때 마르카가 봉투를 받고 제 가방에 넣었다.

“그럼 나 오늘 밤에 출발한다.”

자리에서 일어선 이광이 마르카와 하사드를 보았다. 비행기는 밤 11시 반에 출발인 것이다. 그때 마르카가 눈물범벅이 된 얼굴로 이광에게 물었다.

“언제 와요?”

“석 달 후에는 올 거야.”

그때는 8월이다. 할라피의 첫 오더가 선적되고 나서다.

"기다릴게요."

마르카가 떨리는 목소리로 말했을 때 하사드의 들뜬 목소리가 이어졌다.

"저두요, 미스터 리."

이광이 숨을 들이켰다. 마르카의 시선과 마주친 순간 가슴이 미어지는 느낌이 들었기 때문이다. 첫사랑, 첫 여자, 첫 몸을 준 여자다, 이 세상에서. 마르카, 21세, 이라크녀(女), 대한민국에 2천만이 넘는 여자가 있는데도 나한테 첫 몸을 준 여자가 무슬림이다. 알라 아크바르, 이광은 어금니를 물고 마르카의 시선을 잡은 채 머리를 끄덕였고 하사드에게 웃어 보였다. 바그다드의 밤이다.

다시 파리를 거쳐서 서울에 도착했을 때는 36시간이 지난 오전 8시경이다. 비행기가 파리에서 4시간이나 늦게 출발한 데다 방콕에서 5시간을 기다려야 했기 때문에 거의 이틀 만에 도착한 것이다. 공항에서 간단한 해단식을 마치고 흩어질 때 서필수가 이광에게 말했다.

"내 목숨 구해줘서 고맙다."

"이 자식이 이제야 인사하네."

"앞으로 자주 만나자."

서필수가 이광을 외국인들이 하는 것처럼 껴안았다.

"이런 인연은 드문 거다."

"그래 맞다."

이광도 서필수를 마주 껴안았다. 바그다드에서 같이 지내지 않았다면 대기업인 한성상사와 중소기업 유성상사, 그리고 일성대와 오성대 출신이 어떻게 인연을 맺겠는가? 버스를 타고 이광이 회사에 그대로 출근했을 때는 오전 10시가 되어갈 무렵이다. 사무실에 들어서자 예상했던 대로 난리가 났다. 부장직대 이태진이 두 손을 벌리며 다가왔고 과장들도 다 일어나 맞았다. 사흘 전에 귀국한 김성규가 가장 먼저 다가와 이광의 손을 잡았다.

"살아왔구나!"

과장된 표현이었지만 이광의 가슴이 뭉클했다. 뒤쪽에 선 안창문과 정현애의 얼굴은 상기되어 있다. 전장에서 돌아온 가족을 맞는 것 같다. 한바탕 소란스러운 인사가 끝나고 이광은 이태진과 함께 부사장실로 들어섰다. 오동진도 이제는 웃음 띤 얼굴로 맞았는데 분위기를 무시할 수는 없었기 때문일 것이다.

"음, 미사일까지 떨어졌다던데 무사히 돌아와서 다행이야."

오동진이 앞에 앉은 이광에게 말했지만 시선은 마주치지 않았다.

"오더까지 땄다던데, 신용장은 언제 오픈된다고 했지?"

"예, 어프로벌 샘플이 컨펌 되면 바로 오픈하기로 했습니다."

"그래?"

건성으로 머리를 끄덕인 오동진의 시선이 옆에 앉은 이태진에게 옮겨졌다.

"그렇게 되면 3과는 목표 대비 몇 프로나 달성이 되나?"

"예, 1백 프로가 가능합니다."

이태진이 바로 대답하자 오동진이 혼잣소리처럼 말했다.

"거기가 전시(戰時) 상황이라 신용장이 왔더라도 제품 다 만들고 선적시키려고 하는 상황에서 출하 정지시켜버리면 생산자는 망해."

맞는 말이다. 배가 떠나기 전까지 안심할 수 없는 것이다. 배가 떠났더라도 즉시불 신용장(at sight L/C)이 아닌 60 D/A나 90 D/A 신용장을 받았다면 그것도 제품 값을 은행에서 못 받는다. 김이 빠진 이태진이 어깨를 늘어뜨렸지만 이광은 오동진의 목만 보았다. 부사장실을 나왔을 때 이태진이 복도를 걸으면서 이광에게 말했다.

"시발놈, 고춧가루 뿌리기는, 엊그제 김성규가 귀국 보고를 했을 때도 저러더라."

"뭐라고 말입니까?"

"미국 시장이 개방되는 상황이라 개나 소나 다 오더를 받아 온다는 거야, 그래서 오더를 선별해서 받아야 된다나?"

"……."

"자사 상표 30만 불을 한 것 가지고도 바이어가 확실한 놈이냐 아니냐를 따지는 거야. 아무리 김성규가 미워도 그럴 수가 있는 거냐?"

"그러게 말입니다."

"김성규가 회장님한테서는 칭찬을 받았다고 하더라."

"잘되었군요."

오늘 회장은 출근하지 않았다고 했다. 그러나 이광은 그동안 밤 10시면 회장한테 꼬박꼬박 보고를 했다. 그래서 할라피 오더에 대해서는 회장이 어떤 제품인지도 다 안다. 다만 군납 오더에 대해서는 말하지 않았다. 사무실로 들어온 이광이 이제는 팀원 둘과 함께 회의실로 들어가 마주보고 앉았다.

"대장이 전장에서 고생하시는데 우리가 사고 치면 안 된다고 생각해서 열심히 했습니다."

안창문이 미리 연습해놓은 것처럼 술술 말했으므로 이광이 풀썩 웃었다.

"그래서 제품 생산에 차질이 없었고요, 트리톤 선적도 2건이나 끝냈어요."

정현애가 말을 이었을 때 이광이 가방에서 선물 박스 2개를 꺼내 둘 앞에 하나씩 놓았다.

"파리 공항에서 산 시계야."

메이드인 프랑스다. 그때는 일제라고 해도 환장을 할 때로 시집갈 때 소니 TV가 부잣집 딸의 필수품이었다. 그런데 프랑스라니? 둘의 눈이 뒤집혔다. 일제보다 세 배는 나은 프랑스제다.

"잘 다녀왔어?"

오후 3시 반, 수화구에서 정지현의 목소리가 울렸다. 사무실 안, 점심은 이태진이 과장들을 모아서 한정식 식당에서 축하해주었다.

"어, 그래."

옆자리에 김성규도 앉아 있었으므로 이광이 시치미를 떼고 대답했다.

"옆에 김 대리 있지?"

"응."

"그럼 듣기만 해."

정지현의 목소리에 웃음이 섞였지만 이광은 소리 죽여 숨을 들이켰다. 이쪽은 하나도 우습지가 않다. 떠나기 전만 해도 정지현의 목소리를 들으면 심장 박동이 빨라졌다. 김성규와 10일 동안 여관을 두 번 갔고 스폰서 한광준 변호사가 있다는 말을 들었어도 그렇다. 그런데 지금은 아니다. 외국물이 들어서 그런가? 외국 갔다 오면 사람이 달라진다고들 하던데 바로 이건가? 그때 정지현이 말을 이었다.

"오늘 저녁에 시간 좀 내."

"응?"

"묻지 마. 나한테, 친구한테 시간을 내란 말이야. 오늘 저녁 7시 반에 영등포 돼지갈비집에서, 오케이?"

"응."

"전화 끊는다."

전화가 끊겼으므로 전화기를 내려놓는 이광에게 김성규가 물었다.

"여자냐?"

"아니."

시치미를 뚝 뗀 이광이 김성규를 보았다.

"내 친구."

말이 길면 거짓말이다. 그래서 이광은 거짓말도 짧게 하는 습관을 길렀다. 머리를 끄덕인 김성규가 주위를 둘러보는 시늉을 했다.

"나, 어제도 백영주하고 데이트했다."

이광의 시선을 받은 김성규가 눈웃음을 쳤다. 남자가 봐도 잘생긴 얼굴이다. 갑자기 창자가 꼬이는 느낌이 들었지만 이광은 고스톱 페이스를 유지했다. 김성규가 말을 이었다.

"어제 진도가 좀 나갔어, 키스를 했거든."

"……."

"처음에는 거부하는 시늉을 하더니 곧 내 허리를 감아 안는 거야."

"……."

"곧 혀가 나오더라, 능숙하더군."

"……."

"어저께는 그 정도로 그쳤다, 좀 뜸을 들여야 되는 거다."

"너, 나한테 그런 이야기 해도 되는겨?"

이맛살을 찌푸린 이광이 묻자 김성규가 이를 드러내고 웃었다.

"넌 이런 이야기를 누구한테 할 놈이 아니거든."

"왜?"

"넌 내 친구이자 유일한 라이벌이라고 했지?"

"라이벌은 무슨 개뿔."

"백영주와 너 사이에 흐르는 미묘한 기류가 있어."

이광이 숨을 죽였고 김성규의 목소리가 더 낮아졌다.

"백영주에 대해서도 나는 너에게 라이벌 의식을 느껴."

"개뼉다귀 같은 소리."

"백영주가 네 이야기 할 때에도 미묘한 분위기가 느껴지고."

"야, 듣기 싫다."

"그래서 너한테 백영주 이야기를 한 거다. 에너지 낭비를 피하자는 의미도 있고 너하고의 감정싸움은 싫다는 계산도 깔려 있는 거야."

"그 자식, 말 기네."

"내 말을 이해할 거다."

"모르겠는데."

"앞으로 계속 말해줄게. 참고로 백영주한테는 내가 너한테 말했다고 얘기하지 않았어."

이광이 머리를 돌렸을 때 김성규가 말을 이었다.

"정지현이가 너한테 쏠린 것 같더라, 잘해봐."

"……."

"내 말 참고하고. 걘 스폰서가 있어."

"야, 일 좀 하자."

이광이 내쏘듯 말했으므로 김성규는 웃으며 몸을 돌렸다. 이해가 간다. 김성규의 말에는 호의가 섞여 있다. 자랑이나 시위가 아닌 것이다. 백영주 때문에 우의를 깨뜨리기 싫다는 것이다. 이광은 다시 한 번 흙수저와 금수저의 차이를 실감했다. 흙수저에 금박을 입힌다고 금수저가 되는 것이 아니다. 금수저는 금수저끼리 놀아야 마음이 편해지는가 보다. 그것까지 이해할 수 있게 되었다.

바그다드 출장은 한 달이었다. 그 한 달이 이광에게 끼친 영향은 막대했다. 그것이 귀국하자마자 현실로 닥쳐왔다. 본인 스스로는 감지하지 못했지만 뱀이 허물을 벗고 나서 새 뱀이 된 것 같았다, 성숙한 뱀 또는 업그레이드 된 뱀. 그 새 뱀에게, 아니 이광에게 오후 4시경에 전화가 걸려왔다. 이번에는 백영주다. 기조실까지 찾아가 귀국 인사를 할 필요는 없었으므로 백영주는 만나지 못했던 참이다. 백영주와 혀 빠는 키스까지 했다는 김성규는 회의 중이어서 옆자리가 비었다.

"바쁘시죠?"

백영주가 그렇게 물었으므로 이광의 얼굴에 웃음이 떠올랐다.

"너나 바빴지 이년아."

물론 이것은 속으로 한 말이다.

"아니, 괜찮습니다."

말은 이렇게 나왔다.

"우선 축하드려요, 무사히 귀국하신 것."

"예, 감사합니다."

그 순간 이광의 머릿속에 황학수의 얼굴이 떠올랐다. 김성규와 가까워지고 있다는 사실을 알려 주는 것이 낫지 않을까? 배가 아파서가 아니다. 회장 황학수가 이 사실을 알아야만 한다. 아들 황근만을 매장시키기까지 하면서 회사를 살려낸 황학수다. 그 회사를 백영주한테 넘겨준다고는 했지만 과연 백영주와 김성규 커플의 유성상사를 인정해줄 것인가? 유성상사를 이렇게 살려낸 일등공신이 누군가? 바로 나, 이광이다. 내가 고추밭에 앉아 있던 황학수를 끌어내어 이렇게 만든 것이다. 내가 황학수에게 알려줄 의무가, 아니 권리가 있다. 그때 백영주가 말했다.

"우리, 언제 술 한잔할까요?"

"글쎄요."

갑자기 위가 더부룩해지면서 토할 것 같았으므로 이광이 심호흡을 했다.

"며칠간 출장 정리 때문에 바쁠 것 같네요."

"그러시겠죠. 더구나 오늘 아침에 귀국하셨는데 피곤하시겠어요."

"이쯤은 아무것도 아닙니다."

"방금 회장님한테서 연락이 왔는데요."

백영주의 부드러운 목소리가 이어졌다.

"오늘 밤 10시쯤 장충동에서 만났으면 좋겠다고 하세요."

"아, 네."

"저는 약속이 있어서 못 가고 이 대리님 혼자 가보세요, 괜찮으세요?"

"가 뵈어야죠."

이광이 어깨를 부풀리고 말했다.

"뵙겠다고 전해주세요."

전화기를 내려놓은 이광의 얼굴에 쓴웃음이 떠올랐다. 약속 때문이 아니라 황학수가 부르지 않았을 것이다. 연락할 곳도 많았으므로 이광이 다시 전화기를 들었다. 버튼을 누르자 곧 트리톤의 강기창이 전화를 받는다.

"형님, 접니다."

"와아."

환성 같은 강기창의 외침을 듣자 이광의 가슴이 뭉클했다. 바그다드에서 강기창에게 한 번 전화를 하긴 했다.

"너, 왔냐?"

"예, 지금 회사 출근했어요, 형님."

"아이구, 이 자식아, 오늘 만나자, 술 한 잔 사줄게."

"형님, 오늘은 안 돼요, 내일 만나요."

"그러자. 아이구, 반갑다."

"형님, 별일 없으시죠?"

"내가 지난번에 네 전화 받을 때는 이야기 안 했는데……."

강기창이 말을 이었다.

"오세영이 애인 되는 놈이 회사를 그만뒀어."

숨을 죽인 이광의 귀에 강기창의 목소리가 이어 들렸다.

"미국으로 갔어, 미국계 다른 회사로 말이야."

"……."

"그놈은 제가 좋은 곳으로 골라 간 것이지만 오세영이가 붕 뜬 것 같더군, 분위기가 그래."

"……."

"그런 줄이나 알고 있어라."

"예, 형님."

"걔한테 미련 있는 거 아니지?"

"벌써 잊었습니다."

"알았다, 내일 보자. 내가 여자 하나 데리고 나갈게."

"아이구, 형님도 참."

질색을 한 이광이 주위를 둘러보고 나서 말을 이었다.

"형님, 저, 여자에 차인 사람입니다. 그렇게 안 해 주셔도 됩니다."

"잔소리 말고 내일 봐, 내일 아침에 다시 연락하자."

통화가 끝났을 때 문득 이광의 얼굴에 웃음이 떠올랐다. 이것이 내 재산이 아닐까? 바로 원수를 친구로 만들어 놓은 것 말이다. 강기창도 그랬고 김성규도 마찬가지다.

"이광 씨가 아마 회사에서 제일 인기가 많을 거야."

술잔을 든 정지현이 말했다. 소주를 연거푸 세 잔을 마신 정지현의 얼굴이 달아올랐다.

"김성규보다 나아, 특히 여직원한테는 말이야."

"내가 한 수 아래지."

이광이 정색하고 말을 받았다.

"벌써 너를 두고도 내가 한판승으로 졌지 않냐?"

"그건 두고 봐야지."

정지현이 눈웃음을 치더니 한 모금에 술을 삼켰다.

"아직 게임은 끝나지 않았어."

"너, 정말 안 잤어?"

"내가 미쳤어?"

"미친년이나 잔단 말이냐?"

그때 술잔을 내려놓은 정지현이 눈을 흘겼다. 돼지갈비 식당은 오늘도 소란했다. 옆 좌석의 손님들이 시끄럽게 떠드는 통에 이쪽도 목소리를 높여야 했다. 정지현이 소리치듯 말했다.

"내가 그랬잖아! 난 안 준다고!"

"그랬지."

머리를 끄덕인 이광이 정지현을 보았다.

"그럼 지금도 내가 기회가 있다는 말이냐?"

"해봐."

"오늘 밤 나하고 잘래?"

"아니?"

"어떻게 해야 자줄 거냐?"

"이광 씨가 말해봐."

"오더 2백만 불쯤 받으면 될까? 아니, 260만 불쯤 말이야."

"정말 오더에 미쳤군."

정지현이 이를 드러내고 웃었다.

"바보 같이, 오더가 나하고 무슨 상관이야?"

"과장 진급을 해야 자줄 거냐?"

"다른 조건을 말해."

"내가 커."

"뭐가?"

"가운데 다리가."

잠깐 눈을 깜박였던 정지현이 젓가락을 던졌으므로 이광의 가슴에 맞고 떨어졌다. 젓가락 통에서 새 젓가락을 빼내 정지현 앞에 놓으면서 이광의 머릿속에 사흘 전에 헤어진 마르카의 얼굴이 떠올랐다. 아, 마르카, 용서해라. 네 순정의 십분의 일도 안 되는 상대가 너보다 열 배의 위세를 떨치고 있구나. 이곳도 얼마 전까지는 네가 사는 바그다드처럼 순수했을까? 알라 아크바르, 그때 정지현이 붉어진 얼굴로 이광을 보았다.

"오늘 밤 마음에 들면 같이 갈 수 있어."

"그 거짓말, 정말이냐?"

눈을 치켜뜬 이광이 반색하면서 물었지만 심장이 철렁 내려앉는 느낌이 든다. 예상하지 못한 사고다. 말을 그렇게 했지만 같이 잘 생각은 추호도 없었던 이광이다. 그때 정지현이 말했다.

"그래, 정말이야."

"오늘 밤 나한테 준다고?"

"그럴 수도 있어."

"내가 김성규를 이길 때도 있군."

이광이 혼잣소리처럼 말했을 때 정지현이 머리를 들었다. 술이 깬 것 같은 얼굴이다. 정지현의 시선을 받은 이광이 길게 숨을 뱉었다.

"내일 아침에 그놈 얼굴을 똑바로 볼 수 있게 되었어. 내가 항상 여자 문제에 한해서는 주눅이 들었거든."

"……."

"천하의 정지현하고 하룻밤을 지내고 나면 머리 뒤에 예수님처럼 후광이 떠 있을 거다."

의도적이다. 이광은 정지현의 얼굴이 굳어진 것을 보고는 어깨를 늘어뜨렸다. 정지현은 충동적으로 그렇게 말했을지도 모른다. 그러나 김성규가 정지현을 포기했다는 말을 들었을 때부터 이광도 잊어가고 있었던 것이다.

"장난 마."

정지현이 술잔을 들면서 말했다.

"글고 왜 김성규 이야기를 해?"

"내 라이벌이니까."

이광이 정색하고 정지현을 보았다.

"김성규가 제 애인이라고 널 소개시켜 주었지 않아? 이젠 내가 말할 차례야."

"자기, 피곤할 텐데 오늘 집에 가."

"집에 가라고?"

이광이 놀란 표정으로 되물었다. 10시에 황학수 회장을 만나러 가야 한다. 그래서 9시에는 일어나야만 했던 이광이다. 같이 잘 수도 있다는 정지현에게 정신이 번쩍 들도록 말한 이유도 그것 때문이다. 한동안 정지현을 응시하던 이광이 천천히 머리를 끄덕였다.

"그래, 다음에."

정지현하고는 친구 관계로 이어지는 것이 낫다. 이미 정지현과 김성규는 서로 한을 품기 시작한 단계다. 좋은 현상이다.

4장 야망을 품다

"고생했다."

이광의 인사를 받은 황학수가 웃음 띤 얼굴로 맞았다. 밤 10시, 장충동의 저택은 무거운 정적에 덮여 있다. 응접실에는 황학수와 이광 둘이 마주보고 앉아 있다. 크지만 소박한 응접실이다. 비싼 가구는 보이지 않는다. 황학수는 이 대저택에서 정원사인 중년 사내, 가정부와 셋이 산다. 사모님은 보이지 않는 것을 보니 시골에서 상경하지 않은 것 같다.

황학수가 지그시 이광을 보았다.

"전장(戰場)에서도 기어코 오더를 받았구나. 신문에는 50만 불로 보도되었던데 23만 불이냐?"

"예, 코트라 담당자가 실적을 늘린다고 했습니다."

"다 먹고 사는 방법이 있지."

쓴웃음을 지은 황학수가 불쑥 물었다.

"너, 부사장 어떻게 생각하냐?"

숨을 들이켠 이광이 황학수를 보았다. 시선이 마주쳤고 이광은 마음을 굳혔다.

"업무를 감정적으로 처리하고 계시는 것 같습니다."

황학수는 시선만 주었고 이광이 말을 이었다.

"저하고 김성규 대리를 무시하고, 선입견을 갖고 대하시는데 상당히 편파적이십니다."

"나도 들었다.

황학수의 얼굴에 쓴웃음이 떠올랐다.

"반면교사란 말 알고 있지?"

"예, 회장님."

"미래를 위해서 경험해 놓는 것도 나쁘지 않을 것이다."

"예, 회장님. 견디겠습니다."

이광이 소리 죽여 숨을 뱉었다. 황학수에게 말해준 것은 백영주일 것이다. 김성규하고 혀까지 빠는 사이가 되었으니 미주알고주알 다 말했겠지. 그때 황학수가 다시 물었다.

"어떠냐? 백 과장, 백영주 말이다."

"뭐가 말씀입니까?"

이광의 심장 박동이 빨라졌다. 황학수의 목소리가 조금 낮아졌다.

"백 과장이 수시로 회사 분위기와 부서장급 동향까지 나한테 보고를 하는데……."

"……."

"물론 네 이야기를 포함해서 말이다."

황학수의 얼굴에 웃음이 떠올랐다.

"네가 지난번 수원 한산산업에서 리베이트로 1백만 원을 받았다는 이야기도 해주었다."

"……."

"지난 사건이어서 너하고 덮어 버리기로 합의했다고 하더구나. 그러니까 너한테 그 이야기는 하지 말라던데, 맞느냐?"

"예, 회장님."

"갖다 주는데 돌려보내는 융통성이 없는 놈도 좀 곤란해."

"……."

"그렇다고 김성규처럼 바이어까지 끌어들여 물귀신처럼 잡아먹는 놈도 곤란하고 말이야."

심호흡을 한 황학수가 이광을 보았다.

"백 과장은 오늘 내가 널 만나서 이라크 오더 수주한 걸 칭찬해 주려는 줄 안다."

황학수가 말을 이었다.

"가만 보니까 백 과장이 너한테 비판적이야. 네 실적을 보고하면서 분위기가 차갑고 상대적으로 김성규에 대해서는 호의적이야."

황학수의 얼굴에 다시 쓴웃음이 떠올랐다.

"난 교활한 노인이다. 내 앞에서 특히 회사 일로 연극할 수는 없어."

"……."

"너 백 과장하고 무슨 일 있는 거냐?"

"전혀 없습니다."

머리까지 저은 이광이 똑바로 황학수를 보았다.

"제가 김성규한테서 직접 들었습니다. 백 과장하고 여러 번 만났고 상당한 관계까지 진전되었다고 했습니다. 저한테 자랑삼아 이야기했는데 저를 백 과장에 대한 라이벌로 생각했기 때문이라는군요."

"……."

"제가 오류대에 서민 출신인 것에 대해서 선입견을 갖고 있는 것이 느껴집니다. 물론 저는 거의 자극을 받지 않았습니다. 솔직히 백 과장에 대해서 제 이상형이라고 생각하지 않았기 때문이지요."

"……."

"백 과장한테는 김성규가 어울립니다. 그리고 김성규도 유성이 자신의 회사라면 지금보다 몇 배나 더 능력을 발휘할 수 있는 인물입니다."

심호흡을 한 이광이 말을 이었다.

"그리고 백 과장이 보고를 빠뜨린 것 같은데요. 한산실업에서 받은 1백만 원은 50만 원씩 팀원 둘에게 나눠줬습니다, 그것을 백 과장도 확인했는데요."

다음 날 오전 10시 반, 에이스무역의 사무실에 이광과 유민우가 마주보고 앉아 있다. 이광은 회사에 출근했다가 바로 이곳으로 온 것이다.

"7층에 30평짜리 나온 것 계약했어."

유민우가 임대 계약 서류를 탁자 위에 놓으면서 말했다.

"사무실 집기, 비품, 전화선 늘리는 데 비용이 만만치 않아."

이광이 머리만 끄덕였고 유민우가 말을 이었다.

"대표자 등록은 끝났으니까 홀가분해."

이광이 가방에서 봉투를 꺼내 유민우에게 내밀었다.

"여기 사무실 임대비 잔금하고 사무실 집기 비용이야."

유민우가 봉투를 받자 이광이 말을 이었다.

"이번 주에 직원도 채용해야 할 테니까 바쁘겠어. 2천만 원 넣었으니까 필요할 때 꺼내 써."

"네 결재를 받아야지."

"구두 결재로 하자고."

이제 회사 질서는 잡힌 셈이다. 이광이 보스 기질이 있기 때문만이 아니다. 유민우는 공사(公私) 구분이 확실한 성격인 것이다. 그리고 에이스무역은 대표자가 주정갑으로 바뀌었다. 등기 이사 주정갑은 이광의 외삼촌이다. 교육 공무원이었다가 퇴직한 외삼촌은 두말 않고 등기 이사가 되었는데 회사가 잘되면 창고 관리자라도 시켜달라고 부탁했다. 이제 에이스무역은 이광의 숨겨진 회사로 기반이 굳어진 셈이다.

"다음 달부터 레이놀드 오더가 선적되니까 수수료가 나와."

그동안 레이놀드 오더 중간 검사까지 마친 유민우가 생기 띤 얼굴로 말했다.

"다음 달부터 순이익이 발생한다고."

그리고 이번에 받은 군납 오더 260만 불은 신용장만 받게 되면 경비 제하고 30퍼센트 정도가 남는 것이다. 카심의 구좌로 20퍼센트를 넣고 메이커 측에게 20퍼센트의 마진을 남겨줘도 그만큼이 이쪽 몫이다. 이광이 잠자코 머리만 끄덕였다. 돈은 쓸 만큼만 있으면 된다. 욕심을 부리면 꼭 사고가 난다. 그것이 이광의 돈에 대한 견해다. 유민우와 점심까지 먹고 회사로 돌아왔을 때는 오후 2시 반이 되어갈 무렵이다.

"텔렉스가 왔어요."

이광이 자리에 앉기도 전에 정현애가 다가와 결재 서류를 내밀면서 웃었다. 환해진 얼굴이 눈부셨으므로 이광이 숨을 들이켰다. 파일을 편 이광이 할라피로부터 온 텔렉스를 읽었다.

"신용장을 오픈했음, 233,000불, 선적 기일을 지켜주기 바람, 압둘라."

압둘라는 할라피의 장남이다. 가슴이 벅찬 이광이 결재 서류를 들고 이태진에게 다가갔다.

"바그다드에서 신용장을 오픈했다는 텔렉스가 왔습니다."

"이야!"

환성을 뱉은 이태진이 텔렉스를 읽어 보고 나서 손을 내밀었다.

"축하하네."

"감사합니다."

"내가 과장들 불러서 선전을 해야겠어."

"아이구, 놔두십시오."

주위를 둘러본 이광이 한 걸음 다가가 섰다. 과장들 자리는 모두 비었다. 이 시간이면 점심 먹고 대개 상담, 공장 체크, 또는 회의로 사무실을 비운다. 이광의 계산으로는 절반 정도가 사우나 또는 이발소 마사지를 받는 중일 것이다.

"부장님, 이미 출장 보고에서 떠들었으니까 또 신용장 진짜 왔다고 나댄다면 배만 아프게 만들 것 같습니다, 놔두시죠."

"그렇게 바다 같은 마음까지 갖고 있다니."

"내년에 진급이나 시켜 주십쇼."

"드디어 마각을 드러내는군."

이태진이 웃지도 않고 말했다.

"네가 목표 대비 2백 프로만 하면 부사장이라도 안 시켜 줄 수 없을 거다."

그러고는 힐끗 김성규의 자리를 보았다.

"김성규, 저놈도 과장을 바라보고 있을 거다. 이번에 가져온 미국 오더 신용장만 열리면 저놈도 2백 프로가 가능해."

"진급해야죠."

"저놈이 이렇게 살아나리라고 누가 예상이나 했겠냐?"

"글쎄 말입니다."

"회장이 선견지명이 있으신 거지. 저놈의 수주 능력을 파악하고 놔두신 거야."

"그러신 것 같습니다."

파일을 접은 이광이 몸을 돌렸다. 김성규를 놔두는데 자신이 일조했다는 걸 알면 이태진은 식욕이 싹 달아나리라. 백영주 이야기를 하면 단식을 할까?

"인사해라, 내 친척 여동생이다."

강기창이 옆에 선 여자를 소개했다. 이곳은 소공동 대성호텔의 라운지 안, 방으로 구분된 별실로 들어와 있어서 안에는 셋뿐이다.

"이광입니다."

이광이 머리를 숙였다. 오후 7시, 강기창은 약속한 대로 소개시켜준다는 여자를 데려왔다. 그런데 친척이라니.

"강은서입니다."

여자가 수줍은 표정으로 머리를 깊게 숙였다. 날씬한 몸매, 진청색의 수수한 원피스 차림, 숏커트 머리, 갸름한 얼굴에는 화장기가 전혀 없다. 입술도 가로로 갈라져 있다. 세상에, 남자 만나러 오면서 입술도 칠하지 않았단 말인가? 그러나 미인이다. 상큼한 인상, 강씨인 걸 보면 강기창의 친척은 맞는 것 같다. 셋이 자리 잡고 앉았을 때 강기창이 말했다.

"내 아버지 사촌 아저씨의 딸이야. 어렸을 때 보고 십몇 년 만에 만났는데 이렇게 숙녀가 되었구나."

강은서는 소리 없이 웃기만 했고 강기창이 혼자서 떠들었다.

"일 때문에 열흘간 서울에 와 있는데 지금 천안 근처의 초등학교에서 교사로 근무하고 있다."

시골의 초등학교 교사다. 이광이 머리만 끄덕였을 때 방으로 종업원이 들어와 주문을 받아갔다. 이곳은 비싸다. 한 끼 식사가 반 달분 월급이다. 종업원이 나갔을 때 강기창이 말을 이었다.

"은서를 보자마자 네 생각이 나는 거야, 왜 네 생각이 났는지 모르겠어."

"그거야 형님이 절 좋아하시니까 그렇죠, 아마 다른 여자를 만났어도 그러셨을 겁니다."

이광이 말을 받았다. 강은서의 부담을 덜어주려는 의도다. 그때 강기창이 머리를 저었다.

"아냐, 내가 가만 생각해보니까 너희 둘이 너무 대조적이어서 그런가 봐."

"대조적요?"

"그래, 넌 사기꾼 기질이 있는 데다 적극적이고 은서는 순수한 데다 소극적이야."

"이런 젠장."

"넌 거칠지만 계산적이고 은서는 차분하고 계산을 못 해."

"내가 오늘 밥값 낼게요."

그때 강은서가 손으로 입과 코까지 가리고 웃었다. 이런 웃음은 TV에서나 보았기 때문에 이광이 숨을 들이켰다. TV 사극에서 여자들이 이렇게 웃었다. 지금 여자들은 턱까지 들고 껄껄껄 웃는다. 강기창이 말을 이었다.

"내 경험에 의하면 대조적인 성격이 서로 끌리고 어울려, 서로 보완하고 사는 것이거든."

"어쨌든 감사합니다, 형님. 앞으로 은서 씨하고 백년간 해로하겠습니다."

이광이 정색하고 말했더니 강기창이 쓴웃음을 지었지만 강은서는 얼굴이 빨개졌다. 그것을 본 이광이 한 발 더 나갔다.

"아이 넷만 낳지요. 아들 둘, 딸 둘로 하겠습니다."

"얀마, 좀 진지해 봐라."

눈을 흘긴 강기창이 힐끗 강은서를 보았다.

"나 밥만 먹고 갈 테니까 니가 은서한테 나이트 구경도 시켜줘."

"예, 형님."

"바그다드는 어떻더냐?"

강기창이 화제를 돌렸으므로 이광이 어깨를 늘어뜨렸다. 과연 강은서는 내성적으로 과묵했다. 얼굴이 자주 붉어졌지만 잘 웃었다. 가늘고 긴 손가락에 덮인 얼굴에서 웃음으로 초승달처럼 굽은 눈을 보면 가슴이 찌르르 울리는 느낌이 든다. 양식으로 시킨 저녁을 다 먹었을 때 강기창이 냅킨으로 입을 닦으면서 말했다.

"내가 말은 그렇게 했지만 은근히 걱정했는데 잘 맞는 것 같아서 다행이다."

"뭐가요?"

시치미를 뗀 이광이 묻자 강기창이 눈을 흘겼다.

"가만히 듣기나 해, 이 자식아."

"예, 형님."

"은서 쟤가 보기에는 다소곳하지만 운동권이야."

"예?"

"그것도 유명한 운동권 투사란 말이다. 걘 데모하다가 유치장도 두 번이나 들어갔다가 나왔어."

"예? 학교 선생님이라면서요?"

"대학 다닐 때 말이다."

"아이, 오빠도 참."

강은서가 시선을 내렸을 때 강기창이 정색하고 이광을 보았다.

"그러니까 너 화염병 안 맞으려면 조심해."

운동권? 이게 무슨 개뼈다귀 같은 소리인가? 이광이 물끄러미 강기창을, 그리고 강은서를 보았다. 눈동자의 초점이 흐려져 있다. 아까 강기창이 운동권 소리를 할 때부터 꼭 개가 왕왕 하고 짓다가 갑자기 꼬꼬댁 하는 것 같은 느낌을 받았기 때문이다.

"자, 그럼 난 간다."

자리에서 일어선 강기창이 둘에게 말하더니 미처 말릴 사이도 없이 서둘러서 방을 나갔으므로 둘이 남았다. 식탁 위에는 반주로 시킨 포도주가 반병이나 남아 있었지만 이광은 화염병 투사하고 은근한 분위기를 즐길 마음은 달아난 상태다. 혹시나가 역시나가 되었다. 그때 강은서가 머리를 들고 이광을 보았다.

"나이트 구경시켜 주세요."

"에?"

예?가 아니라 에?다. 놀랍고 예상 밖의 상황에서 터진 외마디 소리는 대개 '에'로 나온다. 어깨를 부풀렸다가 내린 이광이 강은서를 보았다. 시간은 많다. 오후 8시도 안 되어서 지금부터 여자 셋을 만날 수도 있다. 그러나 이 화염병은.

"왜요?"

이광의 시선을 받은 강은서가 다시 손바닥으로 입을 가리고 웃었다. 그 순간 이광은 강은서의 손을 치우고 싶은 충동이 일어났다. 이가 썩어서 그런가?

"왜 그렇게 보세요?"

"손 좀 치워 봐요."

"왜요?"

"이 좀 보게."

"왜요?"

"학교 어디 나왔어요?"

"일성여대요."

"그렇구나."

"왜요?"

"말끝마다 왜야."

"궁금하니까 그렇죠."

내성적인 줄 알았더니 할 말은 다 한다. 내성적 운동권은 다른 모양이다. 이광이 자리에서 일어서며 말했다.

"갑시다, 나이트."

강은서가 나이트 이야기를 꺼낸 순간에 이미 목적지는 눈앞에 떠올랐던 것이다. 이광이 신촌의 마카오 클럽 현관으로 다가갔을 때는 오후 9시가 되어갈 무렵이다. 이 시간이 황금 시간대여서 현관 앞에는 50명도 넘는 남녀가 줄을 서서 기다리고 있었는데 이광이 줄도 안 서고 곧장 현관으로 다가가자 강은서가 뒤에서 말렸다.

"줄 서요, 줄."

강은서의 걸음이 늦춰졌고 줄을 선 남녀의 시선도 모였다. 그러나 이광이 발을 떼면서 강은서의 소매를 잡아끌었다. 당황한 강은서가 소매를 뿌리쳤다.

"아, 놔요."

그때 현관 앞에 서 있던 기도 셋이 이광을 보더니 일제히 달려왔다.

"아이구, 형님."

그중 체격이 150킬로인 용남이가 허리를 꺾어 절을 했는데 머리만 잔뜩 굽혀졌지 드럼통 같은 몸은 꺾이지 않았다. 나머지 둘은 진짜 기역 자가 된다.

"어, 잘 있었냐?"

이광이 눈도 깜박 않고 인사를 받자 그중 하나가 앞장을 섰다.

"이리 오시지요, 형님."

줄을 선 남녀들은 아예 기가 질려서 입도 열지 못했고 이광은 어깨를 펴고 안내하는 놈의 뒤를 따랐다. 이 상황에서 겸손하게 인사를 받고 맞절 따위를 한다면 '대실례'다. 인사하는 인간들을 모욕하는 처사가 되는 것이다. 거만하게 인사를 받을수록 인사하는 놈들의 가오가 선다. 그만큼 거물한테 인사를 한 분위기를 풍기기 때문이다. 그러나 뒤를 따르는 운동권, 화염병투사 강은서는 잔뜩 졸았다. 운동권은 전경이나 정치인, 정부, 독재자한테나 독종이라는 증거가 여기서도 드러났다. 클럽 안은 화려했고 소란했다. 그때 지배인이 달려와 이광을 맞았다.

"아이구, 형님. 오늘 웬일이십니까?"

지배인 정충식이 어쩔 줄을 모르는 표정으로 이광을 반기더니 안쪽

VIP용 밀실로 안내했다. 손님이 아무리 많아도 특실 한두 개는 비워놓는 법이다.

"어, 내 애인한테 나이트 구경시켜 주려고 데려왔어."

"아이구, 예."

허리를 꺾어 보인 정충식이 말을 이었다.

"제가 힘껏 모시지요. 술하고 안주 올리겠습니다, 형님."

정충식이 방을 나갔을 때 강은서가 조심스러운 표정으로 이광을 보았다. 그땐 이광이 정색하고 말했다.

"여기서는 화염병 안 통해, 금방 찔려."

"당신, 누구예요?"

마침내 강은서의 입에서 그런 말이 나왔다. 이해는 가면서도 기가 막힌 이광이 뻥한 표정으로 강은서를 보았다.

"내가 누구라니?"

"혹시……."

"깡패 아니냐고?"

"왜 반말하세요?"

"당신이 선생님이니까 난 학생으로 보여?"

그때 지배인이 종업원들을 데리고 술과 안주를 날라 왔다. 지배인 정충식 뒤에는 영업부장 최석재가 따르고 있다.

"형님."

허리를 100도쯤 굽히면서 절을 한 최석재가 똑바로 이광을 보았다. 그 순간 강은서의 입에서 숨 들이켜는 소리가 났다. 보라, 최석재의 오른쪽 볼에 눈썹에서부터 턱밑까지 길게 찢어진 상처가 있다. 회칼에 베인 자국이다. 227바늘을 꿰맨 상처다. 성형 수술을 두 번이나 했지만 부작용이 일어나 절반쯤의 흉터가 더 험악해졌다. 얼굴 절반은 오토바이가 지나간 것 같다. 최석재는 그 얼굴로 절반은 꺾고 들어간다. 아무리 깡이 있는 놈도 저 얼굴을 보면 연장이 절반으로 오그라드는 것이다. 운동권, 화염병투사 강은서도 이하동문이다. 뱀에게 홀린 쥐처럼 시선이 최석재의 '오토바이 자국'에 박힌 채 떨어지지 않는다. 입은 절반쯤 벌어졌고 눈도 약을 먹은 것처럼 풀렸다.

"어, 별일 없냐?"

이광이 묻는 소리에 강은서가 정신을 차렸다.

"예, 형님. 뵙고 싶었습니다."

두 손을 모은 최석재가 상반신을 30도쯤 숙인 채 대답했다. 정충식은 옆에 서 있고 종업원들은 소리 없이 술상을 차리고 있다. 그때 이광이 마음을 굳혔다.

"요즘 데모 때문에 영업에 지장은 없냐?"

"예, 형님."

묻는 이유를 모르는 최석재가 작은 눈이 더 가늘어졌다. 이광이 다시 물었다.

"걔들이 여기 화염병 같은 거 안 던져?"

"화염병요? 여기다요?"

확인하듯 되물은 최석재의 어깨가 부풀려졌다. 눈을 치켜뜨자 흰자위가 커졌고 이가 악물려졌다. '오토바이 자국'이 더 흉측해졌다. 최석재가 이 사이로 말했다.

"우리가 먹고 사는 곳에 화염병을 던지다니요? 다 쑤시고 생선회를 떠서 먹을 겁니다. 우리가 전경인 줄 아십니까?"

"그렇지."

"조금이라도 영업에 방해가 되면 줘이는 겁니다, 우리도 살아야 하거든요."

"고생이 많다."

"형님 뵈니까 눈물이 날라꼬 합니다."

최석재는 지금 카스파 회장이 된 고성규의 하급 경호원이었다가 이제 중간간부가 되어 있다. 고성규와 이광과의 사연을 가장 잘 아는 터라 감개가 무량한 것이다. 정충식이 모두 이끌고 나가 방에 다시 둘이 되었을 때 강은서가 입술만 달싹이며 물었다.

"도대체 당신은 누구죠?"

"뭐, 조폭이라고 해도……."

"회사 다니잖아요? 유성상사……."

"그건 부업이고……."

"……."

"기창 형님도 내가 조폭 출신인 걸 알고 계실 텐데."

"세상에……."

"이런 데 오면 꼭 고향에 돌아온 것 같거든. 피가 뜨거워지는 것 같고 심장 박동도 빨라지고……."

말을 멈춘 이광이 눈썹을 모으고 강은서를 보았다.

"그렇군, 대조적이구나. 교사와 깡패, 운동권과 조폭."

이광이 천천히 머리를 끄덕였다.

"전혀 인과관계가 닿지 않을 부류로군."

강은서는 시선만 주었고 이광의 말을 이었다.

"나는 먹고살기 바빠서 한 번도 정치나 민주주의 생각을 해본 적이 없어, 신문도 읽지 않았으니까."

“……”

“하지만 시킨 대로 법 지키고 열심히 살았지. 조폭 생활을 하면서도 말이야.”

이광이 술병의 마개를 따고는 강은서의 잔에 술을 채웠다.

“어쨌든 난 열심히 사는 사람들을 존경해. 맡은 일을 열심히 하는 사람들, 운동권이나 조폭이나 교사나 상사원이나.”

그때 강은서가 입을 열었다.

“지금도 조폭 일을 해요?”

“가끔.”

“어떻게요?”

“누구 칼로 찌를 일이 있다거나 뇌를 쳐서 식물인간을 만드는 일이 있을 때는 내가 청부를 받지, 목돈을 만지게 돼.”

“……”

“살인까지는 안 해. 그건 병신들이나 하는 짓이지. 내가 식물인간을 여덟 명쯤 만들었을 거야.”

그때 강은서가 일어섰다. 도망갈 것 같다.

군납 오더 신용장이 왔을 때는 바그다드에서 돌아온 지 열흘째가 되는 날이다. 연락은 에이스무역의 유민우한테서 왔다. 은행에서 유민우한테 통보했기 때문이다.

“260만 불 신용장이 왔어!”

송화구에서 유민우의 외침을 듣는 순간 이광은 길게 숨을 내쉬었다. 이광 일생 가장 큰 오더를 받은 순간이다. 나중에 이보다 더 큰 오더를 받아 기록이 계속해서 깨지리라. 머리를 든 이광이 옆자리에 앉은 김성규를 보았다. 김성규도 지금 통화 중이다. 그때 유민우가 다시 소리쳤다.

"신용장 찾아올 테니까 빨리 와!"

그때는 이미 엉덩이를 반쯤 든 상태여서 이광은 전화기를 내려놓고 발을 떼었다. 정신없이 회사를 나와 소공동의 에이스무역에 들어섰을 때는 오전 11시 반이 되어갈 무렵이다. 조금 전 은행에서 신용장을 찾아온 유민우가 이광을 맞았다. 회의실에서 신용장을 받아본 이광의 얼굴에 웃음이 떠올랐다.

"이것이 종자 오더야."

"그래, 맞아."

유민우도 상기된 얼굴로 맞장구를 쳤다.

"한일상사하고 대광실업에 연락했어. 오늘 오후에 우리가 로컬 L/C를 발급해줄 수 있어."

이광이 머리를 끄덕였다. 그동안 이라크 군납 오더 중 200만 불 가까운 오더를 소화할 메이커를 찾아 시제품까지 야합에게 보내 컨펌을 받았던 것이다. 한일상사와 대광실업은 대기업으로 유성상사보다 10배도 더 큰 회사다. 그러나 이번 군납 오더는 에이스무역에서 하청 식으로 오더를 받아 선적해야만 하는 것이다. 그래서 에이스로부터 로컬 L/C, 즉 국내용 신용장을 재발급 받아 선적하게 된다. 그리고 60만 불은 유성상사에서 생산할 수 있는 품목이므로 이광이 가져갈 예정이다. 이것 또한 로컬 L/C를 받아서 간다. 유민우가 테이블 위에 한일과 대광에 보낼 로컬 L/C를 내려놓았다. 200만 불 마스터 L/C 금액 중 로컬 L/C 금액은 145만 불이다. 55만 불이 남는다. 그러나 이 55만 불 중 40만 불은 카심 구좌로 파리은행에 송금해 줘야만 한다. 에이스무역 몫은 15만 불이다. 그러나 145만 불로 오더를 가져가는 한일과 대광도 각각 15%가량의 순이익을 남길 테니 불만이 없다. 유성상사가 가져가는 60만 불도 마찬가지다. 로컬 L/C는 37만 불, 그러니까 유성은 37만 불 오더를 받는 셈이다. 남은 23만 불에서 12만 불은 카심이, 에이스 몫은 11만 불인 것이다.

"유성상사 몫은 며칠 후에 가져가지."

이광이 스케줄을 조정했다.

"지금 바그다드의 23만 불 다이렉트 오더가 와서 아직 감동이 식지 않았으니까."

"그렇군."

사주가 바뀐 에이스무역의 전무이사가 된 유민우가 밝게 웃었다.

"넌 유성에서도 대성할 인간이야."

따라 웃은 이광이 유민우에게 말했다.

"신입 사원을 보지."

"아, 그래야지."

서류를 서둘러 치운 유민우가 회의실을 나가더니 곧 남녀 둘을 데리고 들어왔다. 둘 다 굳은 표정이고 이광을 향해 허리를 꺾어 절을 했다. 이번에 에이스무역에서 채용한 신입 사원인 것이다. 둘 다 이성대 출신으로 사원모집 공고를 낸 후에 3 대 1의 경쟁을 뚫고 채용되었다.

"인사해. 유성상사의 이 대리님이시다."

유민우가 이광을 소개했다.

"우리 주(主) 거래처의 담당자셔."

"잘해봅시다."

이광이 말하자 둘은 머리만 숙였다. 이광이 유민우가 가져온 인사 기록을 보았다. 여자는 정남희, 24세, 이성대 영문과 졸, 남자는 고춘식, 26세, 이성대 경영과 졸이다. 학벌이 이광보다 월등하다. 이광의 시선이 여자에게로 옮겨졌다. 갸름한 얼굴형에 눈빛이 맑고 강하다. 얇은 입술은 꾹 다물어졌고 콧날이 곧다. 야무진 인상이다. 둘은 입사 일주일밖에 되지 않았다. 이광의 시선이 고춘식에게로 옮겨졌다. 큰 키, 어깨가 넓고 둥근 얼굴, 졸린 것 같은 눈이었지만 이광의 시선을 맞받았다. 해병대 제대다. 이광이 물었다.

"여긴 작은 회사인데 지원한 이유는 뭐야? 급해서 그랬나?"

"오더를 막 시작한다는 전무님의 말씀이 인상 깊었기 때문입니다."

말이 느렸지만 분명했다. 고춘식이 말을 이었다.

"저한테 큰 회사는 의미 없습니다. 작은 회사에서 같이 성장하고 싶습니다."

"그렇지, 그런데 경영자하고 뜻이 맞아야겠지."

머리를 끄덕인 이광의 얼굴에 웃음이 떠올랐다. 이만하면 괜찮은 놈이다. 이광의 시선이 이제는 정남희에게로 옮겨졌다. 시선이 마주쳤다.

"앞으로 자주 만나게 될 것 같아서 묻는 건데."

이광이 부드러운 시선으로 정남희를 보았다. 당분간은 자신의 위치를 밝히지 말아야 한다. 지금 양다리를 걸치고 있기 때문이다.

"정남희 씨는 앞으로 희망이 뭐죠?"

정남희한테는 존댓말을 썼다. 그때 정남희가 바로 대답했다.

"전 무역이 적성에 맞을 것 같아서요. 성취감도 바로 느낄 수가 있을 것 같고요."

"아, 그렇지."

"우리나라가 살길은 수출뿐입니다. 자원도 부족하고 인구까지 많아서 상품을 개발해서 장사로 돈을 벌어야 합니다."

"오오."

이광은 감동했다. 어제 만난 강은서의 얼굴이 떠올랐는데 손에 화염병을 쥐었다. 저 미친년, 저러다가 제집까지 태울라. 어제 강은서는 방에서 술 한 잔도 안 마시고 도망갔다. 그때 정남희가 말을 이었다.

"큰 회사는 매너리즘에 빠진 경향이 있어서 여직원을 남자직원의 보조 역할이나 총무, 비서 업무에 한정하는 것 같습니다. 그래서 저는 중소기업에서라도 제 능력을 발휘해보고 싶습니다."

"주관이 뚜렷하네."

머리를 끄덕인 이광이 유민우를 보았다. 유민우도 만족한 듯 웃음 띤 얼굴이다. 둘을 내보내고 다시 둘이 되었을 때 유민우가 이광에게 물었다.

"어때? 똑똑하지?"

이광이 물끄러미 유민우에게 시선을 주면서 대답했다.

"형이 꽉 잡히겠는데."

"아니, 나야……."

숨을 들이켠 이광의 눈앞에 이제는 오세영의 얼굴이 떠올랐다. 새 애인이 미국으로 갔다고 했던가? 강기창은 이광의 상처를 긁지 않으려는 의도인지 오세영 이야기를 해주지 않았다. 이광 또한 관심을 갖지 않았다. 귀국 하고 나서 정신없이 바쁘기도 했지만 떠나간 여자 생각할 성품도 아니다. 그리고 오세영 또한 이광이 바그다드에 다녀온 줄도 알 터인데 연락도 없다.

"재들한테 약점 잡히지 마, 형. 오더 내역 이야기는 하지 말란 말이야."

"내가 어린애냐?"

"미스 성은 어때?"

미스 성은 에이스무역에 유민우와 처음부터 같이 있었던 여직원이다. 차분하고 말이 없는 여직원으로 지금도 경리를 맡고 있다.

"걘 오더 내역은 아무것도 몰라. 경리 관련 업무만 맡겼으니까 염려할 것 없어."

"이번에 군납 오더가 선적되면 남은 자금으로 재투자를 할 거야."

유민우의 시선을 받은 이광이 말을 이었다.

"정남희 말대로 우리가 살길은 장사밖에 없어. 이번에 바그다드에 다녀오면서 느낀 거야."

이광이 길게 숨을 뱉었다.

"기회는 해외에 있어. 남들이 배불러서 가지 않는 전쟁터, 오지, 미개척지에서 찾아야 돼. 우리나라는 그렇게 해서 일어나야 돼, 형."

"네가 단단히 변했구나."

"위험한 만큼 기회가 더 있다니까? 내가 미사일 맞고 오더 받아 온 것 좀 봐."

열띤 목소리로 말한 이광이 자리에서 일어섰다. 그러나 이 말이 다 통하지는 않는다. 모두 이광 같지가 않다는 말이다. 유민우만 봐도 그렇다. 머리가 명석하고 체계적이어서 시킨 일은 빈틈없이 처리하는 유민우다. 유민우에게는 내부 관리나 공장 체크가 적임인 것이다. 사무실로 돌아온 이광에게 정현애가 말했다.

"기조실 백 과장님이 찾으셨어요."

"무슨 일인데?"

"레이놀드 오더 수수료 받아 가시라고요."

"그렇군."

레이놀드 오더가 선적되었으니 에이전시 역할을 한 에이스무역에 수수료 3%가 지급되어야 하는 것이다. 기조실로 들어선 이광을 보자 백영주가 자리에서 일어섰다. 옆쪽 회의실로 이광을 안내한 백영주가 테이블 위에 봉투 하나를 놓았다.

"수수료 결재 났습니다. 선적 금액 16만 불의 3퍼센트인 4,800불에서 세금 떼고 원화로 계산해서 450만 원 정도 돼요."

에이스무역으로 갈 수수료다. 봉투를 받은 이광이 노트에 끼워 넣었을 때 백영주가 물었다.

"부사장님 만나 보셨어요?"

"아뇨."

머리를 든 이광이 백영주를 보았다. 귀국한 지 2주가 되어가고 있지만 오동진은 부르지도 않았기 때문에 인사도 못 했다. 김성규도 마찬가지라고 했다. 그래서 김성규하고 둘이 이상한 사람이라고까지 했던 것이다. 그때 백영주가 말했다.

"부사장님이 곧 그만두실 것 같아요."

사무실로 돌아온 이광이 마침 자리에 앉아 있는 김성규에게 눈짓을 해서 회의실로 들어가 마주앉았다.

"무슨 일이야?"

김성규가 정색하고 이광을 보았다.

"나, 지금 기조실 백 과장 만나고 오는데."

이광이 김성규의 시선을 받으면서 말을 이었다.

"부사장이 곧 그만둘 것 같다고 했어."

"응, 그거."

쓴웃음을 지은 김성규가 의자에 등을 붙였다.

"나도 어젯밤에 들었어."

"어젯밤에?"

"응, 데이트하면서."

"……."

"나도 너한테 알려줘야겠다고 생각했는데 바쁘다 보니까 깜박 잊었네."

"왜 그만둔다고 한대?"

"백 과장이 너한테 말 안 해줘?"

"그냥 그만둘 것 같다고만 했어."

어깨를 부풀린 이광이 김성규를 노려보았다.

"난 너만큼 백 과장하고 친한 사이가 아니어서 그만큼밖에 못 들었다."

"알았다."

손바닥을 펴 보인 김성규가 목소리를 낮췄다.

"부사장이 인사권을 달라고 했다는 거다. 영입해 올 때 회장이 그렇게 약속을 했다는군."

"……."

"그래서 부사장이 백 과장한테 불평을 한 모양이야."

"백 과장한테?"

"백 과장이 회장의 신임을 받고 있으니까 그렇지, 회장실에 자주 들어가고."

"백 과장이 회장의 신임을 받는 이유는 뭐야?"

모르는 척 물었지만 이광의 눈꺼풀이 굳어지는 느낌이 왔다. 연극에는 소질이 없기 때문이다. 김성규가 정색하고 대답했다.

"대성 사장하고 우리 회장이 친한 모양이야. 그래서 대성 사장한테 추천을 받아서 여기로 왔다는군, 아주 단단한 배경이지."

"친척이라는 소문도 났던데."

"다 유언비어야."

쓴웃음을 지은 김성규가 머리까지 저었다.

"성씨가 다른 친척이면 아닌 것보다 못하다. 회장 사모님은 정씨야."

"그렇구나."

머리를 끄덕인 이광이 김성규를 보았다.

"어제도 백 과장 만났어? 진도는 더 나갔냐?"

"그거야 뭐."

"잤어?"

"그건 기본이고."

"잤단 말이군."

"이젠 좀 인터벌을 가져야겠어."

"뭘 가져?"

"여유를 말이다."

"지랄."

이광이 입맛을 다셨다.

"자식, 자고 나니까 또 생각이 달라졌군. 이거 구제불능이라니까."

"아니 그게 아냐. 우린 너무 빨리 뜨거워졌어. 그래서 당분간 냉각기를 가져야겠다는 생각이 들어."

“여유가 아니라 냉각기냐?”

“그거나 저거나.”

이광은 황학수에게 말해준 효과가 나타났다는 생각이 들었다. 아마 황학수가 백영주를 불러서 나무랐는지 모른다. 그런데 어떤 방법을 썼는지 불안하다. ‘이광한테서 들었는데’ 했다면 망한다. 백영주가 김성규에게 이광과 황학수와의 관계까지 털어놓을 가능성도 있기 때문이다. 정현애를 보라, 다 털어놓지 않는가? 유성상사를 상속받은 백영주가 카사노바 같은 놈 때문에 대국(大局)을 그르칠 리는 없을 것이라고 장담 못 한다. 그때 이광이 숨을 들이켰다. 문득 머릿속에 떠오른 생각이 있었기 때문이다. 오후 5시가 되었을 때 상담실에서 이광이 구내전화기를 들었다. 버튼을 누른 이광이 숨을 죽였을 때 곧 백영주의 목소리가 울렸다.

“네, 백영주입니다.”

“저, 이광인데요.”

“네, 말씀하세요.”

백영주의 목소리는 울림이 길다. 이광이 전화기를 고쳐 쥐었다.

“오늘 저녁 시간 있습니까?”

“네?”

되물었던 백영주가 이 초쯤 지나고 나서 대답했다.

“네, 있어요.”

“그럼 7시에 영등포시장 안쪽에 진선 식당이라고 있습니다, 거기서 뵙지요.”

“다시 한 번 말씀해주세요.”

“영등포시장 입구에서 쭉 들어가면 진선 식당, 돼지갈비가 유명한

집입니다."

그때 백영주가 짧게 웃었다. 이런 식당은 안 가봤을 것이다. 김성규가 데려갔을까?

예전 같았으면 신촌이나 소공동의 특급호텔에서 만나자고 했을 것이다. 영등포시장 안 진선 식당에 먼저 와 기다리면서 이광은 문득 자신이 변해 있는 것을 깨닫는다. 벼는 익을수록 고개를 숙인다는 식의 겸손이 아니다. 자신감이다. 외국에 나가서 넓은 세상, 전쟁터, 외국인과의 경쟁을 한 달간 겪은 것이 분명히 도움이 된 것 같다. 눈이 트인 것이다. 개안(開眼), 그때 식당 안으로 백영주가 들어섰으므로 진짜 이광의 눈이 개안된 느낌이 든다. 주위가 환해졌고 백영주가 빛을 품은 것 같다. 왁자지껄했던 식당 안은 갑자기 조용해졌다. 앞으로 다가온 백영주가 이를 드러내고 웃었다.

"여기 맛있는 집 같네요."

그렇다. 소문난 집이다. 그래서 7시면 손님이 꽉 찬다. 영등포는 교통 요지여서 천호동 손님도 있었지만 항상 버글거리는 집이다. 돼지갈비에 소주를 시켜놓고 이미 굽고 있었던 터라 백영주는 젓가락만 들면 되었다.

"응, 맛있다."

한 점을 씹으면서 백영주가 감탄했다. 이제 긴 머리는 파마를 해서 물결치듯이 어깨로 늘어졌고 갸름한 얼굴은 티 한 점 없이 매끈하다. 그렇다. 귀티가 난다. 고기를 삼킨 백영주가 소주잔을 들면서 웃었다.

"웬일이래요? 이 대리님이 만나자고를 다 하고?"

"이상해요?"

"나한테 거부감을 품고 계신 것 같아서, 그것도 오늘 기조실에서 만날 때까지도요."

"예민하신데."

백영주가 한 모금에 소주를 삼키고는 소리 없이 웃었다. 흰 연꽃잎이 활짝 피는 것 같은 웃음이다.

"아버지한테서 얼마 전에 남자관계에 신경을 쓰라는 말씀을 들었어요."

숨을 들이켠 이광이 소주잔을 들고 단숨에 삼켰다. 안주는 먹지 않았다. 백영주가 이광의 잔에 술을 따르면서 말을 이었다.

"그 말씀을 듣고 금방 짐작이 갔죠. 아하, 이 대리님하고 이야기를 하신 모양이구나."

"……."

"나에 대한 이 대리님의 거부감을 느끼신 모양이구나."

"……."

"아버지가 예민하시거든요."

그때서야 이광이 백영주의 빈 잔에 술을 채웠다. 주위 테이블은 시끄러웠지만 이광은 둘만 있는 것처럼 느꼈다. 학교 때 공부 잘하는 놈들이 쉬는 시간에 주위가 난장판이 되어 있어도 책만 보는 이유를 이제 알겠다. 집중하기 때문이다. 그때 이광이 어깨를 펴고 백영주를 보았다.

"남자 친구가 대기업 부장이라고 하셨는데, 그거 나한테 힐끗거리지 말라는 경고였죠?"

"네?"

눈을 크게 떴던 백영주가 말뜻을 알아듣고는 다시 입을 벌리고 웃었다.

"하하하, 그래요."

"웃는 모습이 참 예뻐요."

저도 모르게 그렇게 말한 이광이 술잔을 들었다.

"김성규는 어떻게 생각해요?"

이것이 본론이다. 이것 때문에 오늘 만나자고 했다. 백영주가 머리를 조금 옆으로 기울였다. 그러나 검은 눈동자는 이광한테서 떼어지지 않았다.

"어떻게 생각하다뇨? 업무적으로?"

"아니, 남자로."

"무슨 뜻이죠?"

"내가 김성규하고 친한 줄 아시죠?"

"네, 알아요. 대단하다는 생각이 들었어요."

잠깐 백영주를 응시했던 이광이 다시 물었다.

"김성규하고 자주 만났다면서요?"

"내가요?"

"어젯밤에도 데이트했다던데."

"……."

"미안합니다, 사생활인데. 대답 안 해도 돼요."

"누가 그래요?"

"뭘 말입니까?"

"내가 김성규 대리 만났다는 이야기."

"김성규 본인한테서 들었는데요, 오늘."

"……."

"전에도 여러 번 만났고, 둘이서."

"……."

"나한테는 별 이야기 다 해요. 나한테 백 과장님에 대한 라이벌 의식이 있는 터라 솔직하게 이야기해준다던데. 헛다리짚지 말라는 뜻에서 말입니다."

"……."

"그 말이 이해가 갔어요."

그때 백영주가 소주를 한 모금에 삼키더니 입을 벌리면서 더운 숨을 뱉었다. 붉은 입술이 벌어진 것을 본 순간 이광은 피가 솟아오르는 것 같은 성욕을 느꼈다. 이런 일은 처음이다. 그때 백영주가 이광을 보았다.

"다 거짓말이에요. 난 그 사람 한 번도 만난 적 없어요."

숨만 들이켠 이광을 향해 백영주가 눈을 가늘게 뜨고 웃었다.

"그래서 저한테 그런 분위기를 보였어요?"

취했다. 술에 취했고 분위기에 취했다. 백영주도 술을 사양 않고 마셨기 때문에 둘이 소주 다섯 병을 마셨을 때는 오후 9시가 조금 넘었다.

"어라? 벌써 시간이 이렇게 되었네?"

손목시계를 본 이광이 백영주에게 물었다. 백영주는 볼이 조금 상기되었고 입술은 번들거렸다. 돼지기름 때문인 것 같다.

"백 과장님, 우리 2차 갈까요?"

"우리 지금부터 둘이 있을 때는 직급 뺍시다."

백영주가 조금 느려진 목소리로 말하더니 다시 정정했다.

"아니 존댓말부터 뺍시다."

"술기운으로 오버하시는 거 아뇨?"

"내가 손해 보지 뭐."

백영주가 흐려진 눈으로 이광을 보았다. 그 순간 이광의 가슴이 철렁 내려앉는 느낌이 왔다. 목구멍이 좁혀지면서 입안이 마른 것 같기도 하다. 성욕 때문이다. 심호흡을 한 이광이 백영주를 정색하고 보았다.

"술 깨고 무르자고 할 것 아니죠?"

"안 한다니까?"

"갑자기 손해 보겠다는 동기는 뭐야?"

이광이 작심하고 말을 내렸다. 회장 딸이기 전(前)에 일성대 출신이며 빼어난 용모, 직급도 위인 데다 나이까지 한 살 위가 아닌가? 그야말로 금수저, 이쪽은 비만 맞아도 흩어지는 흙수저 출신이다. 언감생심, 감히 같은 차에 탈 수도 없는 위치, 이쪽은 비행기 앞문으로 들어가는 1등석, 나는 뒷문의 이코노미, 내릴 적에도 1등석은 먼저 내린다. 그래서 나는 1등석에 타려고 죽을힘을 다하고 있다. 이것이 자본주의 사회의 경쟁 인생이다. 눈 깜박하는 순간이었지만 이광의 머릿속에 스쳐 간 생각이다. 그때 백영주도 정색하고 이광을 보았다.

"쇼크 받아서 그래."

"김성규한테?"

"그래."

빈 술잔을 들었다가 다시 빈 술병을 들었던 백영주가 내려놓으면서 말했다.

"그래, 우리 2차 가자."

"괜찮겠어?"

"뭐가?"

"내가 술 마시면 같이 자자고 할 가능성이 높아서 그래."

"해봐."

"뭘?"

"그런 말 오랜만에 들으니까 짜릿하다 야."

"벌써부터?"

그때 백영주가 자리에서 일어섰는데 움직임이 멀쩡했다.

"어 멀쩡한데?"

이광이 감탄하자 백영주가 가방을 내밀었다.

"먼저 나가. 나 오줌 좀 싸고 나갈게."

"이런 젠장."

입맛을 다신 이광이 가방을 받아들고 카운터로 다가가며 말했다.

"계산하고 앞에서 기다릴게."

백영주가 잠자코 몸을 돌렸으므로 이광이 어깨를 늘어뜨렸다. 색다른 여자다. 노련한 것 같기도 하고 어린애처럼 보이기도 한다. 계산을 마친 이광이 식당 앞에 서 있을 때 한참 만에 백영주가 나왔다. 시치미를 딱 떼고 다가온 백영주가 가방을 받아들더니 말했다.

"오늘은 그만 집에 가자."

"거봐."

발을 떼면서 이광이 쓴웃음을 지었다.

"오줌 싸면서 마음이 변했군."

"다 그래."

이광의 팔짱을 끼면서 백영주가 따라 웃었다.

"싸면서 생각했더니 너무 빨리 주는 것도 재미가 없을 것 같아서."

"좋은 아이디어는 쌀 때 많이 떠오르지."

백영주가 큭큭 웃더니 이광의 팔을 바짝 당겨 끼었다.

“여자 많아?”

“다 도망갔어.”

“무슨 말이야?”

둘은 이제 시장골목을 나와 인도를 걷고 있다. 걸음을 늦춘 이광이 대답했다.

“그냥 무대 위의 배우만 보는 건데 어쩌다 보니까 분장실까지 다 보았어.”

“……”

“분장실에서 오줌 마렵다고 몸을 비비꼬는 장면까지 다.”

그때 백영주가 감았던 팔을 세게 꼬집었으므로 이광이 입을 딱 벌렸다. 백영주가 옆쪽 골목으로 이광의 팔을 끌었다. 어둡고 인적이 없는 골목이다.

“일루 와.”

“왜?”

“내가 키스 한 번만 해줄게.”

이광이 서둘러 먼저 발을 떼었다.

이라크 군납 오더인 37만 불짜리 로컬 L/C를 가져왔을 때는 백영주와 골목 키스를 한 지 사흘 후다. 역사는 중요한 사건을 중심으로 기록된다. 예를 들어서 ‘8·15 해방 후 5년 후에 6·25가 일어났다.’ 하는 식이다. 따라서 이광의 머릿속에도 그렇게 기록되었다.

“이런, 대박.”

수출부장 직대 이태진이 딱 두 마디로 그렇게 표현했다. 부사장 오동진이 요즘 나왔다 안 나왔다 했기 때문에 회장 황학수가 출근한 날이 많아졌다. 그날도 황학수가 출근해 있었으므로 이태진은 이광을 데리고 회장실로 들어갔다. 정작 오더를 받은 이광은 가만있었는데 이태진이 혼자서 다 떠드는 동안 황학수는 웃음 띤 얼굴로 듣기만 했다. 이렇게 이광은 황학수의 태도에서 대인(大人)의 풍모를 배운다. 황학수의 일거수일투족이 다 교과서다. 못된 점은 반면교사로 기억하고 장점은 따른다. 요즘 이광은 마른 스펀지처럼 빨아들이고 있다. 황학수가 이태진의 보고를 듣는 모습은 마치 사자가 생쥐의 아양을 듣는 것 같다. 늙은 사자가 찍찍거리는 생쥐의 보고를 들으면서 웃는다. 저 여유, 저 능청스러움, 자식을 감옥에 집어넣고 가슴을 칼로 베어낸 것 같았으리라. 배다른 딸에게 회사를 양도해주려고 고추밭에서 몸을 일으켜 다시 피튀기는 현장으로 돌아왔다. 백영주는 이제 겨우 29세, 앞으로 10년은 더 있어서 되지 않을까? 그때면 황학수는 84세다. 그때 이광은 황학수의 시선이 자신에게 꽂혀 있는 것을 깨달았다. 어느덧 이태진의 떠들썩한 보고도 끝이나 있었던 것이다.

"잘했어."

황학수가 지그시 시선을 준 채 말했다. 이광은 머리만 숙였고 황학수의 말이 이어졌다.

"레이놀드 오더부터 이라크에서 두 건이나 오더를 받았구나, 잘했어."

"감사합니다."

황학수의 시선이 이태진에게로 옮겨졌다.

"수출 3과, 4과가 충원 요청을 했는데 국내영업본부에서라도 충원시키도록 해주겠네."

"감사합니다, 회장님."

기가 살아난 이태진이 앉은 채로 허리를 꺾어 절을 했다. 사무실로 돌아온 이태진이 먼저 4과장 김성규에게 생색을 내었다.

"야, 회장님이 4과도 충원시켜 주신단다. 방금 나한테 직접 말씀하셨다."

앞뒤를 자르고 이렇게 말할 수도 있는 것이다. 이광은 바그다드 출장을 다녀와서 3과에 2명 충원을 요청했고 김성규도 2명을 요청했던 것이다. 37만 불 오더가 추가되었으니 6월 말 현재 이광의 3과는 120만 불 목표에서 트리톤 오더까지 85만 불을 선적했다. 현재 확보된 오더가 군납 37만 불, 할라피 23만 불, 그리고 트리톤이 30만 불, 연말까지 175만 불이 가능하다. 목표 대비 146퍼센트를 달성할 예정이다. 김성규가 웃음 띤 얼굴로 이광을 보았다.

"네 덕분에 우리 과도 충원이 되는 것 같다."

김성규가 이태진에게는 인사도 하지 않고 그렇게 말했다. 김성규의 4과도 미국에서 이번에 가져온 70만 불 오더까지 합하면 목표 142만 불 대비 150퍼센트는 달성할 것이다. 그쪽도 현재 팀원이 3명뿐이니 인원이 더 필요하다. 이광이 오더 디테일을 갖고 회의실로 들어가 팀원들과 회의를 했다.

"팀원이 2명 충원되면 체계적으로 일을 할 수 있을 거야."

이광이 안창문과 정현애를 번갈아 보았다. 이제 둘은 호흡이 맞는 팀원이 되었다. 안창문은 그렇다고 해도 정현애는 새 사람이 된 것이나 같다. 김성규와의 스캔들도 거의 지워져서 지금은 무심해진 상태다. 이광이 정현애에게 말했다.

"정현애 씨가 부자재 관리부터 선적 업무까지 다 했는데 앞으로는 선적하고 자금 업무만 맡도록 해."

"그럼 좋죠."

정현애가 이를 드러내고 웃었다. 표정도 밝아졌다. 2개월 전부터 수출부는 독립채산 방식을 채택해서 매월 월별 목표 대비 실적이 평가되고 회사로부터 상여금이 지급된다. 지금까지 3과는 6개월 동안 1등 2번, 2등 1번, 3등 3번을 했고 강력한 경쟁과인 4과는 1등 2번, 2등 3번, 3등 1번을 했다. 김성규의 4과가 우세했지만 후반기는 역전할 것이다. 그때 안창문이 물었다.

"내년에는 제가 대리 진급되겠지요?"

심각한 얼굴이었지만 정현애는 픽 웃었다.

김성규에게는 아무 말도 하지 않았다. 말을 할 필요가 없기도 했다. 백영주한테서 그 이야기를 듣고 전혀 놀랍지도 않았기 때문이다. 당연한 듯이 받아들여졌고, '너 거짓말 했지?' 하겠는가? 전에는 그쪽이 속였다면 이번에는 이쪽 차례다. 모르는 척 놔두고 어떻게 진행하는가 볼 테다. 눈에는 눈 똥에는 똥이다, 더럽게 나오는 놈은 같은 방법으로. 오후 6시, 구내전화로 백영주한테서 연락이 왔다. 이광의 목소리를 확인한 백영주가 대뜸 말했다.

"회장님한테서 칭찬받았다면서? 나 방금 회장실에 들어가서 들었어."

"응, 그래."

옆쪽 김성규가 없었기 때문에 이광이 거침없이 물었다.

"그런 이야기까지 해주셔?"

"응, 장하다고 기뻐하셨어."

"어때?"

"뭐가?"

"기념으로 한 계단 더 오르는 것이?"

"꿈 깨."

"술 깨라는 말이 맞겠다."

그때 백영주가 짧게 웃었다. 맑고 밝은 웃음소리, 갑자기 이광은 목구멍이 좁혀졌다. 그때 백영주가 말했다.

"생각할수록 웃겨."

"뭐가?"

"김성규가 나하고 진행 중이라고 했다는 말. 나하고 잤다고까지 했다면서?"

"아 글쎄 지금 몇 번째 물어?"

"기가 막혀 죽겠어, 정말."

백영주가 말을 이었다.

"나도 정보원이 있어. 누구라고는 말할 수 없지만 여사원이야."

"그래서?"

"김성규가 회장 비서실 정지현 대리하고 그런 사이라는 소문 들었지?"

이광이 심호흡을 했다. 아아, 정지현, 네 이름이 또 나오는가? 그래서 이광이 화제를 바꿨다.

"지금 어디야?"

"회의실에 혼자 있어, 왜?"

"그런 재밌는 이야기는 이따 술 한잔하면서 하는 게 어때?"

"오늘은 약속이 있어."

"그럼 내일."

"좋아."

"내일 연락할게."

전화기를 내려놓았을 때 마침 김성규가 다가왔다.

"부사장이 사직서를 냈다는군."

옆자리에 앉으면서 김성규가 목소리를 낮추고 말했다.

"회장이 사직을 받아들일 모양이야, 퇴직금 정산해보라고 했대."

이광의 시선을 받은 김성규가 쓴웃음을 지었다.

"그래, 정지현한테서 들었다."

"너, 정 대리하고 끝난 거 아니었어?"

주위를 둘러본 이광이 낮게 묻자 김성규가 눈 한쪽을 감았다가 떴다.

"자식이 여자관계는 순 아마추어구만. 여자한테 먼저 끝내자고 하는 게 아녀, 인마. 연락 안 하고, 안 만나면 자연스럽게 멀어지고 끝나게 되는 거다."

"그래서 다시 시작한 거라고?"

"서로 필요하면 연락할 수 있는 거지."

"이번에는 네가 필요한 거냐?"

"양쪽이 다."

"백 과장은 포기한 거야?"

"미뤘다니까 그러네."

"이 자식이 회사 여직원 다 버려놓는다니까?"

"넌 누구냐?"

불쑥 김성규가 물었으므로 이광이 숨을 들이켰다. 그러고는 김성규를 똑바로 보았다.

"누구냐니? 여자?"

"그래. 오세영이 같았는데 요즘 걔 만나는 것 같지는 않고."

"오세영이?"

"왜 이래? 어느 날에는 너한테서 오세영이 냄새가 났었다, 내 코는 못 속인다."

"이 자식이 개네, 진짜."

"또 누구냐? 정지현이는 아닐 것이고……."

"왜?"

이광이 말을 가로채듯이 물었다.

"얀마, 왜 아냐? 날 뭘로 보고?"

그때 김성규가 소리 없이 웃었다.

"네가 자자고 했다면서?"

"……."

"다 들었어, 인마, 영등포 돼지갈비 식당에서 만났지?"

"……."

"거기서 네가 자자고 했다면서?"

김성규의 얼굴에 웃음이 떠올랐으므로 이광이 끌려가듯이 따라 웃었다. 정지현은 그날 여관에 갈 준비가 되어 있었다. 그런데 이렇게 뒤집는구나, 그리고 도대체 이놈 말은 어디까지가 진실인가? 재미있는 놈이다.

"너 은서 안 만나냐?"

하반기 오더 때문에 트리톤에 들른 이광에게 강기창이 불쑥 물었다.

강기창의 중역실 안이다. 담당자 유춘호는 따라 들어오지 않았으므로 방안에는 둘뿐이다. 이광이 방안을 둘러보며 말했다.

"방이 우리 회장실보다 낫네요."

"말 돌리지 말고, 이 자식아."

정색한 강기창이 이광을 노려보았다.

"난 애써서 내 친척 여동생을 소개시켜 줬는데 가타부타 이야기도 안 하고. 얀마, 갠 진국이야, 진국."

"동생이 뭐라고 안 해요?"

"천안 내려갔어."

강기창이 이맛살을 찌푸렸다.

"그 기집애도 나한테 연락이 없고, 너희들 그날 어떻게 되었냐?"

"2차까지 갔어요, 나이트에."

"응? 나이트?"

"강기창의 눈이 커졌다.

"어디?"

"마카오 클럽요."

"으음."

이제는 강기창의 눈이 가늘어졌다. 이광의 본색을 아는 강기창이다.

"그래서 어떻게 되었어?"

"아무 일 없었습니다, 형님. 손도 안 잡았어요, 물어보셔도 됩니다."

"그럼 잘된 거냐?"

"두고 봐야죠."

강기창이 의자에 등을 붙이더니 얼굴이 펴졌다.

"오더 디테일 가져 가냐?"

"예, 하반기분 30만 불 오더 받았습니다."

"내년에는 조금 더 올려볼게."

"형님만 믿습니다."

이광이 앉은 채로 머리를 숙였다. 트리톤은 올해부터 정책적으로 모든 오더를 대기업 4곳에 모아서 수출하고 있는 것이다. 중소기업 유성상사가 올해 60만 불을 가져가는 것도 강기창이 특별 배려를 해준 덕분이다. 그때 강기창이 정색하고 이광을 보았다.

"너 돈 모아 놓는 거 있냐?"

"왜요?"

"내가 너한테 돈 달랄까 봐서 그렇게 물어?"

"달라면 드리죠."

"이 자식이 날 어떻게 보고."

"근데 왜 그러시는데요?"

"돈 모아 놓는 거 있으면 투자해, 미래를 내다보고 말이다."

"어디에 투자를 해요?"

"너 강남(江南) 알지?"

"거기가 어딘데요?"

"한강 남쪽을 강남이라고 하는 거다."

"그런가요?"

눈을 가늘게 떴던 이광이 다시 물었다.

"거기가 어때서요?"

이광의 머릿속에 황무지와 논밭이 떠올랐다. 한강 남쪽은 벌판, 황무지다. 한강을 건너는 다리가 한강철교와 그 옆쪽으로 2개인가밖에 없어서 나룻배를 타고 건너야 한다. 강기창이 입을 열었다.

"거기가 곧 개발이 돼. 내 친구가 고시패스를 하고 지금 고위직 공무원인데 그쪽 땅을 사두라고 했다. 10년이 지나면 땅값이 1백 배, 아니 그 이상 오를 거라고 말이다."

"설마요, 그 쓸모없는 땅이……."

서울은 명동을 중심으로 강북(江北)만으로도 번성하고 있다. 경부고속도로가 개통되었지만 지금도 서울의 한강 남쪽은 척박한 논밭이나 과수원, 황무지로 뒤덮여 있는 것이다. 그때 강기창이 말을 이었다.

"난 여윳돈이 없어서 아직 못 하고 있는데 땅에다 투자하는 것이 우리처럼 경제가 빨리 성장하는 나라에서는 가장 빠른 치부의 수단이야."

강기창의 목소리에 열기가 띠어졌다.

"너도 느끼고 있잖아? 네 실적이 매년 2배, 3배로 늘어난다. 아마 한국경제가 성장하는 것은 우리가 현지에서 가장 먼저 느낄걸? 그렇게 되면 어떤 것의 가치가 올라가겠냐? 사람? 돈? 아니다, 땅이야."

"……."

"돈 모으면 땅에 투자해. 내가 너한테만 알려준다, 명심해."

"돈 빌려드려요?"

"시끄러, 이 자식아."

눈을 흘긴 강기창이 상반신을 세우더니 이광을 똑바로 보았다.

"은서하고 잘 해봐, 걔가 진국이라고 했지?"

"예, 형님."

"운동권이라고 거부감 느끼지 말고."

"예, 형님."

자리에서 일어선 이광이 소리 죽여 숨을 뱉었다. 강은서는 전화를 받지도 않을 것이다. 이쪽은 청부살인업자다.

코트라 오영한 국장의 전화가 왔을 때는 오전 11시가 되어갈 무렵이다. 사무실에서 전화를 받았을 때 이광은 처음에는 누군지 잊어먹었다. 바그다드에서 돌아온 지 한 달 반, 7월 초순이다.

"나, 오영한이오."

누구시라고요? 하고 되물었던 이광에게 오영한이 껄껄 웃었다.

"나 코트라 오 국장이오, 벌써 잊어먹었군."

"아이고, 국장님."

깜짝 놀란 이광이 전화기를 고쳐 쥐었다.

"죄송합니다, 갑자기 전화를 받아서……."

"아냐 괜찮아, 다 그런 걸 뭐."

"제가 인사를 드리러 가야 했는데……."

"입에 발린 소리 말고."

"예, 국장님."

"이 과장, 요르단하고 거래해요?"

바그다드에 갈 때 과장 명함을 찍어 갔기 때문에 오영한은 과장으로 부른다. 하긴 서필수도 과장이었다.

"아닙니다, 아직 바이어를 찾지 못했습니다."

옆자리의 김성규가 없었지만 이광이 조심스럽게 말을 이었다.

"오퍼 오는 곳도 드물어서요."

"요르단 바이어가 코트라에 왔는데 이 과장이 만나 볼래요?"

"아이구, 그럼요. 만나야지요."

"그럼 내가 이야기해놓을 테니까 오늘 오후 4시에 조선호텔 1010호실로 찾아가요. 미스터 아리부카야."

"예, 미스터 아리부카."

"섬유는 이 과장의 유성상사 품목이 많더군. 거상(巨商)이오, 일본에 들렀다가 한국에 왔는데 지금까지 일본하고 건설기계나 전자제품 등은 연간 1억 불 정도 가져갔더군."

"아아."

감동한 이광이 숨을 들이켰다. 코트라는 정부기관이지만 적극적이다. 상사원 못지않게 실적에 대한 성취감을 느끼는 것 같다. 애국자들이다. 그때 오영한이 말을 이었다.

"오더 진행 과정은 꼭 전해주시고, 그것만 부탁합니다."

"그럼요. 감사합니다, 국장님."

전화기를 내려놓은 이광이 앞쪽을 보았지만 비었다. 안창문은 군납 오더 때문에 공장에 갔고 정현애는 은행에 갔다. 신입 사원 2명은 다음 주에 충원될 예정이다. 그날 오후 4시가 되었을 때 이광은 조선호텔 1010호실 앞에 서 있었다. 벨을 누르자 곧 문이 열렸는데 말쑥한 양복 차림의 아랍인이 문을 열었다. 젊다.

"매니저 미스터 리입니까?"

사내가 영어로 물었으므로 이광이 명함을 내밀었다.

"예, 그렇습니다. 코트라 이 국장 소개로 아리부카 씨를 만나려고 왔는데요."

"들어오시지요."

사내가 옆으로 비켜서며 말했다.

"난 비서 자무르입니다."

방은 스위트룸이어서 응접실, 회의실까지 갖춰져 있다. 응접실에는 두 사내가 앉아 있었는데 상석에 앉은 반백의 사내가 자리에서 일어서며 손을 내밀었다.

"내가 아리부카요."

"만나 뵙게 되어서 반갑습니다."

악수를 나눈 이광에게 아리부카가 옆쪽 사내를 눈으로 가리켰다.

"내 회사 중역 파이드."

다시 중년의 사내와도 악수를 나눈 이광이 그들과 명함을 교환했다. 아리부카는 '아리부카 그룹' 회장이고 파이드는 그룹의 총매니저다. 한국식이면 전무나 부사장쯤의 직책인 것 같다. 자리에 앉았을 때 이제는 파이드가 물었다.

"코트라 오 국장이 소개해주던데 섬유류 전문업 생산업체라면서요?"

"그렇습니다, 파이드 씨."

이광이 열심히 말했다.

"전문 생산, 수출업체입니다. 그래서 품질보증이 되고 가격도 합리적이지요."

이것이 바이어가 바라는 바다. 대기업은 사후 보장, 신용이 있고 정보 전달이 빠르지만 전문성이 부족하다. 바이어들은 대기업이 오더를 받아서 전문업체에 다시 하청으로 오더를 주는 것을 아는 것이다. 그래서 중간 이윤을 떼는 터라 가격이 높을 수밖에 없다. 가격을 낮춘다면 하청을 받는 메이커가 질 낮은 원부자재를 사용해서 품질이 떨어진다. 그래서 바이어들은 전문 생산업체에 직접 오더를 주는 경우가 늘어나고 있다. 그때 파이드가 탁자 밑에 놓인 가방을 들더니 이광에게 내밀었다.

"어떻습니까? 이거 가격을 내보시겠소?"

가방을 연 이광이 당장 머리를 끄덕였다. 유성의 기본 품목이다. 셔츠, 내의, 운동복들이 들어있다.

"예, 낼 수 있습니다."

"그럼 내일 이 시간까지 오퍼와 샘플을 준비해주실 수 있습니까?"

밤을 꼬박 새워야 할 일이다.

밤 11시40분, 회사 쇼우룸에 셋이 둘러앉아 있다. 테이블 위에는 샘플이 흩어져 있었는데 아리부카가 준 샘플과 같은 원단을 사용한 제품들이다. 오리지날 샘플인 아리부카 샘플은 일부가 가위로 잘라져서 견본으로 스크랩되어 있다. 지금 이광은 원가 계산을 검토하는 중이었는데 안창문은 계산이 끝난 제품의 오퍼 시트를 작성하고 있다. 정현애는 이것저것 잔일을 하느라고 가장 바빴다. 공장 견본실로 가 지켜 서서 오리지날 샘플과 같은 어프로벌 샘플을 만들어 온 것이다. 가장 피곤한 작업이다. 거기에다 견본실에서 9시가 넘은 후에 돌아와서는 둘이 잔심부름을 했다. 정현애가 없다면 이 일은 이만큼 진전되지도 않았다.

"이제 오퍼 시트만 타이핑 하면 되겠다."

안창문의 오퍼 시트를 검토한 이광이 정현애에게 넘겨주면서 말했다.

"갑자기 바이어가 와서 생고생이구나."

"오더가 되면 이까짓 고생은 아무것도 아니지요."

안창문이 어깨를 주무르면서 말을 이었다.

"요르단 빅 바이어라니 그놈이 내 진급의 결정적 요인이 될 가능성이 있습니다."

"에고, 꿈도 야무지시네."

타이핑을 하면서 정현애가 웃었다.

"만날 진급의 요인을 갖다 붙이시는군, 언제는 이라크 군수품 오더라고 하더니."

"요르단 오더가 결정타지."

이광이 둘의 이야기를 들으면서 문득 자리에서 일어섰다.

"나 사무실에 있을 테니까 타이핑 끝나면 가져와."

"예, 대리님."

안창문이 대신 대답했다. 과에서는 과장이라고 불렀다가 사람 많을 때는 대리라고 고쳐 부르는 것이 싫어서 이광은 그대로 대리라고 부르도록 했다. 텅 빈 사무실로 돌아온 이광이 자리에 앉아 전화기를 들었다. 버튼을 누르자 곧 신호음이 두 번 울리더니 응답 소리가 들렸다.

"여보세요."

백영주다. 앞쪽 벽시계가 오전 12시 10분을 가리키고 있다.

"응, 나야."

이광이 부드럽게 말했다. 이틀 전, 백영주하고 통화를 하다가 이야기를 다 듣지도 못 하고 끝냈다. 그래서 오늘 저녁에 연락하기로 했는데 또 바이어 때문에 전화만 했다. 그랬더니 백영주가 일 끝나면 밤 12시가 넘어도 연락을 해달라고 한 것이다.

"지금 어디야?"

백영주의 목소리가 맑다. 자지 않은 것 같다.

"여기 회사야, 과원들하고 같이 있어."

"아유, 지금까지?"

"응, 거의 다 끝나가."

"전화해도 돼?"

"응, 난 사무실로 나왔어, 혼자 있어."

"고생 많구나, 내년에 꼭 진급해야겠네."

"사장 흉내 내는 거야?"

"그럼 안 돼?"

"해라, 하고 싶으면."

그때 킥킥 웃는 백영주가 말했다.

"내가 한 살 위인데 말이야, 거긴 나보다 서너 살 위인 것처럼 느껴져."

"그럼 오빠라고 하든지."

"나한테 이렇게 대하는 남자도 첨이야."

"오성대 출신도 처음이고."

"그거 자격지심 아니지?"

"날 이렇게 깨우치는 거야, 건방 떨지 말고 겸손하라고."

"아유, 말도 잘해."

"30분쯤이면 끝나. 직원들 택시 태워서 보내야겠어."

"그럼 새벽 1시 다 되겠네."

"그래. 지금 오퍼 시트만 치면 돼."

"끝나고 집에 갈 거야?"

"그럼 재워줄래?"

"미쳤어?"

"왜 물은 거야 그럼?"

"이럴 때 애인 있으면 곧장 애인 만나러 가겠지?"

"피곤하지만 일한 성취감도 있으니까 애인 있으면 만나고 싶겠지."

"……."

"대답 안 해도 돼. 참, 지난번 정지현이 소문 이야기 하다가 말았는데 무슨 이야기야? 김성규하고 무슨 소문이 났다는 거야?"

"아, 그거."

백영주의 목소리에 웃음기가 섞어졌다.

"김성규가 정지현한테 결혼하겠다는 각서를 써줬다는 거야. 정지현이 김성규의 여자관계 소문을 알았던 모양이지?"

이광은 숨만 쉬었고 백영주의 말이 이어졌다.

"정지현이 그 각서를 내 정보원한테 보여줬대."

아침에 수출부 과장 6명이 수출부장 직대 이태진의 인솔로 회장실로 들어가 지난달 실적에 대한 포상을 보았다. 1등에서 3등까지 포상금이 주어지는 터라 3개 과만 해당된다. 지난달에 이광의 3과는 1등을 했으므로 포상금 30만 원을 받았다. 2등은 6과로 20만 원, 3등인 4과 김성규는 10만 원이다. 포상금 제도가 실시된 것은 이번 달까지 석 달째였는데 지난 7개월간 실적을 보면 이광의 3과는 1등을 3번 했다. 김성규가 가장 강력한 경쟁자로 1등이 2번, 2등은 3번이나 된다. 이광은 2등을 1번 했다. 30만 원을 갖고 돌아왔더니 안창문과 정현애가 웃음을 감추지 못하고 맞았다. 지난 3개월간 2등 1번, 3등 1번을 했고 이번에 첫 1등 상금을 탄 것이다. 회의실로 들어간 이광이 상금 봉투를 정현애에게 내밀었다.

"자, 3등분 해."

"아유 그러시면 됩니까?"

안창문이 말했지만 건성이다. 지난 두 달에도 상금을 똑같이 나눈 것이다. 정현애가 1만 원권 30장을 10장씩 나눠 각자의 앞에 놓았다.

"집어넣어, 수고했다."

돈을 집어 든 이광이 말하자 정현애가 먼저 인사했다.

"잘 쓰겠습니다, 대리님."

"고맙습니다, 대리님."

돈을 세어보면서 안창문이 말을 이었다.

"이번 주에 신입 들어오면 상금을 어떻게 주실 겁니까?"

"이런."

입맛을 다신 이광이 안창문을 쏘아보았다.

"넌 그것부터 걱정이 돼?"

"그 생각도 했습니다. 혹시 보스가 걔들 버릇 잘못 가르칠까 해서요."

안창문의 말에 자주 토를 달던 정현애가 시선만 주었고 안창문의 말이 이어졌다.

"걔들한테는 돈 냄새를 맡지 않게 해주는 것이 낫겠습니다."

"어떻게?"

이제는 이광도 긴장했다. 그때 돈을 주머니에 넣은 안창문이 정색했다.

"보스는 돈에 헤픕니다."

이광이 숨을 들이켰고 앞쪽에 앉은 정현애의 몸도 굳어졌다. 안창문이 똑바로 이광을 보았다.

"돈을 아껴야 합니다."

"어떻게?"

"한꺼번에 다 쓰지 마시고 미래를 위해서 저축 내지는……."

"알았어."

손을 들어 안창문의 말을 막은 이광이 길게 숨을 뱉었다.

"충고 고맙다."

"맞아요."

그때 정현애가 맞장구를 쳤다. 그러나 이광의 시선을 받지 않고 말을 잇는다.

"보스는 통이 커요. 그렇게 점점 커지면 상대방도 더 큰 것을 은근하게 기대하게 된다고요. 그러니까 절제하세요."

"히야."

안창문이 입을 딱 벌리고 감동했다.

"정현애 씨 말 잘한다."

"시끄러!"

얼굴이 붉어진 정현애가 눈을 흘겼을 때 이광이 천천히 머리를 끄덕였다. 맞다. 그렇게 해왔다. 둘 다 진심 어린 충고를 했다. 이광으로부터 그렇게 받아왔기 때문이다. 믿고 의지하는 사이에서만 이런 충고가 가능할 것이다.

"알았어, 명심하지."

정색한 이광이 머리를 끄덕이고는 자리에서 일어섰다. 정곡을 찌른 팀원들의 충고에 감동이 일어났다. 그렇다. 지금까지 팀원, 또는 상대방을 돈으로 매수해왔다. 그것이 쉽고 확실한 방법이긴 해도 허점이 많다. 근본이 약한 터라 일단 돈과 힘으로 다가섰지만 앞으로는 절제해야 될 것이다. 그날 오후 4시가 되었을 때 이광은 안창문, 정현애까지 데리고 조선호텔 1010호실 앞에 서 있다. 어젯밤 같이 고생한 터라 함께 아리부카 회장을 만나 견본과 오퍼 시트를 주려고 온 것이다. 방으로 들어서자 아리부카가 눈을 둥그렇게 뜨고 웃었다.

"아니 정말 샘플 만들어 온 거요?"

중역 파이드도 안창문이 두 손으로 가득 들고 있는 샘플 보따리를 보면서 웃었다.

"놀랍습니다, 미스터 리."

인사를 마치고 자리에 앉았을 때 오퍼 시트를 받아본 파이드가 샘플 더미를 견주어보더니 아리부카에게 말했다. 아랍인이지만 이광을 위해서 영어로 말한다.

"회장님, 오늘 검토하고 떠나기 전에 오더 결정을 하시는 게 낫지 않겠습니까?"

"그러지."

머리를 끄덕인 아리부카가 이광을 보았다.

"우리도 밤새워 검토하고 떠나기 전에 통보해 드리지요."

소개업자 윤기덕은 50대 중반으로 신촌 카스파의 단골 업자다. 그래서 이광이 살고 있는 신촌의 오피스텔도 윤기덕의 소개로 산 것이다. 오후 2시, 이광과 윤기덕은 한강 남쪽의 벌판에 서 있었는데 8월 초순이어서 눈앞이 어지러울 만큼 뜨거웠다. 햇빛을 피할 나무 한 그루 보이지 않는 황무지다. 잡초가 무성해서 무릎까지 덮었고 자갈투성이의 길 주위에는 인적도 없다. 앞쪽 한강에서 불어오는 바람이 겨우 피부에 닿았다. 물 냄새가 맡아졌는데 어디선가 꿩 울음소리가 들렸다. 그때 윤기덕이 얼굴의 땀을 손수건으로 닦으면서 입을 열었다.

"이곳이 서울시에 편입된다는 말이 있기는 해요, 하지만……."

윤기덕이 더위에 상기된 얼굴로 주위를 둘러보았다.

"개발되려면 한참을 기다려야 할 겁니다, 우리나라가 아직 가난해서요."

윤기덕은 이광이 아직 카스파의 고문 노릇을 하고 있는 줄 안다. 그래서 언행에 조심하고 있지만 이광을 깡패 수준에 놓고 경제 강의를 하고 있다.

"차라리 신촌이나, 저기, 영등포 공단 근처의 땅을 사는 것이 나을 것 같은데요."

그때 이광이 물었다.

"이곳 땅값이 얼마라고 했지요?"

"고속도로가 1킬로쯤 떨어져 있어서 땅값이 조금 올랐어요, 그래도 평당 천 원에서 1,200원 정도입니다."

"……."

"고속도로가 뚫리기 전에는 평당 500원쯤 했으니까 자장면 한 그릇으로 땅 한 평을 샀지요."

"지금은 땅 1평이 자장면 2그릇 값이군요."

"예, 그런데 누가 사겠습니까?"

신촌 바닥의 부동산은 몇 년 후 가격까지 훤하다는 윤기덕은 이곳 한강 이남의 땅에 대해서는 부정적이다. 첫째 한국 경제가 아직 이곳 땅까지 관심을 가질 만큼 성장하지 않았다는 것이다. 이광이 윤기덕에게 말했다.

"이곳 땅을 있는 대로 다 매입하세요."

"있는 대로 다 말입니까?"

"내가 1억을 낼 테니까 몇 평쯤 매입할 수 있겠어요?"

"아이구, 그럼 십만 평은 살 수 있겠네요."

윤기덕이 턱으로 앞쪽 황무지를 가리켰다.

"이런 황무지는 밭농사, 과수원도 못하고 버려진 땅이나 같습니다. 땅 임자가 환장을 하고 팔 겁니다."

"그럼 사세요."

"도대체."

이맛살을 모은 윤기덕이 이광을 보았다.

"왜 이런 땅을 매입하려고 그럽니까?"

"애들 극기 훈련."

"아하."

그때서야 납득을 한 윤기덕이 커다랗게 머리를 끄덕였다. 얼굴에 웃음까지 떠올라있다.

"과연, 그런 장소로는 어울립니다."

"요즘 애들이 정신 상태가 흐트러져 있어서."

"그렇지요, 이런 땅에서 훈련을 시키면 단련이 되겠지요."

"사람들 눈에 띄면 안 되니까……."

"맞습니다."

"소문내지 마세요."

"아, 제가 회사일 한두 번 합니까? 10년 가깝게 합니다."

윤기덕이 서운하다는 듯이 목소리를 높였다. 발을 뗀 이광의 옆으로 윤기덕이 따라왔다.

"고문님, 그럼 제 수수료는……."

윤기덕의 두 눈이 번들거리고 있다. 상기된 얼굴에 땀방울이 돋아났고 반쯤 빠진 머리도 땀에 젖었다.

"1프로를 드리지."

이광이 말하자 윤기덕이 숨 들이켜는 소리를 내었다. 눈을 갑자기 크게 뜨는 바람에 눈두덩에 매달렸던 땀방울이 떨어졌다. 지금까지 윤기덕은 수수료 0.5퍼센트를 받았던 것이다. 그것도 줄 때도 있었고 안 줄 때도 있다. 그런데 1프로라니, 1억에 1프로면 1백만 원이다. 이런 땅을 팔려고 내놓은 곳이 많은 터라 그냥 앉아서 1백만 원 먹는 것이나 같다.

"제가 당장 내일 계약하지요."

윤기덕이 소리치듯 말했다.

"등기 이전까지 사흘이면 충분합니다, 고문님."

"내가 돈 마련해 올 테니까 근처 땅도 더 알아봐놔요."

"예, 고문님."

이쪽은 어떻게 되건 간에 수수료만 챙기면 되는 것이다. 윤기덕의 어깨가 솟았고 걸음이 빨라졌다. 뜨거운 일요일 오후다.

"이 과장이신가요?"

오전 9시 반, 수화구에서 사내의 목소리가 울렸다.

"누구 찾으십니까?"

이광이 확인하듯 묻자 사내가 대답했다.

"이광 과장 말씀입니다."

"접니다만."

외부에 명함을 뿌릴 때 과장으로 찍는다. 바그다드에 갈 때부터다. 그때 사내가 웃음 띤 목소리로 말했다.

"전 태우상사 섬유부 배기준 과장입니다, 처음 뵙습니다."

이광이 숨을 들이켰다. 태우상사는 한국 1위의 재벌그룹이다. 따라서 태우맨이 되는 것은 고시패스 하는 것과 동급으로 쳐줬다. 정부가 '수출 진흥', '수출만이 살길이다'라고 밤낮으로 부르짖는 바람에 태우상사맨은 오히려 고시패스 한 인간들보다 더 높게 평가받았다. 그 태우맨이 웬일일까?

"예, 그런데 무슨 일이십니까?"

"이 과장님, 아리부카 회장을 만나셨지요?"

그 순간 이광의 눈빛이 강해졌다. 금방 상황을 파악한 것이다. 태우에서 아리부카 이름이 나온 것은 불길한 징조다. 그 불길한 이유는 하나밖에 없다. 그러나 이광이 차분한 목소리로 대답했다.

"예, 압니다."

"우리가 아리부카 그룹하고 건설계약 한 것 아시지요?"

배기준이 다시 물었으므로 이광은 어금니를 물었다.

"모르는데요?"

안다. 신문에 크게 났다. 태우건설이 요르단의 아리부카 그룹과 호텔 2곳의 건설계약을 했다는 것이다. 건설 대금이 4억 불이라고 했던가? 그때 배기준이 말을 이었다.

"제가 어제가 일요일인데도 조선호텔에 들어가 상담을 했습니다. 유성상사에서 샘플 잘 만들어 왔더군요."

"……."

"아리부카 그룹은 우리 태우하고 건설로 연결되어 있어서 섬유도 우리를 통해 수입하겠다는 생각입니다. 물론 생산은 유성이 해야겠죠."

"……."

"가격을 보았는데 마진이 15퍼센트 정도 되더군요. 아리부카 측에서는 저희들한테 가격을 정하라고 했습니다, 이해하시지요?"

"예, 말씀하시지요."

"가격 내실 때 가격 조정을 염두에 두셨을 테니까 오퍼 낸 가격 그대로 컨펌되리라고는 생각하지 않으셨겠죠?"

배기준의 목소리에 웃음기가 띠어졌다. 맞다. 오퍼 가격은 조정을 염두에 두고 7, 8퍼센트 더 올리는 것이 통례다. 깎일 것에 대비해서 올려서 부르는 것이다. 시장에서 흥정하는 것하고 같다. 그때 배기준이 말했다.

"우리가 오퍼 가격 그대로 가격을 받아들이지요. 하지만 그 가격에서 5퍼센트를 우리 수수료로 주십시오."

"……."

"그리고 신용장은 우리 태우 앞으로 올 것입니다, 그러니까 우리한테서 로컬(local) 신용장을 받아 가시지요."

여전히 배기준의 목소리에는 웃음기가 띠어져 있다. 이광이 숨을 들이켰다. 배기준이 앞에 있다면 즉사하게 패고 싶다는 생각이 일어났다. 지근지근 밟기도 할 것이다. 그러나 그것은 생각뿐이다. 이것이 중소기업의 서러움이다. 그야말로 좆 빠지게 일해서 어떤 놈 좋은 일만 시켜준 셈이지만 어쩌겠는가? 바이어는 왕이다. 바이어는 믿을 만한 대기업에 오더를 주고 책임을 지우려는 것이 당연하다. 유성상사란 처음 보는 중소기업에 오더를 줬다가 사고가 났을 때 난 모른다 하고 발뺌을 하면 큰일 나는 것이다. 그때 배기준이 물었다.

"어떻습니까? 이 과장님, 컨펌하시겠습니까?"

"알겠습니다, 할 수 없지요."

어깨를 올렸다가 내린 이광이 말을 이었다.

"그럼 오퍼 가격에서 5퍼센트 깎은 가격으로 로컬 신용장을 받는 것으로 하지요."

"좋습니다."

배기준의 목소리가 밝아졌다.

"그럼 아리부카 측에 통보하겠습니다, 그리고 아시겠지만."

이광의 귀에 배기준의 목소리가 이어졌다.

"아리부카 측에는 우리한테서 5퍼센트 수수료 뗀 가격으로 로컬 신용장을 받는다는 이야기는 안 하시는 것이 낫겠지요?"

"당연하지요."

"그럼 양쪽 다 망하게 되니까요."

배기준이 다시 웃음 띤 목소리로 말했을 때 이광이 물었다.

"언제 술 한잔해야 되지 않겠습니까?"

그러자 배기준이 소리 내어 웃었다.

"아, 그럼요. 룸살롱 가십시다."

한일상사와 대광실업에 준 군수품 오더 1차분이 선적된 것은 9월 중순이다. 2백만 불 오더의 1차분 70만 불이 선적된 것이다. 선적과 동시에 한일과 대광은 로컬 네고를 해서 선적 대금을 받았다. 군수품 오더는 대기업 한일과 대광이 오퍼상인 에이스무역으로부터 로컬 신용장을 받아 작업을 한 것이다. 이 경우는 에이스가 오더를 받은 것으로 되어 있기 때문에 한일과 대광이 찜찜해 할 이유가 전혀 없다. 이광은 네고와 동시에 70만 불의 20퍼센트에 해당하는 14만 불을 파리 제3은행의 마드렌느소냐 구좌로 송금시켰다. 카심의 구좌다. 물론 이광의 에이스무역은 이번 1차분 선적으로 5만 불 정도를 챙겼다. 파리로 송금을 시킨 다음 날 오후 4시 무렵이다. 사무실에서 이광이 국제전화를 받았다. 회사로 걸려온 전화여서 교환이 받아 연결시켜준 것이다. 바그다드의 야합이다. 카심의 보급관, 준장.

"예, 이광입니다."

반가운 이광의 목소리가 커졌다. 그때 야합이 물었다.

"사무실이지요?"

"그렇습니다."

"여긴 오전 10시요, 미스터 리."

"그렇군요."

"사무실이라니까 듣기만 해요."

"예, 듣습니다."

야합은 도청을 대비해서 밖에서 전화를 하는 것 같다. 야합이 말을 이었다.

"잘 받았소, 미스터 리."

"당연하지요."

"3차분 선적시키고 오셔야겠소."

"알겠습니다."

"이번 물량은 큽니다."

야합이 말을 이었다.

"내가 샘플을 에이스로 보내면 되겠지요?"

"그러면 됩니다."

"알겠소, 통화 끝냅니다."

군입답게 할 이야기만 하고 통화를 끝냈을 때 옆자리의 김성규가 물었다.

"누구야?"

"바그다드야."

"할라피로군."

"그래, 잘 아네."

머리를 끄덕인 이광이 김성규를 보았다.

"너 미국 오더는 얼마나 받았어?"

"1백만 불쯤 돼."

김성규가 표정 없는 얼굴로 대답하더니 덧붙였다.

"내년 초 선적이야."

"그럼 내년에 네 과에서 3백만 불은 하겠군."

"무슨 소리, 200이 적당해."

김성규가 이맛살을 찌푸렸다. 목표 대비 실적으로 평가하는 터라 목표를 많이 잡으면 실적률이 떨어진다. 그래서 각 과는 목표를 줄이려고 사생결단을 하고 오더를 은폐 내지는 미루는 상황이다. 이광이 눈을 가늘게 뜨고 김성규를 보았다. 9월 중순인 현재 이광의 3과와 김성규의 4과는 모두 올해 수출 목표를 초과 달성한 것이 확실해졌다. 그것이 130%이냐 140%이냐일 뿐이다. 그런데 그 올해 실적을 기준으로 내년 목표가 설정되는 것이다. 내년의 바이어 전망, 시장 동향까지 참조하여 과에서 작성한 목표를 윗선에서 조정해서 결정한다. 그러니 지금은 제각기 죽는소리를 해야 내년에 덜 고생한다. 김성규가 1백만 불 수주했다는 것도 줄여서 말했을 가능성이 1백%다. 어제까지 김성규는 일주일간 미국에서 온 바이어와 상담을 했던 것이다.

"그건 그렇고."

영리한 김성규가 화제를 바꿨다.

"너, 내가 여자 소개시켜 줄까?"

"이건 또."

쓴웃음을 지은 이광이 앞쪽을 보았다. 정현애가 신입 사원 둘에게 뭔가를 이야기하는 중이다. 한 달쯤 전에 이광의 3과는 대졸 신입 사원 둘을 충원 받았는데 아직 업무 실습 중인 것이다. 김성규가 이광의 시선을 따라 신입 사원 중 여직원 윤지혜를 보더니 목소리를 낮췄다.

"쟤가 색기(色氣)가 있어."

"이 자식이."

눈을 치켜뜬 이광이 김성규를 노려보았다.

"너 그랬다간 혼나."

"농담이야. 정현애도 있는데 내가 체면이 있지."

"그래도 제가 지은 죄를 아는군."

"말이 딴 데로 샜는데, 내 사촌 동생 친구가 있는데 중학교 교사야. 괜찮은데 소개시켜 줄게."

"아, 됐어."

"사양 말고. 너한테는 과분할 만큼 괜찮아."

그 순간 이광의 눈앞에 강은서의 얼굴이 떠올랐다. 강기창한테 연락하겠다고 해놓고 지금까지 안 했다.

"강은서 선생님?"

이광이 묻자 수화구에서 목소리가 나왔다.

"네, 전데요."

"오랜만이오."

공중전화 박스 안이다. 전화기를 귀에 붙인 이광이 주위를 둘러보았다. 이곳은 시골 버스정류장 옆, 주위는 논밭이 펼쳐진 완전 시골이다. 9월 중순이어서 논의 벼는 누렇게 익어 늘어져 있다. 바람 한 점 없는 뜨거운 날씨, 공중전화 박스 옆 버스 정류장에는 할머니 두 분이 앉아 이야기를 나누는 중이었고 비포장도로에는 차량도 오가지 않는다. 오직 이광이 타고 온 왜건 한 대만 세워져 있을 뿐이다.

"누구세요?"

강은서가 맑은 목소리로 묻자 이광의 심장 박동이 빨라졌다.

"나 살인청부업자요."

"어마나."

깜짝 놀란 강은서의 외침이 터졌다. 입맛을 다신 이광이 손등으로 이마의 땀을 닦았다. 화요일 오전 11시, 선양 초등학교는 이곳 왕신리 버스정류장에서 1킬로 거리라고 들었는데 2백 미터 앞이 삼거리다. 오른쪽인가? 왼쪽인가?

"웬일이세요?"

다시 강은서가 물었다. 아직 놀람에서 벗어나지 못한 목소리다.

"웬일이긴? 오빠가 자꾸 전화해보라고 해서 말이오."

"오빠는 참."

"은서 씨는 왜 나한테 전화 안 해요?"

"바빠서요."

"애들 배구 가르친다면서요?"

"시합이 한 달 남았거든요."

"배구 잘해요?"

"못해요, 그래도 애들이 좋아해서……."

"배구공도 없다면서요?"

"오빠가 그랬어요?"

공중전화 박스 문을 열어놓았어도 땀이 줄줄 흘렀다. 다시 손등으로 땀을 닦은 이광이 물었다.

"왕신리 버스 정류장에서 선양 초등학교는 어떻게 가요? 왼쪽 길? 아니면 오른쪽?"

"어머나."

다시 놀란 외침을 뱉은 강은서가 말을 끊었다.

"여보세요."

전화를 끊었나, 해서 다시 부른 이광이 동전 투입구에 동전을 넣었다.

"지, 지금 어디세요?"

강은서가 말까지 더듬는다.

"지금 왕신리 버스정류장에 있어요."

"어머나."

"어디로 가요? 왼쪽 길?"

"오, 오른쪽요."

"왜 말을 더듬어요?"

"정말 오신 거예요?"

"살인청부를 받아서."

"그런 말 마세요, 정말."

"오른쪽 길로 쭉 가면 되나?"

"5백 미터쯤 오면 왼쪽으로 보여요."

"알았어요."

전화기를 내려놓은 이광이 박스를 나와 왜건에 올랐다. 곧장 버스 정류장을 떠나 삼거리에서 오른쪽 길로 꺾어진 이광이 차에 속력을 내었다. 비포장도로여서 왜건 뒤로 먼지가 구름처럼 일어났다. 그때 왼쪽에 건물이 나타났다. 단층의 긴 건물이다. 학교 같다. 운동장에는 아이들이 뛰놀고 있다. 차의 속력을 줄인 이광이 운동장 안으로 들어가 구석에 차를 세웠다. 아이들이 우르르 차 주위로 몰려들었고 교실에서도 창으로 아이들 머리가 나왔다. 수업 시간인 것이다. 차 밖으로 나온 이광이 곧 교사에서 나오는 강은서를 보았다. 50미터쯤 떨어져 있어도 당황하고 부끄럽고 두려운 기색이 역력하게 드러났다. 짧은 머리, 반팔 흰 셔츠, 검정색 바지 차림으로 강은서가 어색하게 다가왔다. 아이들 몇 명은 강은서 뒤를 따라왔고 운동장에서 놀던 아이들 10여 명은 왜건 주위에서 차 구경을 하고 있다. 자가용이 드문 시절이다. 고시패스를 해야 자가용을 지참한 신붓감을 만난다고 했다. 어기적거리며 강은서가 다가오더니 이광을 보았다. 얼굴이 상기되어 있다.

"갑자기 이렇게 오시면 어떻게 해요?"

"왜? 선생님들이 다 봅니까?"

"지금 교장 선생님도 여길 보고 계세요."

"잘됐네."

"뭐가요?"

"살인청부업자 애인 소문이 다 나겠군."

"미쳤어요?"

눈을 흘긴 강은서가 둘러선 아이들에게 소리쳤다.

"뭐하니? 다 돌아가!"

주춤거리던 아이들이 몸을 돌렸는데 강은서를 어려워하는 것 같다. 그것을 본 이광이 빙그레 웃었다. 차로 다가간 이광이 뒤쪽 문을 열었다. 그러자 그물에 묶은 배구공이 드러났다. 모두 30개, 거기에다 배구 네트가 한쪽에 쌓여 있다. 그것을 본 강은서가 숨을 들이켰다.

"배구공하고 네트 가져왔어요."

배구공을 먼저 끌어내린 이광이 이마의 땀을 닦았다.

"네트도 정품을 사 왔는데 기둥은 저기 있군."

이광의 시선이 옆쪽 배구 코트로 옮겨졌다. 기둥은 제대로다. 그러나 네트는 꼭 미친놈이 걸친 넝마 같았다. 찢어지고 해져서 다른 색깔의 끈으로 얼기설기 묶었는데 밑 부분이 덜렁거린다. 지금 당장 내버려도 누가 집어가지도 않을 것이다.

"자, 우선 네트를 갈아 낍시다."

이광이 말하자 강은서가 머리를 저었다.

"아뇨."

"뭐가 아뇨요?"

"저기……."

"더워 죽겠는데 빨리 말해요."

"고마워요."

강은서의 얼굴이 빨개졌다. 콧등에 땀방울이 돋아났고 눈은 번들거린다.

"인사는 됐고."

이광이 배구공 뭉치를 들고 강은서를 보았다.

"이 공은 어디에다 둘까?"

그때 강은서가 말했다.

"교장 선생님 만나러 가요."

"왜?"

"교장 선생님께 말씀드리는 게 낫겠어요."

"왜?"

"고맙다는 인사라도 받으셔야죠."

"날 누구로 소개하려고? 살인청부업자?"

"오빠 친구로……."

"애인은 안 되고?"

"그래도 돼요."

외면한 강은서가 말했을 때 교사에서 사내 둘이 나왔다. 그것을 본 강은서의 얼굴이 하얗게 굳어졌다. 그 순간 수업이 끝나는 종이 울리더니 교사에서 아이들이 쏟아져 나왔다. 그들은 이미 배구공 30개 뭉치를 다 본 것이다.

"어머나, 교장 선생님, 교감 선생님이……."

당황한 강은서가 숨을 들이켜며 말했다. 얼굴이 이제는 하얗게 굳어 있다.

"어쩌면 좋아."

그때 다가온 사내 중 나이 든 쪽이 먼저 말했다.

"강 선생, 웬 배구공인가? 누구신가?"

배구공을 보고 나온 것이다. 둘의 시선이 공과 네트에 박혀 있는 것이 그 증거다. 그때 이광이 둘에게 인사를 했다.

"예, 이광이라고 합니다. 강은서 외사촌 오빠가 됩니다."

"아, 그러세요."

건성으로 머리를 끄덕인 나이 든 사내가 대답했다.

"난 교장 유기술입니다. 이쪽은 교감선생이시고, 그런데……."

"예, 은서가 배구공이 거의 없다고 해서 제가 가져 왔습니다. 오는 길에 네트까지 가져오기를 잘했네요."

"아이구."

감동한 교장의 얼굴이 환해졌다.

"우리 교육청 예산이 모자라서, 아이구, 이렇게 고마울 데가. 저기 안으로 들어가서 차라도 한 잔 하시지요."

"가시지요."

교감이 배구공 네트를 집어 들면서 거들었다. 그러다가 멀찍이 서 있는 남자 선생을 소리쳐 불렀다.

"어이! 최 선생! 여기 네트 좀 가져가!"

"아니 그냥 여기서 새 네트로 바꿔 달라고 하지요, 교감선생."

교장이 지시했다.

"공은 가져가고."

"예, 교장 선생님."

어깨를 부풀린 교감이 다가오는 최 선생을 향해 다시 소리쳤다.

"오 선생, 주 선생도 나오라고 해서 여기 네트 새것으로 바꿔 달지!"

그때 교장이 이어서 말했다.

"여기 강 선생 오빠가 기증하신 거네."

그동안 이광은 숨만 쉬었고 강은서는 이쪽저쪽에 시선을 주었는데 얼굴이 빨개졌다 희어졌다 했다. 이광은 교장과 교감을 따라 교장실로 들어가 차를 대접받았다. 교장이 아끼는 대추차라고 했다. 대추차를 마신 이광이 교장실을 나왔을 때 운동장에서는 어느새 배구 네트를 걸어 놓고 아이들이 새 공으로 배구 연습을 하는 중이었다. 흰 새 공이 대여섯 개나 허공으로 솟았다가 내려왔고 운동장은 아이들의 환성으로 뒤덮여 있다. 10여 명뿐인 선생님들도 모두 나와 있다. 이광은 만족했다. 이건 투자 대비 1천 배쯤 만족이다.

5장 아무도 믿지 않는다

아리부카 오더가 결정되었을 때는 이광이 강은서를 만나고 온 다음 날이다. 조선호텔에서 이광은 그동안 전화만 했던 태우상사 배기준과 그때 처음 상면했다.

"반갑습니다."

웃음 띤 얼굴로 악수를 청한 배기준은 30대 초반쯤이다. 확실히 이광보다는 연상이었다. 아리부카와 파이드는 웃기만 했고 배기준이 한국어로 말을 이었다.

"이쪽에서 그렇게 하자고 한 것이니까 양해해 주시기 바랍니다."

그러더니 곧 탁자에 오퍼 시트를 펼치면서 영어로 말했다.

"모두 57만 불 물량으로 올 12월부터 2월까지 3개월간 월별 선적이 됩니다."

숨을 들이켠 이광이 오퍼 시트를 보았다. 완벽하다. 제1의 재벌그룹 태우상사에서 작성한 오퍼 시트인 것이다. 가격은 이광이 낸 그대로다. 각 스타일별 수량, 선적일이 상세하게 적혀 있어서 질문할 것도 없다. 머리를 든 이광이 아리부카를 보았다.

"예, 납기와 품질을 지키겠습니다, 회장님."

"이렇게 직접 생산자하고 만나게 되어서 우리도 기쁩니다."

아리부카가 웃음 띤 얼굴로 말했다.

"더구나 태우가 보증을 하게 되어서 말이오."

"예, 저도 기쁘게 생각합니다."

"샘플을 아주 잘 만들었어요."

"감사합니다."

인사를 마친 이광이 배기준과 함께 방을 나왔다.

"이 형, 언제 술 한잔하실까요?"

호텔 복도를 걸으면서 배기준이 물었다.

"다음 주에 하시죠."

배기준을 알아놓아야 일에 지장이 없다. 로컬 L/C를 받는 입장이 되었으니 하청 업체나 마찬가지다. 설령 오더를 이쪽에서 받았더라도 칼자루는 마스터 L/C를 쥔 쪽이 쥐게 되는 것이다. 이광의 가슴이 다시 부글거렸다. 배기준은 아리부카가 원했기 때문에 그렇게 되었다고 했지만 그 반대의 경우도 가능한 것이다. 아리부카 그룹과 거래를 하고 있는 터라 중소기업인 유성상사와 직접 거래를 하면 위험하다고 겁을 주었을 수도 있다. 호텔 현관에서 배기준과 헤어진 이광이 에이스무역에 들렀을 때는 4시가 되어갈 무렵이다.

"오셨어요?"

열심히 무엇인가를 쓰던 정남희가 이광을 보더니 웃음 띤 얼굴로 인사했다. 이제 정남희는 업무 파악을 끝내고 보조 역할을 하고 있다. 이라크 군납 오더의 마지막분 선적을 체크하고 있는 것이다.

"전무님은?"

에이스 전무가 된 유민우를 찾자 정남희가 대답했다.

"고춘식 씨하고 한일상사에 가셨어요."

사무실에는 미스 신도 보이지 않았고 정남희 혼자 남아 있다. 옆쪽 소파에 앉은 이광이 정남희에게 물었다.

"어때? 에이전시에 근무하는 것이?"

"적성에 맞아요."

바로 대답한 정남희가 이광을 보았다.

"대기업에 가도 오더를 주는 입장이라 대우를 받거든요."

"그렇군."

"대기업은 중소기업을 깔보는 경향이 있잖아요? 실제로 하청을 주니까 갑을 관계가 형성되고요."

"맞아."

이광의 얼굴에 쓴웃음이 번졌다. 바로 조금 전에 태우상사의 배기준을 만나고 온 이광이다. 오더를 이쪽에서 받았다고 해도 갑을 관계가 되는 것이다.

"3차분 선적이 언제 되지?"

"일주일 후에 선적됩니다."

정남희가 서류를 보면서 대답했다. 정남희, 고춘식은 이라크 군납 오더를 이광이 받아 온 줄은 아직 모른다. 그것은 이광과 유민우 둘만 아는 비밀이다. 만일 알려지면 이광이 약점을 잡히게 된다. 2개 직업을 갖고 오더를 제가 차린 에이전시로 돌려 수수료를 떼어먹은 상황인 것이다. 그러나 이광은 양심의 가책을 느끼지 않았다. 이것도 윈윈 아니냐? 대기업도 다 이렇게 시작했다고 들었다. 근무하다가 오더를 떼어 갖고 도망친 경우보다는 낫다. 수수료를 뗀다고 해도 손해를 주지도 않았다. 너도 먹고 나도 먹었다. 그렇게 만들려고 죽을 고생을 했지 않느냐? 사주 황학수 회장이 백영주에게 유성상사를 넘기는 건 당연하다. 사주 마음이다. 그렇다고 내가 유성상사를 위해 목숨을 바칠 수는 없다. 이건 고구마3 벙커에서 국가를 위해 목숨을 바쳤던 경우하고는 다르다. 유성이 국가냐? 나도 내 회사를 차려서 국가에 충성하련다. 이것이 요즘 이광의 머릿속에 굳어지고 있다. 아직 과장 대리인데도 그렇다.

"나, 어떻게 생각해?"

백영주가 소주잔을 들고 불쑥 그렇게 물었다. 이곳은 인사동의 낙지 골목 안, 이광과 백영주는 혼잡한 식당에서 소주를 마시는 중이다. 오후 8시 반, 소주는 세 병째다. 이광이 표정 없는 얼굴로 되물었다.

"여자로 말이야? 아니면 기조실 과장으로?"

"말 복잡하게 만들지 말고."

술기운으로 붉어진 얼굴을 든 백영주가 나무랐다.

"야 이 대리, 생각나는 대로 말해."

"널 볼 때마다 성적 충동이 일어나."

"또 마스터베이션 했다고 하겠군."

"우리 좀 젊잖게 놀자."

"네가 먼저 시작했어."

"또 너라고 할래?"

"나이도 한 살 어린 게 뭐."

"그럼 그거 할 때도 넌 항상 위에서 하겠다, 여성 상위 자세로."

"입 닥쳐."

그래서 이광이 입을 다물었더니 한 모금에 소주를 삼킨 백영주가 길게 숨을 뱉고 말했다.

"하긴 우린 섹스도 안 해놓고 한 5년 같이 산 사이 같다."

"다 네 탓이야. 항상 줄 듯 말 듯 하다가 안 줬으니까."

"그래서 날 볼 때마다 일어나는 거야?"

"뭐가 일어난다고? 이 여자 말하는 것 봐."

"충동이라고 했잖아, 인마."

"이젠 욕까지 하네."

이광이 지그시 백영주를 보았다. 말끔하고 뽀얀 얼굴이 술기운에 붉게 물들었고 물기를 띤 두 눈이 반들거리고 있다. 반쯤 벌어진 붉은 입술이 육감적이다.

"뭘 봐?"

눈을 흘긴 백영주가 묻자 이광이 긴 숨을 뱉었다.

"너 만나면서 내가 절제하는 것을 배우고 있어."

"아쭈."

쓴웃음을 지은 백영주가 빈 잔에 술을 채웠다. 이제 둘이 있을 때는 반말이 자연스럽다. 그러나 아직 육체적인 접촉은 없다. 손도 잡아보지 않았다. 둘 다 회장 황학수가 둘을 맺어주려는 의도를 알기 때문에 서둘지 않는 것인지도 모른다. 특히 이광이 그렇다. 말은 진하게 해왔지만 실제로 행동으로 옮기지는 않는 것이다. 그것에 익숙해진 백영주도 말대꾸만 진해지고 있다. 오늘은 이광이 널 만나고 돌아가면 네 알몸을 그리면서 자위하는 버릇이 들었다고 했던 것이다. 다시 한 모금 소주를 삼킨 백영주가 말을 이었다.

"내년에 과장 진급하면 1년 만에 대리에서 과장 되는 거야."

이광은 시선만 주었다. 그렇다. 유성상사의 신기록이다. 대게 과장대리에서 2년이나 3년이 지나야 과장으로 진급했던 것이다. 그러나 이광은 1백 프로 가까운 실적을 더 올린 데다 전장(戰場)인 바그다드에서 50만 불이 넘는 오더를 가져온 영웅이다. 특진이 하나도 어색하지 않다. 그때 백영주가 말을 이었다.

"넌 유성상사의 영웅이 되었어. 석 달 후에 과장이 되어도 불공평하다고 말할 사람은 없어."

"……."

"너하고 김성규 그리고 6과 김병삼 대리까지 수출부에서 셋이 과장 진급을 할 거야."

"김병삼까지?"

이광이 되묻자 백영주가 머리를 끄덕였다. 김병삼은 30세, 기혼자로 아이가 둘 있다. 이성대 출신으로 능력은 뛰어나지만 술을 좋아해서 근태가 불량, 실적은 1백 퍼센트 겨우 달성 그러나 대리 3년 차다. 백영주가 말을 이었다.

"내년에 31살이 되고 진급 안 되면 회사 그만둘 거야. 요즘 수출이 호황이니까 다른 데 알아볼 수 있겠지."

"……."

"이건 회장님이 결정하신 거야, 난 입도 뻥긋 안 했어."

"누가 뭐래?"

"그리고 나도 내년에 기조실 차장으로 진급해, 기조실을 맡게 되는 거지."

"그거야 지금도 대장 노릇을 하는데 뭐. 기조실장 김상구 부장은 어디로 가는 건데?"

"국내영업본부장으로 승진해서 가."

이광이 머리를 끄덕였다. 그렇게 되면 기조실을 장악한 백영주가 황학수 회장의 최측근으로 유성상사를 완전히 장악하게 되는 것이다. 이광이 술잔을 들고 말했다.

"이거 슬슬 불안해지는데, 얼른 너하고 한 번 자야지 이 불안감이 없어질 것 같다. 어때? 오늘 여관 갈까?"

백영주가 머리를 끄덕였다. 그런데 딴생각을 하는 것 같다.

"보이십니까?"

윤기덕이 묻자 이광이 망원경의 초점을 조정했다. 보인다. 우측 벌판 끝에 꽂은 대나무 장대, 끝에 붉은 천이 매달려 있다. 그곳까지가 이번에 매입한 땅이다. 윤기덕이 눈썹 위에 손바닥을 붙이고 그쪽을 보면서 말했다.

"그 아래쪽에도 작대기를 꽂아 놓았습니다. 이번 땅은 자갈밭이라 평당 800원씩 쳤습니다."

멀어서 망원경으로 봐야만 하는 위치다. 망원경을 내린 이광이 땅바닥에 펴놓은 지도 앞에 쪼그리고 앉았다. 윤기덕이 옆에 앉더니 설명했다.

"이번에는 1억2천으로 14만 평을 구입했습니다. 정확하게 142,754평, 등기 이전까지 다 끝냈습니다."

"수고했어요."

이것으로 윤기덕은 또 120만 원을 벌었다. 이곳은 버려둔 땅이라 대를 이어서 상속된 것도 모르고 있다가 판 셈이었다. 대부분이 근처 농민이어서 평당 800원씩 쳐준다는 소리에 깜짝 놀라서 다투어 내놓은 것이다. 그들도 고속도로가 뚫리고 서울이 확장된다는 소문을 들었을 것이다. 그러나 이 근처의 땅은 전혀 매물이 없다. 깡패들의 훈련장으로나 쓰일 땅이다. 이광이 잠자코 지도를 내려다보았다. 한 달 사이에 강남의 땅 30만 평가량을 매입했다. 수수료로 받은 돈과 갖고 있던 돈을 땅에 투자한 것이다. 모두 31만5천 평이다. 오후 3시다. 회사에서 시내로 나왔다가 윤기덕과 함께 매입한 땅을 확인하려고 온 것이다. 이윽고 지도를 접은 이광이 자리에서 일어섰다. 땅에 대한 정보는 강기창한테서 받았지만 이광이 나름대로 검토한 결과 투자할 만한 가치가 있었던 것이다. 장기 투자다. 땅은 어디로 도망가지 않는 보석이다. 윤기덕과 헤어진 이광이 회사에 돌아왔을 때는 오후 7시가 되어갈 무렵이다.

"오셨어요?"

사무실에 혼자 남아 있던 윤지혜가 웃음 띤 얼굴로 이광을 맞았다. 안창문과 신입사원 박형우는 공장에서 외부 퇴근을 한다고 했고 정현애는 퇴근한 모양이다. 6시가 퇴근 시간이었지만 수출부 사무실에는 대여섯 명이 남아서 일을 하는 중이다.

"일이 밀렸어?"

이광이 건성으로 묻자 윤지혜가 열심히 대답했다.

"아리부카 오더 작업 지시서 작성하고 있어요."

"소요량 산출이 제대로 돼?"

"네, 맞추고 있습니다."

오더만 받으면 끝나는 게 아니다. 원가 계산을 할 때 원단 소요량을 파악하여 가격을 내지만 생산할 때 원단이 엄청나게 들어가는 사고가 날 수도 있다. 그럼 오더 받아서 망하게 되는 것이다. 윤지혜는 영리해서 입사 두 달이 되었지만 소요량 산출을 잘했다. 동기인 박형우보다 나았다. 그래서 두 달 동안 업무 파악을 시키면서 신입 사원 둘의 적성이 드러났는데 박형우는 털털하고 거칠어서 공장 체크에 적합했다. 그래서 오늘도 안창문이 공장에 데려간 것 같다. 반면에 윤지혜는 계산이 밝고 응용력이 뛰어나서 상담에 도움이 되었다. 이광이 상담 때 몇 번 조수로 데려간 적이 있다. 둘 다 약점을 보완하면 우수한 세일즈맨이 될 가능성이 있다. 자리에 앉은 이광이 전화기를 들고 버튼을 눌렀다. 국제전화다. 집에서 국제전화를 하면 요금이 엄청나게 나온다. 그리고 이것은 업무 전화다. 전화기를 귀에 붙인 이광이 벽시계를 보았다. 오후 7시 5분, 이 시간에 하려고 서둘러 사무실로 돌아온 것이다. 그때 신호음 두 번 만에 응답 소리가 들렸다. 바그다드는 지금 오후 1시다. 6시간 시차가 나는 것이다.

"아이와."

굵은 사내의 목소리가 울렸다. 이광은 지금 할라피의 사무실로 전화를 한 것이다.

"여기 한국이오, 거기 누굽니까?"

이광이 묻자 사내가 바로 대답했다.

"나 와시드요, 미스터 리 아니요?"

"오, 와시드. 그래요, 나 이광이오!"

이광이 반갑게 소리쳤다. 할라피의 차남 와시드다. 그때 와시드가 말했다.

"리, 아버지는 지금 집에 주무시러 가셨소. 그래서 당신한테서 전화가 오면 나한테 대신 전하라고 했소!"

와시드의 목소리가 이어졌다.

"이번 오더 다 실었으니까 추가 오더 하려고 바그다드에 오라는 거요."

"알았습니다, 와시드."

내년 오더를 받아야만 한다. 올해 1차로 23만 불을 무사히 실었으니 2차는 그 두 배쯤 될 것이다. 그럼 내년에는 할라피 50만 불, 이번에 받은 아리부카 57만 불, 거기에다 군납 오더가 추가되어야 한다. 과장 진급은 하겠지만 과장으로 끝날 수는 없지 않는가?

이태원의 요정 화원은 특급 요정으로 이광이 소문만 듣던 곳이다. 오후 8시 반, 종업원의 안내로 이광이 방에 들어서자 배기준이 손을 들어 반겼다.

"어서 와요, 이 과장."

온돌방은 사방 7, 8미터쯤 되었고 노란색 장판은 반들거렸다. 이미 교자상에 한정식 요리가 가득 차려졌는데 한복 차림의 여자 둘이 앉아 있다가 이광을 맞아 일어섰다. 화려한 한복에 눈이 부셨고 여자들도 심장이 멎는 느낌이 올 만큼 미인이다. 이광도 나이트니 룸살롱이니 섭렵을 한 데다 카스파 덕분에 최고급 룸살롱의 최고급 아가씨들도 겪었지만 이곳은 또 다른 세상이다. 화원은 정치인이나 대기업들의 은밀한 접대 장소로 소문난 곳이다. 이광이 알기로는 유성상사의 간부들 중 이곳에 온 인사는 없다. 그만큼 차원이 다른 곳이었고 예약제여서 뜨내기손님은 받지도 않는다.

"자, 넌 거기 앉고."

배기준이 여자 하나에게 이광 옆자리를 눈으로 가리키며 말했다.

"자, 오늘은 실컷 마시고 놉시다, 이 과장."

"예, 감사합니다."

자리에 앉으면서 이광이 웃었다. 여자가 옆으로 오더니 이광의 재킷을 벗겨 옷걸이에 걸어놓고 돌아왔다.

"우리는 아리부카하고도 여기서 한잔했어요."

술잔을 든 배기준이 웃음 띤 얼굴로 이광을 보았다.

"좋아하더군."

"파이드 전무도 같이 접대했습니까?"

"그렇지. 그 둘하고 우리 상사 사장하고 전무, 부장, 나, 이렇게."

한 모금에 위스키를 삼킨 배기준이 말을 이었다.

"내가 제일 졸자라 심부름만 했지."

"여기 술값 비싸겠죠?"

"특급 룸살롱의 두 배 정도로 보면 돼요."

"우린 여기 못 오겠는데."

"나도 높은 놈들한테 끼어서나 왔지. 내가 주빈으로 이곳에서 접대한 건 오늘이 처음이오."

그러자 여자들이 낮게 웃었다. 교양미가 철철 흐르는 여자들이다. 머리를 돌린 이광이 파트너를 보았다. 시선이 마주치자 여자가 눈웃음을 쳤다. 가슴이 서늘해지는 미인이다. 갸름한 얼굴, 맑은 눈, 머리는 이씨 조선 공주마마처럼 틀어 올렸다. 이광이 눈을 가늘게 뜨고 물었다.

"이름이 뭐요?"

"서은하입니다."

"이차 됩니까?"

"앗하하."

듣고 있던 배기준이 소리 내어 웃었으므로 여자는 대답하지 않아도 되었다.

"자, 이 과장, 한 잔."

배기준이 제 빈 잔을 내밀면서 웃음 띤 얼굴로 말했다.

"우리 업무 이야기부터 합시다."

"그러지요."

여자한테서 술병을 받아든 배기준이 이광의 잔에 술을 채우면서 말했다.

"내가 이 과장에 대해서 좀 알아보았어요. 유성에서 가장 능력이 있는 과장이시더군."

이광이 긴장했다. 배기준이 자신의 뒷조사를 한 모양이다. 과연 일류기업의 간부답다. 사전에 거래선 조사를 한 것이다. 하긴 이쪽도 마찬가지다. 이쪽은 전문가인 김방현을 시켜 배기준의 재산까지 조사해놓았다. 그때 배기준이 말을 이었다.

"바그다드에서 오더를 꽤 가져오셨더군요, 미사일도 맞으시고."

"내가 맞은 건 아니죠, 아래층에 떨어져서……."

"군납 오더도 받으시고……."

"그거야 로컬이니까요."

"우리 로컬도 좀 하실랍니까?"

정색한 배기준이 물었으므로 이광이 똑바로 시선을 주었다. 용건이 이것이다. 배기준은 34세, 과장 4년 차인데 내년에 부장대리로 진급할 예정이다. 결혼한 지 5년, 아이가 둘. 그런데 집이 4채다. 아파트가 2채, 단독주택 2채, 와이프는 자가용을 몰고 다닌다. 물론 배기준은 버스를 타고 출근한다. 이광이 머리를 끄덕였다.

"하지요."

"무슨 말씀인지 이해하시지요?"

"압니다."

"거기 조건은 까다롭지 않지요?"

"물론입니다."

"이렇게 해서 인연이 맺어지는 것이지요."

배기준이 다시 이를 드러내고 웃었다. 자세하게 말하지 않아도 아는 것이다. 아리부카 오더는 이광이 받은 터라 수수료 5%만 공식적으로 떼어서 태우상사에 넘겨주면 된다. 그러나 거대그룹 태우상사의 오더가 그것뿐이겠는가? 배기준이 관리하는 오더만 해도 1천만 불이다. 그 오더 중 일부를 이광에게 넘겨 로컬 실적을 주고 이광과 배기준만의 비밀 거래를 트자는 것이다. 그러면 이광은 실적을 올려서 좋고 배기준은 리베이트를 먹어서 좋다. 오늘 술을 사는 가장 큰 이유가 이것이다.

"난 안 가면 안 될까?"

유민우가 조심스러운 표정으로 이광을 보았다. 오전 11시 반, 이광이 에이스무역 사무실에 와 있다. 전무실에 마주앉은 유민우가 말을 이었다.

"와이프는 내가 하루만 시골에 가도 따라가려고 난리를 쳐. 집에 애들하고 혼자 있는 게 무섭다는 거지."

이광이 잠자코 유민우를 보았다. 유민우는 일찍 결혼해서 아이가 둘이다. 세 살, 한 살짜리 아이를 키우는 터라 부인 신경이 예민해져 있는 것 같다. 한 모금 커피를 삼킨 이광이 머리를 끄덕였다.

"알겠어, 형. 내가 혼자 갈게."

"미안해."

시선을 내린 유민우의 흰 얼굴이 조금 상기되었다. 이광은 지금 유민우에게 바그다드에 같이 가자고 했던 것이다. 바그다드 군납 오더를 계속해서 에이스무역이 처리해야 될 테니 유민우에게 현지 상황을 익

혀줄 작정이었다. 유민우가 시선을 내린 채 말을 이었다.

"내가 와이프 핑계를 대었지만 성격이 적극적이지를 못 하고 상담에 맞지 않아. 전(前) 회사에서 나온 것도 그것 때문이야."

"알았어, 형."

"난 그저 네 보조 역할로 일할게. 대신 맡은 행정 업무는 빈틈없이 처리할 자신이 있어."

이광은 다시 한 번 인간의 자질에 대해서 깨우친다. 아무리 학벌이 좋아도 적성에 맞지 않는 일을 시키면 도태되거나 이른바 고문관이 되는 것이다. 유민우는 생산업무와 관리, 은행업무 등 행정업무에는 빈틈이 없다. 이광이 웃음 띤 얼굴로 유민우를 보았다.

"그래도 난 다행이야, 형 같은 조력자를 만나서 말이야."

"내가 행복하지."

유민우가 이광의 시선을 처음으로 받으면서 웃었다.

"다른 곳 같았다면 난 또 고문관 대접을 받았을 텐데 네가 인정을 해주니까 말이야."

"난 5일 후에 바그다드에 갔다가 한 달 후에 돌아와. 이번에는 파리, 요르단까지 들렀다가 올 거야."

"여긴 걱정 마, 난 결심했어."

유민우가 정색하고 이광을 보았다.

"널 보좌하면서 내 인생을 살기로 결심했으니까."

"아유, 형, 부담주지 마."

쓴웃음을 지은 이광이 몸까지 젖혔을 때 유민우가 말을 이었다.

"내 분수를 아는데 널 만난 것이 행운이었지, 네 수족이 될 거야."

"어쨌든 그동안 잘 부탁해, 형."

자리에서 일어선 이광이 전무실을 나왔다. 사무실에 앉아 있던 직원들이 이광을 보더니 자리에서 일어나 인사를 했다. 이광은 레이놀드 오더에서부터 이라크 군수품 오더를 이쪽 에이스에 넘겼지만 직원들에게는 전혀 내색하지 않았다. 내막을 알고 있는 사람은 유민우 하나뿐이다. 양다리를 걸친 무역업자, 무역회사 직원이 한둘이 아니겠지만 비밀 유지가 관건이다. 그동안 생산 파트의 직원 하나가 더 늘어서 사무실에는 직원 넷이 근무하고 있다. 이광의 시선이 훑고 지났을 때 정남희가 말했다.

"이 대리님, 드릴 말씀이 있는데요."

"아, 그래."

"잠깐 회의실로 가시죠."

머리를 끄덕인 이광이 정남희를 따라 회의실로 들어섰다. 정남희는 이라크 군납 오더의 유성 담당이다. 정남희가 이광의 바이어인 셈이다. 회의실의 테이블에 마주보고 앉았을 때 정남희가 이광을 보았다.

"이 대리님, 유성 담당을 바꿔주세요."

"응? 왜?"

놀란 이광이 긴장했다. 유성의 군납 담당은 신입 사원 박형우다. 안창문의 조수 역할로 군납의 생산 업무를 맡고 있는 것이다. 털털하고 거칠어서 생산 공장 관리에 적임이다. 그때 정윤희의 얼굴이 조금 붉어졌다.

"약속을 자주 어기고요, 품질검사를 그냥 넘어가려는 버릇이 있습니다. 제가 여자라서 깔보는 것이 아닌가 생각했는데 성격이 그런 것 같습니다."

"……"

"군납 오더 중간검사에서 사이즈가 조금 적은 것이 몇 개 발견되었는데 그 원인이 공장에서 재단할 때 사이즈를 줄인 것 같아서 시정 요구를 했는데 듣지 않아요."

"……."

"에이스무역과 이 대리님이 친분 관계가 있으니까 그냥 넘어가도 될 것 같다는 사고를 가진 것 같습니다."

이광이 심호흡을 했다. 이런 직원이 필요한 것이다. 에이스의 정남희가 유성의 박형우보다 낫다. 머리를 끄덕인 이광이 정남희를 보았다.

"당장 교체하지, 고마워."

이렇게 상호 견제를 시키는 것이 효율적이다.

"세상이 빠르게 변하고 있습니다, 형님."

김방현이 엄숙한 표정으로 말했다.

"그야말로 눈 깜박하는 사이에 시간도 가지만 인생도 변합니다, 형님."

시청 앞 커피숍 안이다. 오후 1시, 이광이 용역회사 사장 김방현과 마주앉아 있다. 에이스무역에서 나와 은행에 들렀다가 김방현을 만난 것이다. 이광이 건성으로 머리를 끄덕였다.

"새똥 빠지는 소리 그만하고 결과를 요약해서 말해."

"예, 형님."

탁자 위에 서류 봉투를 내려놓은 김방현이 이광을 보았다.

"김성규와 정지현은 이제 가끔 만나는 사이가 되어 있습니다."

이광은 머리만 끄덕였고 김방현이 말을 이었다.

"한 달 동안에 두 번 만났습니다. 그런데 두 번 다 만나서 여관에 가더군요, 여관에서 자지 않고 두 시간쯤 놀고 나왔습니다. 올나이트 안 한 거죠. 그런 관계가 되었습니다."

"계속해."

"그런데 세월이 변한다고 말씀드린 게 이것 때문인데요, 김성규와 정지현이 각각 다른 상대를 만나고 있다는 겁니다."

"놀랍지도 않다, 이제는."

"김성규의 여자는 조이 백화점 홍보실 과장인 안하연입니다. 만난 지 한 달쯤 되었네요."

"이름이 골치 아프네, 안 한다니."

"예, 조이 백화점 사주의 셋째 딸이죠. 어떻게 알게 되었는지는 아직 파악 못 했습니다, 형님."

"그건 상관없고."

"둘이 한 번 잤습니다, 일주일쯤 전에요. 그것도 올나이트입니다, 형님. 안 한 게 아니라 했어요."

"백화점 사주 사위가 될 건가?"

계속 이광의 시큰둥한 반응에 열이 오른 김방현의 목소리가 높아졌다. 두 눈도 번들거린다.

"정지현은 어떤지 아십니까?"

"걘 호텔 사주 며느리가 되었나?"

"비슷합니다."

눈을 크게 든 이광을 향해 김방현이 말을 이었다.

"동해시멘트 사주 아들인 양승기가 사준 아파트로 들어갔습니다."

"……."

"50평짜리 아파트에서 살고 있지요. 살림 차린 지 열흘쯤 되었습니다.”

“같이 살아?”

“그렇게는 안 되죠.”

김방현이 머리를 저었다.

“양승기는 처자식이 있습니다. 세컨드인지 써드인지 모르지만 이틀에 한 번꼴로 아파트에 들렀다가 집에 돌아갑니다, 자지는 않고요.”

“과연 세상 참 빨리 변하는군.”

“그리고 마지막으로 김성규에 대해서 조사한 내용입니다.”

이번에는 김방현이 봉투에서 서류를 꺼내더니 읽었다.

“종로3가에 국제통상이란 무역 회사가 있습니다. 5층 빌딩의 3층에 위치하고 있는데 직원이 10여 명 되고 작년 실적이 1천만 불쯤 되었더군요. 회사가 잘된다고 소문이 났습니다.”

“…….”

“김성규가 국제통상에서는 이사로 불립니다, 사외 이사인 셈이지요.”

“…….”

“그런데 거기 사장이 누군지 아십니까?”

“남영호 씨 아닌가?”

“맞습니다.”

김방현의 얼굴에 웃음이 떠올랐다.

“남영호 씨가 교도소에 있는 동안에 상무가 관리하고 있었더군요. 틈틈이 김성규가 일을 돕고 관리도 했겠지요.”

남영호는 유성상사 전무로 있다가 사장 황근만과 함께 외화반출 및 사문서 위조 등의 혐의로 6개월 형을 살았던 김성규의 외삼촌이다. 남영호는 유성상사 전무일 때부터 국제통상을 차려 놓고 있었던 것이다.

그것을 김성규와 함께 관리했었다는 말이 된다.

"역시."

쓴웃음을 지은 이광이 머리를 끄덕였다.

"김성규가 유성에만 매달려 있을 놈이 아니지."

유성으로 가져온 미국 오더의 에이전시가 국제통상일 가능성이 많다. 이광은 또다시 하나의 진실을 깨닫는다. 내가 생각하는 계획은 타인도 얼마든지 생각할 수 있다는 사실이다. 인간의 뇌는 무한대의 창조를 이루어 내지만 방심하면 안 된다. 타인도 같은 구멍을 파고 있을지도 모르는 것이다. 서류봉투를 집어 든 이광이 김방현에게 돈 봉투를 내밀면서 말했다.

"수고했어."

"형님처럼 정보에 투자하는 사람은 드물죠, 그래서 형님이 리더가 되는 겁니다."

돈 봉투를 받은 김방현이 정색했다.

"이건 정보입니다. 형님이 그래서 사전에 대비하는 것 아닙니까? 정보비를 아끼지 않아서요."

"군납 담당은 윤지혜 씨가 맡아."

이광이 말하자 회의실 분위기가 가라앉았다. 오후 5시 반, 회사로 돌아온 이광이 과원들의 회의를 주재하고 했다. 출장 결재가 난 터라 나흘 후면 바그다드로 떠난다. 바그다드는 아직도 전시(戰時) 상태고 오히려 전쟁은 더 격렬해졌다. 이광이 박형우를 보았다.

"너, 중간검사에서 시정 지시를 지키지도 않았다면서? 두 번이나 지시를 어기고 그대로 밀고 나갔다는데 보고는 했어?"

"예, 했습니다. 하지만……."

이광의 시선이 안창문에게 옮겨졌다.

"보고받았어?"

"예, 말은 들었는데……."

"중간검사 보고서는 체크했고?"

"못 봤는데요."

안창문의 얼굴이 붉어졌다. 보고를 받지 않은 것이다. 박형우가 에이스무역 검사원 정남희의 시정 지시를 공문으로 받고도 직속상관인 안창문에게 보고를 하지 않은 것이다. 그것도 두 번이나. 그 사이에 제품은 사흘 동안 수천 장이나 진행되었다. 이광의 시선이 박형우에게 옮겨졌다. 26세, 군필, 삼성대 졸, 이광보다는 학력, 조건이 낫다. 이광의 시선을 받은 박형우가 어깨를 늘어뜨리더니 테이블을 보았다. 정남희의 말을 들은 것보다 상황이 더 심각하다. 이것은 월권도 아니고 직장 생활에서 가장 나쁜 경우가 되겠다. 사고가 났는데 보고를 않고 무시했다. 더구나 그대로 진행시킨 것이다. 구두 보고를 했다지만 건성이어서 안창문도 흘려들었을 것이다. 문제의 심각성을 파악하지 못했다.

"할 말 있나?"

이광이 묻자 박형우가 머리를 들었다. 넓은 얼굴이 굳어 있다.

"검사가 너무 까다롭습니다."

박형우의 목소리가 떨렸다.

"공장이 말을 잘 안 듣습니다."

그때 안창문과 정현애가 동시에 긴 숨을 뱉었고 윤지혜는 아예 숨을 죽이고 있다. 이광은 어금니를 물었다. 박형우는 아예 에이전시와 공장 양쪽에 책임을 전가하고 있다. 입사 2달 만에 박형우의 진면목을 처음

보는 셈이다. 인간은 대개 사고가 났을 때 진면목이 드러난다. 군에서도 그렇다. 고구마3 벙커에서도 공비가 나타났을 때 분대원의 반응이 다 달랐다. 평소에 어벙하게 보였던 병사가 위기에 침착했던 경우도 있고 그 반대의 경우도 있었다. 이윽고 이광이 물었다.

"박형우 씨는 어떤 일에 자신이 있지?"

"예?"

머리를 든 박형우의 얼굴이 더 붉어졌다. 이광의 시선을 받은 박형우의 눈동자가 흔들렸다가 정지되었다.

"전 계산이 빠릅니다."

"뭐? 계산?"

안창문이 얼른 되물었다. 전혀 의외의 대답인 것 같았다. 네 쌍의 시선을 받은 박형우가 말을 이었다.

"예, 원가 계산이나 소요량 계산, 부자재 발주 체크, 그런 것……."

"허, 참."

안창문이 눈을 크게 뜨고 이광을 보았다. 그러다가 머리를 끄덕였다.

"하긴 부자재 소요량 계산이 정확하더군."

"맞아요."

정현애가 거들었다.

"제 자금 일지도 박형우 씨가 도와줬어요."

이광의 시선이 윤지혜에게로 옮겨졌다. 윤지혜는 담담한 표정이다. 이윽고 이광이 다시 박형우에게 물었다.

"그럼 상담이나 검사, 공장 체크가 적성에 맞지 않는단 말이야?"

"저도 처음에는 잘 몰랐습니다."

시선을 내린 박형우가 말을 이었다.

“제가 좀 덜렁거리고 큰소리를 치는 성품이라 영업직에 맞는 것 같았는데 자꾸 실수만 하게 되더라고요.”

이광은 숨을 들이켰다. 인간은 외모와 행동으로 판단하는 것이 아니라는 사실을 깨닫게 되었다. 그리고 본인이 자신이 좋아하는 일을 가장 잘 안다는 사실도 확인했다.

“좋아.”

이광이 똑바로 박형우를 보았다.

“그럼 오늘부터 박형우 씨는 사무실에서 오더 소요량, 부자재 발주를 맡아라. 영업직의 업무를 떼어 가는 거야.”

“예, 대리님.”

박형우의 얼굴이 환해졌다.

“절대로 실수가 없을 것입니다.”

서류상 실수는 체크가 되는 것이다. 머리를 끄덕인 이광이 정현애를 보았다.

“정현애 씨도 계산 업무를 박형우 씨한테 떼어 주도록 해.”

“그럼요.”

정현애의 얼굴도 밝아졌다. 이광이 심호흡을 했다. 박형우에게 자신 있는 일을 물어본 것이 잘했다는 생각이 든 것이다. 그렇지 않고 이쪽에서 주관적으로 판단했다가 박형우 신세를 망칠 뻔했다. 박형우를 생산부서로 진출시킬 생각도 했던 것이다.

지난번 차에 배구공하고 네트까지 싣고 가서 작은 초등학교를 뒤집어 놓았지만 이광으로서는 실속을 차리지 못했다. 평일이어서 공하고 네트를 주기만 하고 바로 올라와야 했기 때문이다. 더구나 교장실로 들어가 맛도 없는 대추차 대접을 받느라고 강은서하고 둘이 있는 시간은 5분도 안 되었다. 외사촌 오빠라고 소개했으니 다른 여선생이 접근할 기세여서 눈물을 머금고 올라와야만 했던 것이다. 그런데 오늘, 바그다드 출장 이틀 전인 목요일 저녁, 이광이 인사동의 한식당에서 강은서와 마주앉아 저녁을 먹고 있다. 강은서가 이광을 만나려고 온 것이다. 처음에는 배구공을 가져다준 인사를 하려고 상경했다고 했지만 곧 이실직고했다. 강기창한테서 이광이 바그다드 출장을 간다는 말을 듣고 하루 휴가를 내고 온 것이다.

"오빠한테서 그 이야기 못 들었으면 오지 않았겠지만."

밥 한 수저 떠먹고 소주 한 잔 마시는 꼴로 술을 마시면서 이광이 투덜거렸다.

"시합은 언제요?"

"일주일 남았어요."

"군(郡) 체육대회?"

"네, 17개 학교가 나와요."

"가능성은?"

"몰라요."

강은서가 이를 드러내고 웃었다. 눈이 가늘어지면서 햇볕에 탄 피부가 더 윤기를 내는 것 같다. 이광이 물끄러미 강은서를 보았다. 술잔을 든 채 잠깐 몸이 굳어져 있다.

"뭘 그렇게 봐요?"

강은서가 눈을 흘겼다.

"또 거짓말 꾸며내려고 궁리하는 거죠?"

"무슨 거짓말?"

"살인청부업자."

"그게 거짓말이라고?"

"난 처음엔 놀랐단 말이에요."

"지금은 안 놀라고?"

"오빠한테 말했더니 한참이나 웃더라고요."

"오빠한테?"

숨을 들이켠 이광이 눈썹을 찌푸렸다.

"별걸 다 말하는군. 나중에는 나하고 잤다는 말까지 하겠네."

"어머, 말하는 것 좀 봐."

눈을 흘긴 강은서의 얼굴이 빨개졌다.

"누가 잔대?"

"오늘 나하고 자고 가."

"싫어."

다부지게 말한 강은서가 똑바로 이광을 보았다.

"저질이야, 이광 씨."

"자자고 하면 저질이야?"

들고 있던 술잔을 한 모금에 삼킨 이광이 쓴웃음을 지었다.

"좋아하면 그렇게 돼, 내가 좋아해서 그런가 봐."

숨을 들이켜는 소리를 낸 강은서가 외면하고 말했다.

"깜짝 깜짝 놀라게 해요, 이광 씨는."

"운동권 투사 같지가 않아, 강은서 씨는."

"운동권이 어때서? 거긴 거칠고 막 노는 사람들이 모인 것 같아요?"

"난 몰라, 그쪽은. 하지만 거친 것 아냐? 화염병 던지고."

"싸울 땐 싸워야지."

"화염병도 던져봤어?"

"만들기도 했는데."

"폭탄을?"

눈을 치켜뜬 이광을 향해 강은서가 얼굴을 펴고 웃었다.

"놀라긴, 쉬워."

"이따 내가 마음에 안 들면 화염병 만들어서 던질 거야?"

"그럴 수도 있지."

"자 봤어?"

"또."

다시 이맛살을 찌푸린 강은서가 이광을 노려보았다.

"또 그런다. 그럼 나 갈 거야."

"섹스 경험 없지?"

강은서가 몸을 굳혔을 때 이광이 천천히 머리를 끄덕였다.

"없구나."

"그런 이야기 싫어, 역겨워."

"미안, 갑자기 성적 충동이 일어나서."

잔에 술을 채운 이광이 말을 이었다.

"주고받는 거야. 섹스도 좋아하는 사람끼리 주고받으면서 즐기는 거야."

강은서는 시선만 주었고 이광이 말을 이었다.

"좋아하는 상대를 보면 성욕이 일어나는 거야. 근데 진짜 경험 없어?"

"전장(戰場)에 왜 자꾸 가는 거죠?"

강은서가 화제를 바꿨다.

"실적이 그렇게 급해요?"

"지금이 기회거든, 우리나라가 일어설 기회."

술잔을 든 이광이 말을 이었다.

"덩달아서 나도 기반을 잡을 기회."

이광이 번들거리는 눈으로 강은서를 보았다.

"어디서 잘 거야?"

식당을 나와 골목에 섰을 때 이광이 강은서에게 물었다. 오후 10시 반, 10월 초순의 서늘한 날씨다.

"언니가 마포에 살아요."

길가로 붙어서며 강은서가 말했다.

"언니한테 오늘 늦게라도 들어간다고 했어요."

강은서의 눈동자가 어둠 속에서 반짝였다. 이광이 한 걸음 다가서자 강은서가 뒤로 물렀다가 등이 골목 벽에 닿았다. 이광이 강은서를 내려다보았다. 뒤쪽으로 술에 취한 남자들이 떠들썩하게 지껄이며 지나갔다.

"신촌에 내 오피스텔이 있어요."

이광이 한 마디씩 분명하게 말했다.

"내 집이지, 내가 사놓은 재산 1호. 그곳에 난 한 번도 여자를 데려간 적이 없는데."

"……."

"오늘 은서 씨를 데려가 재우고 싶어."

"안 돼요."

"잠깐."

이광이 손바닥을 펴 보이면서 강은서의 말을 막았다.

“원룸 식 오피스텔인데 커. 평수로 치면 40평은 될 거야, 운동장만 하지. 근데 은서 씨는 내 침대에서 자, 난 옆쪽 소파에서 자면 된다고.”

“저기…….”

“내 말 좀 끝까지 들어.”

목소리를 높인 이광이 더 바짝 붙어 섰다.

“약속할게. 절대로 딴 짓 안 할게. 섹스의 섹 자도 꺼내지 않을게. 은서 씨 얼굴만 볼게. 그냥 은서 씨는 침대에 누워 있고 난 소파에 누워서 이야기만 하는 거야. 그러다가 자는 거지. 은서 씨가 말할 때 내가 잘지도 몰라.”

“…….”

“은서 씨 이야기를 듣고 싶어. 화염병 만드는 이야기, 그리고 민주화 운동을 왜 하는가? 독재자는 어떤 놈인가? 등등.”

이광이 번들거리는 눈으로 강은서를 보았다.

“내 오피스텔에도 전화가 있어. 언니한테, 그렇지, 오빠한테도 내 전번을 알려줘. 그래서 내가 손이라도 잡으려고 하면 당장에 전화를 하란 말이야. 오빠, 이광이가 내 옷 벗기려고 해! 하고.”

“나, 참.”

마침내 강은서의 얼굴에 웃음이 떠올랐다. 그러나 강은서가 머리를 저었다.

“싫어, 갈아입을 옷도 없고 잠옷도, 칫솔, 수건도 없잖아요.”

“사러 가자.”

당장에 몸을 반쯤 돌린 이광이 골목 밖으로 나갈 차비를 했다.

“그건 지금이라도 얼마든지 살 수 있어.”

"안 돼."

강은서가 이광의 소매를 잡았다.

"오늘은 안 돼. 다음에, 응?"

"다음에 뭘 어쩐다고?"

"잔다고."

"응? 같이?"

숨을 들이켠 이광이 묻자 강은서가 눈을 흘겼다.

"같이 이야기하면서 자자면서?"

"그러니까 지금."

그때 강은서가 발을 떼면서 이광의 한쪽 팔을 끼었다.

"잘 다녀오세요."

강은서가 이광의 팔을 두 손으로 감싸 안고 말을 이었다.

"몸조심하시고요, 네?"

"같이 잤으면 좋은데."

"나, 이광 씨 좋아해요."

강은서가 이제는 한쪽 어깨까지 붙이면서 말했다. 둘은 한 걸음씩 발을 맞춰 거리를 걷는다.

"나 이런 감정 처음 느껴요."

"고마워."

이광이 팔 한쪽을 감은 강은서의 손 하나를 끌어내어 쥐었다. 화염병을 제조한 손이다. 그러나 손가락은 섬세했고 말랑말랑했다.

"바그다드, 전쟁만 일어나지 않았다면 아름다운 도시지요?"

강은서가 물었을 때 이광이 심호흡을 했다. 갑자기 가슴이 메는 느낌이 들었기 때문이다. 그렇다. 이런 느낌이 이광에게도 처음이다. 여자마다 물론 느낌이 다르기는 했다. 하지만 이렇게 가슴이 메는 경우는 처음이라니까.

오피스텔로 돌아온 이광이 재킷만 벗어 던지고는 소파에 앉았다. 밥 반, 술 반의 비율로 마신 때문에 이제야 머리가 지끈거렸다. 방안을 둘러본 이광이 길게 숨을 뱉었다. 그렇다. 이곳에는 아직 어떤 여자도 데려온 적이 없다. 강은서를 만나지 않았다면 백영주가 1번 타자가 될 가능성이 있었다. 그러나 강은서가 이번 기회를 받아들이지 않았으니 누가 1번이 될지는 아직 모른다. 그것이 인생이다. 계획은 세우지만 뜻대로 되지 않는 것이 인생이니 매사에 대비해야 한다. 이윽고 이광이 손을 뻗어 전화기를 들었다. 그러고는 버튼을 누른 후에 전화기를 귀에 붙였다. 누구겠는가? 가장 믿을 만한 여자, 어머니다.

파리를 거쳐 바그다드에 도착했을 때는 이번에도 깊은 밤, 12시 반이다. 그러나 이번에는 지난번과 경우가 달랐다. 비행기 문이 열리고 승객들이 공항 건물로 들어섰을 때 군복에 권총을 찬 장교가 서 있다가 소리쳤다.

"코리안 미스터 리!"

소령 계급장을 붙인 장교다. 그 뒤에는 AK-47소총을 어깨에 멘 하사관 둘이 서 있었는데 위압적이다. 먼저 내리던 일등석 승객들이 기가 질려서 슬슬 피해가다가 외치는 소리에 화들짝 놀란다. 이코노미 좌석에 탄 이광은 늦게 내렸기 때문에 소령의 외침을 세 번이나 들었다.

"여기."

마침내 이광이 대답했을 때 하사관 둘이 서둘러 다가왔다. 물고기가 놀라 흩어지듯이 승객들이 쫙 비켜섰는데 모두의 시선이 모였다. 다가온 하사관들이 이광의 짐을 빼앗듯이 받아들었고 소령은 절도 있게 경례를 했다.

"모시러 왔습니다."

소령의 목소리가 건물을 울렸다. 1등석에 탄 서양인들이 두려움에 찬 표정으로 이광을 보았다. 어마어마한 VIP인 줄로 아는 것 같다. 소령에게 여권을 건네주었더니 그야말로 프리패스다. 입국심사대 앞에서는 멈추지도 않고 통과해버렸다. 소령이 내민 여권에 심사원은 보지도 않고 스탬프를 내려찍는다. 짐 찾는 곳에 갔더니 다른 짐은 나오지도 않았고 이광의 가방 3개만 먼저 나와 돌아가고 있다. 소령은 리무진을 가져왔는데 뒤에 기관포를 붙인 경호차까지 끌고 왔다.

"사령관께서 기다리고 계십니다."

여전히 칠흑 같은 어둠 속을 달려가는 리무진 안에서 소령이 말했다. 전쟁은 더 치열해진 상태였고 이라크가 반격을 하는 중이다. 이광이 지하 터널 속의 사령관 집무실로 들어섰을 때는 오전 1시 반이다.

"어서 오게."

소파에 앉아 있던 카심이 웃음 띤 얼굴로 자리에서 일어났다. 옆쪽에는 보급관 야합도 와 있다.

"각하, 승리를 기원합니다."

카심의 손에 쥔 이광이 말했다.

"이기고 있네."

얼굴을 편 카심이 대답했다.

"호메이니는 곧 포로가 될 거야."

인사를 마친 이광이 자리에 앉아 들고 온 서류가방을 카심에게 내밀었다.

"각하, 선물입니다."

"선물?"

눈을 크게 떴던 카심이 곧 이를 드러내고 웃었다.

"좋아, 우린 이미 가족 같은 사이가 되었으니 선물을 받지."

가방을 앞으로 끌어당긴 카심이 양쪽 버튼을 눌러 뚜껑을 열었다. 단단한 알루미늄 가방이다. 그 순간 카심이 숨을 들이켰다. 보라, 가방 안에 보석이 가득 담겨 있는 것이다. 투명한 비닐봉지에 싸인 보석이 불빛에 반사되어 방안이 환해진 것 같다. 엄지손톱만 한 크기에서부터 탁구공만 한 것도 있다. 무려 50개. 청록색, 진홍색, 자주색, 모양도 원형, 타원, 4각, 또는 수십 개의 각을 만들어 다듬은 보석. 한국 원산의 사파이어가 품질이 세계 최고 수준일 뿐만 아니라 값도 저렴해서 일본인들이 가장 선호하는 구매품이라는 것에 착안했다. 그래서 소공동 보석상에 가서 대량 주문을 한 것이다. 개당 5만 원에서 10만 원을 주고 산 사파이어는 외국에 가져가면 부르는 게 값이 된다. 입이 떡 벌어진 카심이 한참 동안 보석 뭉치를 보았고 옆에 야합도 숨을 쉬는 것 같지 않다. 이윽고 카심이 비닐 뚜껑을 열더니 사파이어 한 개를 꺼내 들었다. 진청색 사파이어는 금으로 만든 목걸이에 걸려 있다. 50개의 사파이어 중 10여 개는 목걸이로 만들어져 있는 것이다.

"이럴 수가……."

목걸이를 들어 보이면서 카심이 혼잣소리로 말했다. 눈동자가 흐려졌고 입도 반쯤 벌어져 있다.

"이런 선물을 받을 줄이야……."

"한국 원산의 사파이어입니다, 각하."

이광이 정색하고 말했다.

"세계 최고급 수준의 사파이어지만 크게 비싸지는 않습니다, 각하."

"고맙네, 요긴하게 쓰겠어."

가방 뚜껑을 그때서야 닫은 카심이 이광을 보았다. 얼굴이 조금 상기되어 있다.

"보급관하고 오더 이야기를 하게. 이번 오더는 물량이 많아, 서둘러야 돼."

그때 야합이 거들었다.

"각하께서 이번 오더 결정을 하시려고 전선에서 오신 겁니다. 이틀 안에 오더를 끝내야 합니다, 미스터 리."

야합의 사무실로 들어온 이광이 구석에 쌓아놓은 짐 가방 하나를 들고 왔다. 자리에 앉은 야합은 시선만 주었고 이광이 짐 가방 안에서 다시 알루미늄 가방을 꺼내었다.

"이건 보급관님 선물입니다."

방안에는 둘뿐이었지만 야합이 주위를 둘러보았다. 알루미늄 가방은 카심에게 준 가방과 똑같다. 이광이 야합 앞에서 가방 뚜껑을 열었다. 그 순간 야합이 숨을 들이켰다. 내용물도 똑같았기 때문이다. 야합의 표정을 본 이광이 웃음 띤 얼굴로 말했다.

"이건 한국식 예의지요. 윗분과 아랫사람이 서로 모르게 선물을 드리는 것입니다, 그래야 서로 불편하지 않지요."

거짓말이다. 뇌물 주는 데 익숙해져 있을 뿐이다. 그러나 야합은 카심과 똑같은 보석 선물을 받고 감동한 기색이 역력했다. 심호흡을 두 번이나 한 야합이 가방 뚜껑을 닫으면서 이광을 보았다.

"감사합니다, 미스터 리. 당신은 대담한지 노련한지 모르겠군요."

"신의를 지키겠습니다."

정색한 이광이 동문서답했지만 야합이 커다랗게 머리를 끄덕였다.

"당신은 믿을 만합니다, 리. 자, 오더 이야기를 하십시다."

야합의 탁자 옆에는 샘플이 쌓여 있었는데 이미 준비가 다 되어있다. 전(前) 가격과 수량, 납기일까지 제품마다 다 붙어 있는 데다 오더 리스트까지 만들어 놓았다. 이광은 그 리스트를 보고 가격과 선적 일정을 조정하면 되었다. 야합과 전체적인 이야기를 하고 호텔로 돌아왔을 때는 오전 6시가 되어갈 무렵이다. 꼬박 밤을 새웠기 때문에 이광은 오후 2시가 될 때까지 자고 일어났다. 군납 오더가 바빴기 때문에 할라피에게 연락할 여유도 없다. 마르카에게는 9월에 온다고 약속했지만 지금은 11월이다. 그동안 전화도 안 했으니 잊었을 것이다. 오후 9시가 되었을 때 호텔로 야합의 부관인 하타 소령이 다시 데리러 왔다. 방으로 들어온 소령에게 이광이 아기 손바닥만 한 가죽 주머니를 내밀었다.

"소령, 내 선물이오."

따로 가방에 남겨둔 사파이어다. 놀란 소령이 가죽 주머니를 받더니 끈을 풀어 내용물을 꺼내 보고는 얼굴이 나무토막처럼 굳어졌다. 엄지 손톱만 한 사파이어가 매달린 금목걸이다.

"감사합니다, 미스터 리."

숨을 들이켠 하타가 사파이어를 보면서 감탄했다.

"아름답군요. 이런 보석은 처음입니다."

"사파이어요."

"아, 이것이 사파이어군요."

"내 우정의 표식이오."

하타는 실무자다. 권한은 없지만 진행을 책임지는 역할이다. 터널 안의 사령부로 들어가는 차 안에서 하타가 목소리를 낮추고 물었다.

"리, 캡틴 강 압니까? 그녀도 코리안인데."

"캡틴 강?"

되물었던 이광이 하타가 '그녀'라고 했다는 것을 기억해냈다. 캡틴이면 대위, 한국인 여자 대위란 말인가?

"아니, 모르겠는데? 한국군 여대위란 말이오?"

하타가 머리를 끄덕였다.

"내가 오늘 밤 그 여자를 데리러 공항에 나가는데 곧장 보급관께 데려올 거요."

이광의 시선을 받은 하타가 빙그레 웃었다. 사파이어 목걸이를 받지 않았다면 이런 말도 안 했을 것이다.

"뭐 하러 오는 거요?"

"상담이죠."

하타가 두 손을 넓게 벌려보았다.

"그녀 물량이 당신보다 클 겁니다."

야합 사무실로 들어온 이광은 다시 오전 1시까지 오더를 확정지었다. 각종 군수품 36종에 8백만 불 가까운 물량이다. 납기는 내년 5월까지였고 유성상사가 처리할 수 있는 물량은 1백만 불이 조금 넘었다. 나머지 7백만 불 물량은 외부 전문 업체 생산품이다.

"자, 이젠 되었군."

오더 시트를 체크한 야합이 웃음 띤 얼굴로 자리에서 일어섰다. 오전 1시 10분.

"잠깐 기다려요, 리. 사령관 사인을 받아올 테니까."

이제 사인만 받으면 끝나는 것이다. 야합이 방을 나갔을 때 이광은 소파에 등을 붙이고는 길게 숨을 뱉었다. 온몸이 소파에 녹아 붙는 것 같은 피로감과 함께 만족감이 밀려 들어왔다. 성취감이다. 또 기록을 경신했다. 8백만 불, 유성상사 신기록이다.

그때 방문이 열리더니 하타와 여자 하나가 들어섰다. 동양 여자다. 이광과 여자의 시선이 마주쳤다. 여자도 똑바로 이광을 본다. 갸름한 얼굴, 숏커트한 머리가 잘 어울렸다. 베이지색 점퍼에 바지 차림이었고 단화를 신었다. 큰 키, 날씬한 체격, 눈빛이 강하다. 곧은 콧날, 굳게 닫힌 입술, 야무진 인상, 화장도 안 했지만 눈에 띄는 미모다. 그때 하타가 입을 열었다.

"리, 이분은 코리안 캡틴 강이오. 강, 이분이 내가 말했던 코리안 리."

그때 여자가 이광에게 다가와 손을 내밀면서 말했다. 한국말이다.

"동무, 반갑습니다."

그 순간 이광이 숨을 들이켰다. 여자가 내민 손이 뱀인 것처럼 흘겨보았다가 시선을 들었다. 그사이에 눈동자에 힘이 실렸다. 반사 신경이 빠른 때문이다. 고구마3에서 닦은 반응력, 공비, 바로 앞에 여자 공비가, 그때 여자가 내밀었던 손을 내리면서 입술 한쪽 끝이 올라갔다.

"놀라시네."

"이보쇼, 놀라기는."

어깨를 치켰다가 내린 이광이 여자를 똑바로 보았다.

"내가 지금은 옷 장사를 하지만 전(前)에 뭘 했는지 아쇼?"

"뭘 했는데요?"

여자가 눈을 가늘게 뜨고 이광에게 물었다. 그때 하타가 둘이 한국

말을 하는 것을 듣더니 머리를 끄덕이며 말했다.

“만나서 반가우신 모양이군. 그럼 여기서 기다리시고, 난 갑니다.”

하타가 이광을 향해서는 눈 한쪽을 감아 보이고서 방을 나갔다. 여자가 이광 앞쪽 소파에 앉으면서 다시 물었다.

“전에 뭘 했어요? 남조선에는 별 장사꾼이 많아서…….”

“편의공작대장이었습니다.”

“그게 뭐죠?”

“대위라면서 그것도 모릅니까?”

“남조선 직업까지 어떻게 압네까?”

“공비 잡는 부대장이었단 말이오.”

“공비?”

여자의 눈동자 초점이 멀어졌다가 잡혔다.

“그럼 동무도 군인 출신이란 말입니까?”

“그렇소.”

“계급은?”

“대위.”

소령으로 올릴까 하다가 여자하고 같은 계급으로 내렸다. 대장 위의 병장이라고 하면 장난으로 들릴 것이었다.

“그렇군요.”

여자가 지그시 이광을 보았는데 존경하는 것처럼 느껴졌다. 그때 야합이 들어섰다.

“아, 강 대위.”

여자를 본 야합이 웃음 띤 얼굴로 다가왔고 여자는 경례를 올려붙였다. 두 발을 딱 붙이더니 멋들어지게 거수경례를 하는 것이다. 이광이 숨을 들이켰다. 이렇게 멋진 경례를 하는 여자는 처음 보았다.

"그동안 안녕하셨습니까?"

여자의 영어도 유창했다.

"이라크 군(軍)의 연이은 승전을 축하합니다."

영어 어휘력도 뛰어났다. 이광보다 낫다.

"고마워, 강 대위. 근데 둘이 인사는 했지?"

야합이 둘을 번갈아 보면서 물었다.

"예, 장군."

이광이 바로 대답했다. 멍청한 하타는 똑같은 종족으로 알았겠지만 야합은 둘이 원수라는 것을 알 것이었다. 머리를 끄덕인 야합이 이광에게 결재가 난 오더 시트를 건네주며 말했다.

"신용장은 한 달쯤 후에 에이스무역 앞으로 오픈 될 것이네, 리."

"감사합니다, 장군."

"언제 떠나나?"

"내일 밤에 떠날 겁니다."

"떠나기 전에 날 만나고 가게."

"예, 장군."

야합이 머리를 끄덕였고 이광이 몸을 돌렸다가 머리만 비틀고 여자를 보았다.

"만나서 반가웠습니다, 대위."

한국어로 그렇게 말했더니 여자도 차분한 표정으로 응답했다.

"예. 또 만납시다, 이 대위."

그 순간 갑자기 숨이 들이켜지는 바람에 이광은 서둘러 몸을 돌렸다. 그러나 후회는 없다. 저것이 한국에 있는 간첩을 시켜서 내 병적 확인서를 뗄 리도 없을 것이고 내가 공비를 둘이나 쏴 죽인 용사라는 것도 알 리가 없다. 내 총에 맞아 죽은 공비 중 하나가 저것의 사촌오빠가 될지도 모른다.

"다 끝나셨습니까?"

하타가 다가와 묻는 바람에 이광이 정신을 차렸다. 어느새 건물 밖으로 나와 있었던 것이다. 사파이어 목걸이를 받은 후부터 3배는 더 친절해진 하타가 이광과 리무진에 올랐을 때 말했다.

"강 대위는 지난번에 소총과 기관총을 상당히 많이 가져왔지요. 이번에 추가 오더를 할 겁니다."

그렇구나, 무기를 거래하고 있다.

할라피는 전쟁이 격화되면서 경기가 나빠졌다고 내년 초에 추가 오더를 할 예정이었다. 그래서 군납 오더 때문에 바그다드에 간다는 말도 하지 않았다. 시간이 날지도 몰랐기 때문이다. 그런데 군납 오더가 이틀 만에 끝났다. 이광은 1차분 260만 불 오더를 말끔하게 선적시켰으며 수수료 52만 불은 3번에 걸쳐 파리 제3은행에 입금했다. 1차분으로 신용을 얻은 이광이 받은 2차 군납 오더는 3배 가까운 800만 불이다. 오후 1시 반, 이광이 호텔 방에서 전화기를 들고 버튼을 눌렀다. 직통전화다. 이번 호텔은 사담호텔, 바그다드의 최고급 호텔이다. 야합이 예약해준 호텔인 것이다, 곧 신호음이 울렸지만 받지 않는다. 신호음이 20번 울릴 때까지 기다렸던 이광이 전화기를 내려놓았다. 그러고는 30분 후에 다시, 2시간 동안 5번이나 통화를 시도했지만 아무도 응답하지 않았다. 마르카의 집에 전화를 한 것이다. 할라피 대신 마르카를 만나려고 했더니 전화가 불통이다. 오후 5시 반, 호텔 방에서 기다리던 이광이 야합의 방문을 받는다. 방에서 만나기로 한 것이다. 사복 차림에 선글라스를 낀 야합은 호텔 투숙객처럼 보였다. 소파에 앉은 야합이 선글라스를 벗으면서 말했다.

"리, 서류에 사인할 것이 있소."

들고 온 가방에서 서류 2통을 꺼낸 야합이 탁자 위에 펼쳤다. 긴장한 이광이 서류를 보고는 숨을 들이켰다. 이번 상담한 36개 품목의 가격이 정확하게 2배로 되어 있는 것이다. 그래서 총금액이 1,600만 불이다. 머리를 든 이광을 향해 야합이 정색하고 말했다.

"사인하시오."

"예, 장군."

이광이 잠자코 펜을 들어 사인했다. 2통에 모두 사인했을 때, 야합이 다시 서류 2장을 내밀었다.

"여기에도."

서류를 든 이광이 영문을 읽었다. 채무 각서다. '에이스무역 이광이 야합 아무디, 카심 하비드 양인(兩人)에게 8백만 불의 채무가 있음을 확인하며 상기 금액을 한국에서 네고 이후에 상환한다'는 내용이다. 머리를 든 이광이 야합을 보았다. 이광의 시선을 받은 야합의 눈빛이 강해지더니 머리만 끄덕였다. 도청을 의식한 눈빛이다. 숨을 들이켠 이광이 다시 사인했다. 야합이 사인을 한 서류를 한 통씩 챙기더니 가방에 넣었다. 그러고는 탁자 위에 남은 서류를 보는 시늉을 했다. 이광이 서류를 접어 가방에 넣자 야합이 자리에서 일어섰다.

"나가서 저녁 먹읍시다."

"그러지요."

서둘러 따라 일어선 이광이 야합을 따라 방을 나왔다. 복도에 나왔을 때 야합이 이광의 옆에 바짝 붙였다.

“사방에 도청 장치가 있어서 조심하는 거요.”

“예, 장군.”

“방에서는 말 못 했는데 그 8백만 불은 나와 우리 사령관의 보험금이오.”

“알겠습니다.”

특급호텔이어서 복도는 외국 귀빈과 수행원, 이라크 관리, 고급장교들로 북적거렸다. 야합이 천천히 양탄자가 깔린 계단을 내려가면서 말을 이었다.

“파리은행의 돈은 사령관과 내 가족의 생활비요.”

“알겠습니다.”

“네고와 동시에 일부는 파리로, 나머지는 당신이 찾아서 보관하고 계시오.”

“걱정하실 것 없습니다.”

“당신을 믿소, 미스터 리.”

“신의를 지키지요.”

아래층 로비로 내려온 야합은 식사하자고 나왔지만 이광의 손을 쥐고 말했다.

“오늘 새벽에 본 북한의 대위하고 3천만 불 가까운 오더를 했소.”

이광의 시선을 받은 야합이 쓴웃음을 지었다.

“그쪽하고는 정상거래요, 그 여자는 믿을 만한데 그 윗선들이 불안해서.”

야합이 이광의 손을 힘주어 쥐었다가 놓더니 몸을 돌렸다. 로비에 혼자 남은 이광이 뷔페식당으로 옮겨가 그릇에 음식을 담고 있을 때다.

하타 소령이 다가왔다. 하타는 군복 차림에 손잡이를 상아로 붙인 권총을 찼다. 다가온 하타가 눈썹을 모으고 이광을 보았다.

"리, 그 집에는 다른 사람들이 살고 있었소."

놀란 이광이 시선만 주었다. 이광은 하타에게 마르카의 집 전화번호와 주소를 적어주고 확인을 부탁했던 것이다. 하타가 말을 이었다.

"두 달 전에 가족이 동쪽 다지르 지역으로 옮겨 갔다는 거요, 그곳이 그들의 고향이라고 했소."

"다지르 지역이 어딥니까?"

"2백 킬로쯤 동쪽의 작은 도시오."

이광이 소리 죽여 숨을 뱉었다. 언제 어떻게 찾을 수가 있을까? 방법은 하나, 마르카가 연락을 해오는 것이다. 마르카에게 명함을 주었으니까. 그때 하타가 위로하듯 말했다.

"무슨 일이 생긴 건 아니오, 미스터 리."

밤 11시 반, 1시간 반 빨리 공항에 도착한 이광이 이번에도 하타의 안내로 출국 탑승구 앞까지 고속으로 입장했다. 하타가 돌아간 후에 탑승구 옆쪽 의자에 앉아 책을 보고 있던 이광이 옆의 인기척에 머리를 들었다. 그러다가 한참 만에 눈이 커졌다.

"아."

놀란 이광의 입에서 탄성이 뱉어졌다. 강 대위가 앞에 서 있다. 그런데 전혀 다른 모습이다. 그래서 한참 만에 알아보았다.

"이 대위, 왜 그렇게 놀라세요?"

빙그레 웃은 강 대위가 물었다. 다가선 강 대위한테서 향수 냄새도 맡아졌다. 진청색 투피스 차림의 강 대위는 얼굴에 연한 화장도 했다.

연분홍빛 루주가 반들거렸고 피부가 희어진 것 같다. 날씬한 몸매에 딱 어울리는 옷차림, 드러난 무릎과 종아리는 펄떡이는 생선을 연상시켰다.

"너무 다른 모습이어서."

이광이 감동한 표정을 숨기지 않고 말했다.

"아, 정말 섹시하십니다."

말이 그렇게 나와 버렸다. 절제할 수도 있었지만 그냥 뱉은 것이다.

"나, 참."

쓴웃음을 지은 강 대위가 눈을 흘겼다.

"칭찬인지 욕인지 모르겠네."

"마음에서 우러나온 칭찬이오, 대위."

"남조선에서는 섹시하단 말이 칭찬입니까?"

"그렇습니다."

강 대위가 옆쪽에 앉더니 전광판을 보았다.

"암만에 가세요?"

"예, 강 대위님은?"

"저도 그래요."

"하, 이거 반갑습니다."

"반가운 표정이 아니신데 그래요?"

이광의 얼굴에서 웃음이 띠어졌다.

"어떻게 그렇게 잘 압니까?"

"좀 놀라신 것 같아서 그래요."

"놀라기는 왜……."

입맛을 다신 이광이 문득 이 여자의 이름도 모른다는 것을 깨달았다. 하긴 자신도 통성명을 하지 않았다. 아직 이륙 시간은 한 시간이나 남았다.

"난 이광이라고 합니다, 무역회사 과장이죠. 군에서 제대했으니까 앞으로 이 과장으로 불러 주시지요."

"그러죠."

머리를 끄덕인 강 대위도 제 소개를 했다.

"이름은 강인숙이라고 해요, 계급은 대위, 무역 부서에서 일합니다."

"요르단에도 일 때문에 가시는 겁니까?"

"그럼요."

"혼자 다니시네."

"이 과장님도 혼자 다니시지 않습니까?"

"그렇군요."

"남조선이 요즘 시끄럽죠?"

"뭐가 말입니까?"

"독재정권에 반대하는 민중들이 들고일어나는 상황 아닙니까?"

"아, 그렇죠."

그때 강인숙이 빙긋 웃었다.

"왜 남의 나라 이야기 하는 것처럼 말합니까?"

"내가 그랬어요?"

"이 과장님은 독재정권 반대 투쟁 안 하십니까?"

"바빠서요."

강인숙의 얼굴에서 웃음기가 지워졌다.

"바쁘다니요? 투쟁을 하셔야지요."

"그런데 거긴 왜 남의 일에 관심을 갖습니까?"

"동족 간 아닙니까? 서로 도와야죠."

"그렇다면 거긴 제대로 된 대통령 선거 안 합니까?"

"무슨 말이죠?"

"아니, 도대체 지금이 어느 시대라고 한 사람이 30년 가깝게 통치합니까? 우리나라는 4년마다 대통령 선거를 하는데."

"그게 무슨 말이죠?"

강인숙의 목소리가 높아졌다. 눈을 치켜뜬 강인숙이 이광을 노려보았다.

"지금 우리들의 위대하신 지도자 동지님을 모욕하시는 겁니까?"

그때 이광이 심호흡을 했다. 내가 누군가? 고구마3의 편의공작대장이다. 공비를 둘 쏘아 죽였다. 네 외사촌 오빠일지도 모를 공비를. 이광이 강인숙의 시선을 맞받았다.

"지금 누구한테 우리들의 위대한 지도자라고 하는 거요? 나한테는 당신 지도자가 남입니다. 그러니까 동족 찾지 말고 말 끝냅시다."

"상종 못 할 종자로군."

눈을 치켜뜬 강인숙에게 마침내 이광이 말했다.

"좀 점잖게 굴어요, 강 대위. 그리고 외국 돌아다니면서 세상을 좀 보라고."

"뭐야?"

"대한민국처럼 한쪽에선 독재 반대 투쟁을 하고 또 한쪽에선 나처럼 돈 벌러 다니는 나라가 바로 민주주의 국가야, 바로 자유를 누리는 나라라고"

이광의 목소리에 열기가 띠어졌다.

"당신네 북조선에서는 그런 일 없지? 다 지도자가 완벽하기 때문이라고? 외국 돌아다니면서 그 말이 사실인 것처럼 느껴져?"

자리에서 일어선 이광이 쓴웃음을 지었다. 부질없다는 생각이 들었기 때문이다. 그때 갑자기 강은서의 얼굴이 떠올랐다.

암만 인터컨티넨탈호텔, 새벽에 도착해서 오후 2시경에야 로비로 나온 이광이 아리부카의 담당자 하자드를 기다리고 있다. 인터컨티넨탈호텔은 암만의 최고급 호텔로 외국의 국가원수가 투숙하는 명소다. 강인숙과는 좌석이 달라서 비행기 탈 때부터 갈라섰고 요르단에 내렸을 때는 얼굴도 마주치지 않았다. 오후 2시 반이 되었을 때 짙은 턱수염에 단정한 감색 양복 차림의 사내가 로비로 들어섰는데 이광을 보더니 곧장 다가왔다. 로비에 동양인은 이광뿐이었던 것이다.

"미스터 리?"

다가온 사내가 웃음 띤 얼굴로 묻더니 이광이 그렇다고 하자 명함을 내밀었다. 하자드는 아리부카 상사의 수입부 부장이다. 서울에서 출발할 때 미리 연락을 한 터라 자리에 앉았을 때 하자드가 유창한 영어로 말했다.

"요르단 자체 시장은 작아요. 하지만 우리는 중동 각 지역에 지사가 있어서 본사의 구매량이 많은 편이지요."

아리부카 그룹에는 12월에서 내년 3월까지 57만 불을 선적하기로 계약되어 있다. 그러나 대기업 태우상사가 끼어들어서 태우 로컬이다. 태우상사 이름으로 수출하게 된 것이다. 하자드는 이번에 이광과는 처음이다. 30대 중반쯤의 하자드가 지그시 이광을 보았다.

"미스터 리, 태우상사에서 로컬로 오더를 받게 된 경위를 알고 있습니다. 윗사람들은 새것을 좋아하지 않지요."

"우리 회사도 그렇습니다."

쓴웃음을 지은 이광이 말을 받았다.

"윗사람들은 더 위를 보려고 하지 않고 제 자리만 지키려고 들지요."

"맞아요."

하자드가 이를 드러내고 웃더니 물었다.

"태우상사의 미스터 배를 잘 압니까?

배기준이다. 배기준한테는 아리부카에 들른다고 말하지 않았다. 로컬을 한다고 그것까지 원청 업체에 보고할 필요는 없다. 더구나 아리부카 오더는 내가 받았지 않은가?

"이번에 알게 되었지요."

이광이 눈치를 살피면서 말을 이었다.

"우리도 다이렉트 수출을 많이 합니다."

이광이 아리부카를 만나게 된 이유에서부터 배기준에게 오더가 넘어간 이야기까지를 설명하자 하자드가 머리를 끄덕이며 감탄했다.

"그렇군요. 그 심정을 충분히 이해합니다. 그래도 다른 데로 빼앗기지 않아서 다행입니다."

"미스터 배를 잘 압니까?"

"이 오더 때문에 처음 알게 되었어요."

"그렇군요."

"이번 57만 불 오더 외에 오퍼 낼 것이 더 있어서 미스터 배한테 연락했더니 바쁜지 액션이 좀 늦군요."

바로 이것이다. 이곳에 온 목적 중의 50퍼센트가 이런 정보를 받으려고 온 것이다. 나머지 50퍼센트는 바이어와의 유대 또는 신뢰감 형성이다. 이광은 비즈니스가 제품의 질과 가격 또는 납기일보다 인간관계가 더 중요하다고 요즘 들어서 믿기 시작했다. 제품의 가격, 품질, 납기를 지킬 수 있는 메이커는 많다. 그러나 바이어와 인간관계를 형성해 놓는 상대가 최후의 승자가 된다고 믿는 것이다. 머리를 끄덕인 이광이 대답했다.

"하자드, 내가 생산자입니다. 윗사람의 정책적인 결정으로 오더가 태우 이름으로 간다고 해도 생산은 내가 합니다."

엄지를 구부려 제 얼굴을 가리켜 보인 이광이 똑바로 하자드를 보았다.

"그리고 아리부카 그룹에서의 실세는 하자드, 당신이고요. 결국은 당신과 내가 이 오더를 주고받는 것이지요."

"과연."

하자드가 다시 이를 드러내고 웃었다.

"리, 당신 같은 생산 업체 담당자는 처음이오. 로컬 업체는 모두 원청 업체에만 맡기고 바이어는 찾아오지도 않는데 말이오."

"내가 바이어한테 애정이 있기 때문이죠, 하자드."

"내가 밀어 드리지요."

그때 이광이 자리에서 일어서며 말했다.

"잠깐만 기다리세요, 하자드."

"아니, 이런."

자수정 5개가 눈앞에 펼쳐지자 입을 딱 벌린 하자드가 놀라 한동안 말을 잇지 못했다.

"이건 한국에서만 생산되는 최고급 사파이어죠."

아나운서가 말을 잘하는 건 여러 번 반복적 연습을 하기 때문이다. 이광도 사파이어를 한두 번 주는 것이 아니어서 요점만 짚어서 간결하고 감동적으로 설명했다.

"이건 내 우정의 선물입니다. 이걸 드리려고 바그다드에서 날아온 겁니다."

잠시 후에 이광은 하자드로부터 아리부카가 추가 오더를 할 가능성이 있는 샘플을 한국 유성으로 보내겠다는 약속을 받았다. 물론 태우상사를 통하게 되더라도 생산은 유성이 하게 될 것이었다. 인간은 좋은 일이 생기면 얼른 현장을 떠나고 싶어 하는 법이다. 짝사랑하는 여자하고 처음 입맞춤을 했을 때 얼른 도망치고 싶은 원리하고 똑같다. 하자드는 서둘러서 로비를 떠났고 이광도 만족해서 방으로 올라왔다. 요르단 출장은 예상외의 성과를 거두었다. 그 성과의 바탕은 적극성이다.

바그다드에서도 예상했던 일정보다 일찍 일이 끝났고 암만에서는 두 시간도 안 되어서 내년 오더에 대한 청사진이 만들어졌다. 그리고 이광은 다음 날 하자드와 페트라 관광을 가게 되었다. 금요일이었기 때문에 하자드가 페트라 관광을 권한 것이다. 페트라는 암만에서 150킬로쯤 떨어진 고대 도시다. 다음 날 아침, 하자드는 동생 와히드와 함께 나타났다. 와히드는 사복 차림이었지만 육군 대위라고 했다.

"내 동생을 데려가면 편리해."

어느덧 친근해진 하자드가 와히드를 소개시켜 주면서 말했다. 와히드는 형 하자드와는 딴판이다. 하자드는 날카로운 인상으로 잘생겼지만 와히드는 얼굴이 넓고 피부가 거칠었다. 와히드는 웃기만 했고 하자드가 말을 이었다.

"검문소나 관광지 입장은 프리패스야."

과연 와히드가 운전하는 승용차는 페트라까지 가는 동안 검문소

3개를 지나면서 차를 세우지도 않았고 페트라 입장권도 내지 않았다. 와히드가 내보인 증명서를 보자 그야말로 껌벅 죽는 것이다. 페트라는 바위라는 뜻의 고대 도시다. 기원전에 나바티아 왕국의 수도였다가 로마에 점령당한 후에 6세기쯤 지진으로 사라졌다. 그러다가 19세기에 발견되었고 1958년부터 발굴이 시작된 요르단 제1의 관광 명소다. 좌우 2백 미터의 절벽 사이로 3, 4미터 폭의 좁은 길이 1킬로쯤 뚫려 있는데 그것이 입구다. 바위산은 붉은색, 장엄하고 화려했고 기괴하기까지 했다. 낙타 등에 타고 좁은 길을 가면서 이광은 문득 아랍인의 정서를 깨닫는다. 정(情)이 많은 민족이다. 카심, 야합, 마르카, 할라피, 하타, 이광은 앞에서 낙타 등에 앉아 흔들거리는 하자드의 뒷모습을 바라보았다. 조금 전까지만 해도 하자드의 이런 호의가 어제 주었던 자수정 5개의 대가로 간주했었다. 그런데 지금은 생각이 바뀌었다. 하자드는 그 자수정을 정(情)으로 받아들였다. 그러고는 자신도 정(情)을 나눠주고 있다. 이광이 심호흡을 했다. 신의를 지켜야 한다. 그것이 이들과의 거래에서 가장 중요하다. 아랍인은 정(情)이 많은 민족인 것이다.

"오호!"

뒤에서 따르던 와히드가 짧은 함성을 지르자 메아리가 굴절되어 수십 가닥으로 울렸다. 울림이 쪼개지면서 더 맑아졌다.

"이히!"

앞에 가던 하자드가 소리쳤고 그 메아리가 그쳤을 때 이광이 소리쳤다.

"야호!"

돌아오는 차 안에서 하자드가 말했다.

"리, 우리 회사에서 쿠웨이트를 개발하고 있어."

이광의 시선을 받은 하자드가 눈을 가늘게 뜨고 웃었다.

"요르단 시장은 이라크와 국경을 맞대고 있어서 무역이 활발하지만 한계가 있어."

숨을 죽인 이광이 빨아들이는 것 같은 시선으로 하자드를 보았다. 이것이 현지 정보다. 수억을 들여도 듣지 못하는 정보, 그때 하자드가 말을 이었다.

"쿠웨이트 다음이 두바이야. 그쪽 시장이 앞으로 수십 배 커질 거야."

이광이 머리를 끄덕였다. 쿠웨이트, 두바이는 작은 도시 국가다. 그쪽에서 오퍼가 가끔 왔지만 소매상 수준이었다. 아직 유성상사는 말할 것도 없고 대기업도 진출하지 않았다. 누가 그쪽 이야기를 하면 코웃음을 치거나 흘려듣는 상황이다. 지금은 중동에서 빅 바이어가 움직이는 지역이 이라크, 사우디, 요르단이다. 베이루트는 전쟁으로 폭삭 망했고 이집트는 시장이 크지만 돈이 없다. 그때 하자드가 말을 이었다.

"리, 그쪽을 개발해봐. 이건 내가 주는 특급 정보야."

"고마워, 하자드."

이광이 진심으로 하자드에게 인사했다.

"내가 잊지 않을게."

다음 날 오전, 이곳에서는 오전에, 해가 뜬 밝은 날에 비행기를 타려니 왠지 어색했다. 이광이 암만 공항의 출국 게이트에 도착했을 때는 오전 9시 반이다. 카이로행 비행기는 11시 출발이었지만 이광은 언제나 빨리 서두르는 편이다. 출국 수속을 마친 이광이 탑승구로 다가갈 때 방송이 울렸다.

"코리안 미스터 리, 이광 씨. 게이트 옆 안내 데스크에서 전화를 받으세요."

놀란 이광이 두리번거리다가 탑승구 쪽 데스크는 한 곳뿐이라는 것을 깨달았다. 그리고 바로 앞쪽이다. 안내 데스크로 다가간 이광이 전화기를 들었다.

"헬로."

그때 전화기에서 여자 목소리가 울렸다.

"미스터 리? 이광 씨? 맞아요?"

이광이 숨을 들이켰다. 강인숙이다. 응답을 들은 강인숙이 서두르듯 말했다.

"지나는 것 보고 전화했어요. 동무, 잘 가세요. 우리 열심히 일해서 잘 살아 보십시다."

카이로는 아프리카에 위치하고 있지만 중동(中東), 즉 아랍의 중심 도시다. 이라크의 바그다드, 이란의 테헤란보다 이집트 카이로는 문화나 품격 면에서 한 수 위인 도시다. 그래서 아랍인들은 자식들을 카이로에 유학을 보내는 것이 유행이었다. 고대에서부터 카이로는 지식의 산실이었기 때문이다. 그러나 이광이 둘러본 카이로의 시장은 활력이 떨어져 있었다. 소매상 위주로 침체된 요르단의 암만 시장보다 못했다. 백문이 불여일견이다. 백 번 듣는 것보다 실제로 두 눈으로 보는 것이 낫다는 말이다. 카이로 전통 시장은 크고 아프리카, 중동 상인들로 벅적거렸지만 큰 매매가 드물었다. 밤에 소매상 가게가 혼잡해서 가보면 매출은 얼마 되지 않았다. 나라가 돈이 없기 때문이다. 이집트는 산유국이 아니다. 관광이 주 수입원이고 인구가 8천만이 넘어서 인력을 해외로 공급하는 실정이다.

"포트사이드를 정책적으로 개발하고 있는데 거기 가보시죠."

카이로 무역관장 하명호가 그렇게 말해준 것은 이집트에 온 지 사흘째 되는 날이다. 이광은 한국 무역진흥공사에서 받아온 바이어 주소를 찾아 사흘 동안 35개 바이어를 찾아가는 기록을 세웠다. 매일 아침에 카이로 무역관에 들르는 터라 전날의 성과를 보고받은 하명호가 안쓰러워서 한 말이다.

"거기 한국 사람이 1년째 일하고 있는데 착실해요, 뭘 하고 있는지는 잘 모르지만."

좀 애매한 소개여서 이광의 얼굴에 쓴웃음이 번졌다. 하명호는 40대 중반으로 카이로에 온 지 1년이 되었다고 했다.

"종합상사에서 근무하다가 그만두고 독립한 사람이오."

하명호가 명함을 꺼내 주었다.

"여기서 전화해 보고 찾아가시든지."

무역공사 전화를 사용하라는 것이다. 그 자리에서 이광이 그 전화번호로 전화를 했다. 오전 10시 반쯤 되었다. 최국진이라는 사내다. 곧 전화를 받은 사내가 이광의 소개를 듣더니 언제든지 방문하라는 것이다.

"그럼 오늘 가 뵙지요."

그 자리에서 이광이 말했다. 백문이 불여일견이다. 카이로까지 와서 포트사이드는 전화만 하고 돌아갈 수 있겠는가?

하 관장의 주선으로 택시 기사와 왕복 1백 불로 택시 대절을 했으니 싸게 흥정을 한 셈이다. 택시는 고물 벤츠, 운전사는 택시보다 2배는 더 나이 든 노인, 이가 빠져서 볼이 홀쭉했지만 건장한 운전사보다는 나았다. 오전 11시에 출발한 택시는 카이로 시내를 벗어나자마자 사막으로 들어섰다. 사막을 뚫고 달리는 것이다. 뚫는다는 표현은 길 양쪽이 모래산이었기 때문이다. 바람이 센 날이어서 옆쪽 모래산에서 쏟아지듯 흘러나온 모래가 검은 아스팔트 위를 휩쓸고 지났는데 길이 묻히지나 않을까 걱정이 되었다. 포트사이드까지는 200km, 택시 운전사 하비비는 3시간이면 충분하다고 했는데 4시간 만인 오후 3시경에야 포트사이드에 도착했다. 도중에 휴게소도 없었기 때문에 고물 벤츠는 쉬지도 않고 모래바람 속을 달려온 것이다. 최국진이 알려준 건물은 바로 그가 사는 집이었다. 2층 건물의 2층 방이 사무실 겸 아내와 둘이 사는 집이었던 것이다. 집으로 안내한 최국진이 이광이 들고 온 샘플 가방을 보더니 말했다.

"오늘은 제 집에서 쉬시고 내일 시장을 돌아다녀 보시지요."

최국진은 30대 후반쯤으로 아내도 그 또래로 보였다. 예쁘장한 아내가 탁자 위에 사이다 비슷한 음료를 내놓았는데 미지근했다. 방에 냉방 장치는 되어 있었지만 유리창을 통해 들어온 햇살이 따가웠고 탁자를 덮은 비닐이 녹아내린 것처럼 끈적거렸다. 음료수 등을 잘 닦지 않아서 젖은 데다 얼룩이 져 있는 것이다. 명함을 주고받고 나서 이광이 물었다.

"에이전시 일을 하시는군요?"

"그런 셈이지요, 이곳은 좀 따분한 곳이어서요."

쓴웃음을 지은 최국진이 주방에 있는 와이프를 힐끗 보았다.

"내가 혼자 여기 있습니다. 와이프는 지난주에 한국에서 왔는데 내일 떠납니다."

"그러시군요."

"수에즈운하 끝이라 관광객이 가끔 오는데 관광지도 아니고 자유무역 단지로 이집트 정부가 지정해 주었지만 바이어들이 모이지를 않아요."

최국진이 텁수룩하게 자란 턱수염을 손바닥으로 쓸면서 다시 웃었다.

"그래서 에이전시들도 다 떠났습니다. 한국 사람으로는 내가 혼자 남아서 지키고 있는 셈이지요."

"비전이 있습니까?"

"힘들어요. 여기 도매상들은 대부분이 사기꾼입니다. 난 지난 4개월 동안 오더 하나 못 땄습니다."

이광은 그때 마음을 굳혔다. 장사가 잘 된다고 했다면 샘플 가방을 도로 가져가려고 했던 것이다. 최소한 최국진은 정직하다. 어차피 샘플 가방은 도로 가져갈 필요는 없는 것이다. 이광은 손목시계를 보았다. 이야기를 하다 보니 어느덧 5시가 넘었다.

"아니, 가시려고?"

놀란 최국진이 눈을 크게 떴는데 입술에 고춧가루가 묻었다. 갸름한 얼굴형에 귀공자풍 분위기였지만 생활에 찌들었는지 자신감이 없어 보인다. 숙소 겸 사무실도 30평쯤 되는 면적에 방 2개, 거실에다 책상을 놓고 사무실로 쓴다.

"예, 택시를 대절해 왔거든요."

택시 운전사 하비비 영감은 건물 안쪽 공터에 차를 대 놓고 잔다고 했다. 이광이 가져온 샘플 가방을 최국진에게 건네주었다. 40종 가까운 의류 샘플이다. 각각 5, 6매씩 갖춰져 있었으므로 소매로 팔면 2천 불도 넘는다.

"이거 드릴 테니까 바이어 만나면 오퍼 내주시죠."

이광이 가격과 조건을 적은 오퍼 시트까지 내밀자 최국진이 놀라 숨을 들이켰다.

"이거 다 내게 주시는 겁니까?"

"샘플 없이 장사가 됩니까?"

이광이 가방에 든 샘플 팸플릿과 카탈로그 뭉치도 내놓았다. 포트사이드에 다 털어놓고 귀국하려는 것이다. 샘플 매수만 2백 점 가깝게 된다.

"이 오퍼로 상담하시고 연락 주십시오."

"믿고 맡겨주셔서 감사합니다."

최국진의 목소리가 떨렸다. 얼굴도 상기되었고 두 눈이 금방 충혈되었다.

"난 일 접으려고 했는데 이 형이 기운을 내게 해주시는군요."

"저도 오더 없어서 좌천당했다가 이라크 군납 오더로 겨우 살아났습니다."

이광이 적당한 거짓말로 최국진의 분위기를 맞췄다.

"열심히 해 볼게요."

자리에서 일어선 이광의 손을 잡으면서 최국진이 말했다.

"대접도 못 해 드리고 미안합니다."

방금 최국진과 함께 라면을 끓여 먹었던 것이다. 최국진 와이프가 끓여 주었는데 반찬은 시어서 몸서리가 날 정도의 김치 하나뿐이었다. 한 5년은 묵힌 것 같다. 이광이 숙소를 나서려고 할 때다. 와이프하고 뭔가를 이야기하던 최국진이 급하게 이광을 불렀다.

"이 과장님, 잠깐만요."

멈춰선 이광에게 최국진이 다가왔다. 얼굴에 힘없는 웃음이 떠올라 있다.

"카이로 가시는 길에 제 와이프 좀 태워 주실 수 있습니까?"

"아, 그럼요."

대번에 승낙한 이광이 뒤쪽을 보았다.

"저 내려가 있겠습니다, 준비하라고 하세요."

"고맙습니다."

최국진이 이광의 손을 잡았다. 손이 뜨거웠다.

"와이프가 내일 서울 들어가려고요. 내가 내일 아침 일찍 데려다주려고 했는데, 오늘 카이로에 가서 자고 간다는군요."

"잘 되었네요."

최국진이 이광의 손을 흔들었다.

"열심히 하겠습니다."

이광이 가슴이 왠지 짠했다.

오후 8시, 벤츠는 다시 사막을 뚫고 달려가고 있다. 전조등에 비친 길은 모래에 덮여 사막이다. 가끔 오가는 차량으로 길을 간다는 느낌이 들뿐 사막을 달리는 것 같다. 차량 통행도 드문드문해서 사방은 짙은 어둠에 덮였다가 가끔 밝아졌다. 오후 7시에 출발했으니 지금은 사막 한복판을 달리는 셈일 것이다. 그때 옆에 앉은 여자가 머리를 돌려 이광을 보았다. 마침 지나는 차량의 불빛이 여자의 얼굴을 비췄다. 짧은 머리, 작은 얼굴이 미인 형이다. 긴소매 점퍼에 바지 차림이었는데 운동화를 신었다.

"언제 귀국하세요?"

“내일 아침에 티켓팅을 해야죠. 내일 떠나는 비행기에 좌석만 있으면 탈 겁니다.”

“전 내일 오후 2시 방콕행 타이항공을 탑니다.”

여자가 말을 이었다.

“방콕에서 서울행으로 갈아타고 갑니다.”

이광이 머리만 끄덕였을 때 여자가 말을 이었다.

“저 이혼 서류에 도장 받고 오는 길이에요.”

“예?”

놀란 이광의 시선을 받은 여자가 정색했다.

“이혼 서류에 도장 받으려고 포트사이드에 간 것이죠. 이틀 전에 받았네요.”

“…….”

“별거 1년 반 만에요.”

“…….”

“저 사람한테 기운을 내게 해주셔서 고맙습니다.”

“아니, 천만에요, 그런데…….”

“저 사람, 포트사이드로 도망간 거죠.”

“…….”

“사업하러 간 게 아녜요. 한국인 없는 곳 찾다가 이집트의 끄트머리로 숨어 들어간 거죠.”

“…….”

“찾느라고 애먹었어요. 이혼을 해줘야 내가 다시 새 생활을 하죠.”

이광이 앞쪽으로 시선을 돌렸다. 최국진이 의기소침해 있는 이유를 알겠다. 그런데 샘플을 받은 최국진의 얼굴은 생기가 돋아나 있었다.

내가 좋은 일을 한 것이다, 이 여자 대신으로.

1,600만 불 오더다. 카이로에서 싱가포르를 향해 날아가는 비행기 안에서 이광이 오더 시트를 점검했다. 군납 오더 중 유성상사가 처리할 수 있는 아이템은 1백만 불 정도, 나머지 7백만 불 물량은 대기업에 로컬을 줘야 할 것이다. 에이스무역에서 로컬을 주는 것이다. 유성상사도 마찬가지다. 그러나 마스터 L/C는 1,600만 불로 에이스무역에 보내진다. 거래 은행은 이라크에서 제대로 자금이 보내지는 터라 시비를 걸 이유가 없다. 돌멩이를 보내도 자금만 제대로 입금되면 수출대금을 지급해야만 한다. 만일 안 준다면 은행이 도둑놈이다. 따라서 800만 불 물량이 다 선적되는 내년 상반기까지 이광은 160만 불의 오퍼상 수수료를 받게 된다. 거금 160만 불, 물론 800만 불은 현금으로 이광이 보관하고 있어야 된다. 카심하고 야합의 보험금인 것이다. 그렇다면 무려 1천만 불 가까운 자금을 잠시라도 운용하게 된다.

"마실 것 드시겠어요?"

묻는 소리에 이광이 머리를 들었다. 스튜어디스가 웃음 띤 얼굴로 바라보고 서 있다. 일본항공을 탔기 때문에 일본녀다. 가슴에 '시바다'라는 명찰이 붙어 있다.

"아, 스카치 한 잔 주실래요?"

손목시계는 오후 3시, 비행기를 탄 지 2시간째다. 비즈니스 좌석은 빈자리가 많다. 이코노미를 타려고 했더니 빈 좌석이 없었던 것이다.

"네, 온더록스로 드릴까요?"

"아니, 스트레이트, 더블로."

"알겠습니다."

시바다가 환하게 웃으면서 허리를 폈는데 덧니가 귀엽다. 갸름한 얼굴, 작고 끝이 오뚝 선 콧날, 얇고 말랑한 입술, 특히 눈이 맑다. 이광은 이 비행기가 파리에서 카이로를 거쳐 싱가포르로 간다는 것을 기억해 내었다. 싱가포르에서 쉴 것이다. 시바다가 쟁반에 스카치와 물을 따로 가져왔고 한쪽에는 땅콩을 두 봉지 놓았다. 그것을 본 이광이 마음을 굳혔다.

"더 필요한 거 있으세요?"

쟁반을 내려놓은 시바다가 물었을 때 이광이 정색하고 보았다.

"시바다, 나 싱가포르에서 하루 쉬고 내일 떠나는데 오늘 저녁 데이트 할래요?"

그때 시바다가 다시 덧니를 드러내고 웃었다.

"어느 호텔에 투숙하시는데요?"

"원시즌호텔."

그 순간 시바다의 눈빛이 반짝였다.

"거기 수영장이 30층에 있는데 바닥이 유리로 되어서 아래가 다 보여요, 아시죠?"

그렇게 묻는데 처음이라고 하기는 그렇다.

"아찔하지요."

"몇 시에 만나요?"

"7시가 어떻습니까?"

"그럼 로비로 갈게요."

시바다가 몸을 돌리자 이광은 술잔을 들었다. 일본항공 비즈니스 티켓을 끊은 김에 하룻밤 자고 갈 싱가포르의 호텔도 최고급으로 고른 보람이 있다. 한 달 예정으로 나온 터라 출장비를 든든하게 가져와 남았기 때문이다. 원시즌호텔의 하룻밤 숙박비가 최고급 호텔의 세 배나 되어서 깜짝 놀랐지만 앞으로 돈 쓰는 법도 배워야 한다. 비즈니스 좌석에 초특급 호텔을 연결시켰더니 덧니가 예쁜 일본 스튜어디스가 끌려들었다. 이광의 심장 박동이 1,600만 불 오더를 받을 때만큼 뛰었다.

수영복으로 갈아입은 시바다의 몸을 본 순간 이광은 숨을 들이켰다. 물속이어서 팬티 앞부분이 솟은 것을 감출 수 있어서 다행이었다. 풀장은 7, 8명의 남녀가 조용히 오가고 있었는데 밤 11시, 풀장의 물이 수많은 색깔로 물들어 반짝이고 있다. 풀장의 유리바닥 아래쪽 도시의 불빛이 물에 비치기 때문이다. 다가온 시바다가 풀장 물속으로 들어왔다.

"아름다워요."

이미 아래층 식당에서 요리에 곁들여 샴페인을 마신 터라 둘은 조금 취기가 배어 있다. 물속에서 아래쪽 거리를 내려다보던 시바다가 무서운지 이광의 옆으로 바짝 다가섰다.

"무서워요."

이광이 시바다의 허리를 안았다. 시바다가 자연스럽게 끌려오더니 두 팔로 이광의 목을 감아 안았다. 물이 출렁거리는 소리가 났다. 아래쪽에서 차 경적 소리가 음악처럼 들렸다. 이광이 머리를 숙여 시바다의 입술에 키스했다. 시바다가 자연스럽게 입을 벌려 혀를 내밀어 주었다. 눈을 감은 시바다의 숨결에서 살구 냄새가 맡아졌다. 이광은 시바다의 젤리 같은 혀를 빨았다. 여긴 싱가포르이다. 시바다의 거친 숨소리를 들으면서 이광이 생각했다.

'나는 더 열심히 살 것이다.'

시바다가 하반신을 딱 붙이더니 문질렀다.

'이 세상은 기회의 땅이다.'

그때 시바다가 입을 떼고 말했다.

"리, 나 오늘 당신하고 같이 있어도 되죠?"

"물론이지, 시바다."

시바다의 허리를 당겨 안은 이광이 다시 한 번 속으로 결심한다.

'더 열심히 벌 것이다.'

귀국한 이광이 출장 보고서를 제출했다. 보고서에는 이라크 군납 오더를 1백만 불 받은 것으로 기록했다. 그것만으로도 대성공이지만 이것은 당연히 내년의 3과 목표로 반영될 것이었다. 그래서 3과 전원이, 심지어는 신입 윤지혜와 박형우까지 오더 받았다는 보고를 미루라고 이광에게 건의했다. 회사에서 3과 내년 목표를 확정지어 줄 때까지 보류하자는 것이다. 추측건대 회사 경영진은 내년의 3과 목표를 3백만 불 정도로 책정해줄 것이었다. 올해 목표는 120만 불, 곧 다가올 연말까지 3과는 200만 불 가까운 실적을 올릴 것이었다. 목표 대비 170% 달성이다. 그러나 이광이 군납 오더 1백만 불을 보고하면 회사에서는 내년 목표에 참조 안 할 수가 없다. 내년 오더는 올해 실적과 전망을 참조하기 때문이다.

"내년 목표는 3백 정도로 예상했는데 이걸 보고하면 4백이 될 겁니다, 대리님."

요즘 들어 내년 초에 대리 진급을 꿈꾸고 있는 안창문이 가장 적극적으로 반대했다.

"내년 목표를 설정해 줄 때까지 15일만 참으시죠."

이것이 과원들의 의견이었다. 매달 전달의 계획 대비 실적에 대한 포상을 해주는 터라 그것에 대한 영향도 크다. 이제 포상금도 올라서 1등이 50만 원, 2등 30만 원, 3등 10만 원이다. 50만 원을 분배하면 한 달 10만 원 정도가 부수입이다. 한 달 월급의 20퍼센트인 것이다. 그러나 이광은 과원들의 열망을 무시하고 보고했다. 잔재주를 부리지 않겠다고 잘랐지만 속으로는 좀 미안했다.

"수고했어."

이광의 보고서를 든 황학수 회장이 웃음 띤 얼굴로 말했다. 회장실에는 이광과 기조실의 백영주 과장 둘이 앉았다. 수출부장직대 이태진도 부르지 않았다. 황학수가 보고서를 흔들며 말을 이었다.

"곧 내년 목표를 설정할 텐데 괜찮겠냐?"

"예, 회장님."

옆에 앉은 백영주가 웃었지만 이광은 정색했다.

"숨기기가 옹색했습니다."

"그렇지. 하지만 과원들은 반대했겠지?"

"그들도 부서장이 될 텐데 싫더라도 내놓는 입장을 지금부터라도 배워야죠."

"옳지."

커다랗게 머리를 끄덕인 황학수가 백영주를 보았다.

"너희들 지금 만나냐?"

"아유, 아, 회장님도."

갑자기 얼굴이 빨개진 백영주가 아버지라고 부르려다가 말았다. 백영주가 얼굴 빨개진 것을 처음 보는 것 같았다.

회장실에서 나와 인적이 없는 복도에서 백영주가 맑은 눈으로 이광을 보았다.

"언제 시간 있어요?"

"회장님 말씀 듣고 따르는 거요?"

"맘 변했나 봐."

눈을 흘긴 백영주의 모습이 요염했다. 잘 익어서 물이 뚝뚝 흐르는 복숭아 같다. 몸을 돌린 백영주가 말했다.

"방심하지 마요, 나도 아직 몸값이 떨어지지 않았으니까."

회의실로 들어선 김성규가 웃음 띤 얼굴로 다가왔다. 이광은 방금 과 회의를 마치고 혼자 앉아 있던 참이다.

"너, 이라크 군납 오더 1백만 불까지 내년 목표에 포함되었어."

테이블 앞자리에 앉은 김성규가 이를 드러내고 웃었다.

"3과 내년 목표가 400이야."

"넌?"

"난 350, 너보다 50 적지."

"넌 얼마나 숨겨 놓은 거냐?"

"비밀."

의자에 등을 붙인 김성규가 지그시 이광을 보았다.

"팀원들을 실망시켰겠지만 대신 회장의 신임을 얻었어, 넌."

"그것이 이득이지."

"다음 주에 진급 발표를 할 것 같다."

"그 정보, 지금도 정 대리한테서 나오는 거냐?"

"진급주는 나하고 둘이 마시자."

그렇게 대답한 김성규가 자리에서 일어섰다.

그리고 과연 김성규가 말해준 대로 다음 주 초, 연말이 1주일 남은 12월 마지막 주에 수출부 인사가 발표되었다. 수출부장직대 이태진이 부장 대우 차장으로 진급했고 3과, 4과, 6과장 직대였던 이광, 김성규, 김병삼 대리가 과장으로 진급했다. 기획조정실 과장 백영주는 기조실장 부장 대우 차장으로 승진했다. 유성상사 제2인자가 된 것이다.

"과장님, 축하합니다."

인사 발표를 보고 제일 먼저 달려와 인사한 것이 한때 선배 팀원이었던 안창문이다. 그 뒤를 정현애가 따르고 있다.

<끝>